mare

Mercè Rodoreda

Der Garten über dem Meer

Roman

Aus dem Katalanischen von
Kirsten Brandt

Herausgegeben
und mit einem Nachwort von
Roger Willemsen

mare

Die Übersetzung dieses Werkes wurde gefördert
durch das Institut Ramon Llull.

llll institut
ramon llull
Katalanische Sprache und Kultur

Die Deutsche Nationalbibliothek verzeichnet
diese Publikation in der Deutschen Nationalbibliografie;
detaillierte bibliografische Daten sind im Internet
unter http://dnb.ddb.de abrufbar.

Die Originalausgabe erschien 1967 unter dem Titel
Jardí vora el mar bei Club Editor, Barcelona.

5. Auflage 2016

Einband- und Schubergestaltung
Simone Hoschack, mareverlag (Abbildung Einband
und Schuber © Illustration Works/Alamy)
Typografie Farnschläder & Mahlstedt, Hamburg
Schrift Guardi
Druck und Bindung Kösel, Krugzell
Printed in Germany
ISBN 978-3-86648-033-9

MIX
Papier aus verantwortungsvollen Quellen
FSC® C013736
FSC
www.fsc.org

www.mare.de

Dieu est au fond du jardin.

Robert Kanters

I

Ich habe schon immer gerne erfahren, was den Leuten so alles passiert, und das nicht etwa, weil ich neugierig wäre ... Eher, weil ich Menschen mag, und die Besitzer dieses Hauses mochte ich sehr. Aber das alles ist schon so lange her, dass ich mich an vieles nicht mehr erinnere, ich bin zu alt und bringe manchmal die Dinge durcheinander, ohne es zu wollen ...

Wenn sie mit ihren Freunden zur Sommerfrische kamen, konnte ich mir die Filme im Excelsior sparen. Einer malte das Meer. Feliu Roca hieß er. Er hatte schon in Paris ausgestellt, und ich glaube, in Barcelona war er bekannt und hatte mit diesen weiten blauen Flächen viel Geld verdient. Er hatte das Meer auf alle möglichen Arten gemalt: ruhig und aufgewühlt, mit großen Wellen, mit kleinen Wellen. Grün, in der Farbe der Angst. Und grau, in der Farbe der Wolken. Seestücke. Er nannte seine Bilder Seestücke, und seine Freunde sagten ihm, er müsse es fleckig machen, weil die Amerikaner das mögen. Sie lachten ihn auch aus und sagten, das Meer sei schon von zu vielen Malern gemalt worden. Ein galanter Bursche war er, der junge Mann, mit blondem Haar und blauen, ein wenig schlaftrunkenen, verträumten Augen. Manchmal stotterte er. Wenn ihm die Farben nicht so gelangen, wie er wollte, ich meine, wenn er die Mischung nicht richtig hinbekam. Dann sagte er zu mir: Dieses blaue Ungetüm zu malen ist schwerer, als sich um die Blumen zu kümmern. Und ich antwortete ihm: Ja, da haben Sie ganz recht. Die Blumen wachsen von allein. Vielleicht gilt ein Gärtner darum so wenig ... Das sagte ich, um ihn aufzumuntern, und dann sagte er mir, wenn er das Meer in allen seinen Erscheinungsformen gemalt hätte, würde er mich malen, wie ich in der Sonne sitze. Aber das glaubte ich ihm nicht ... Jeden Sommer, wenn er kam, freute ich mich, ihn wiederzusehen, und ich denke, er freute sich auch, mich zu sehen. Sechs Sommer ... Insgesamt waren es sechs Sommer und ein schlimmer Winter ... Eine ihrer Freundinnen – es gab zwei, und sie waren jedes Mal dabei – hieß Eulàlia. Die andere hieß Maragda. Sie war Schneiderin und die Lehrherrin von Senyoreta Rosamaria gewesen. Die hatte als junges Mädchen bei ihr gearbeitet, und seitdem waren sie befreundet. Wenn sie morgens vom Baden zurückkamen, trieb ich mich immer bei den Beeten in ihrer Nähe herum – hier, bei dem Beet mit den Ringelblumen – und tat, als wäre ich zu beschäftigt, um sie zu belauschen. Sie waren so fröhlich und so jung und so reich ... und hatten alles ... und dann geschahen zwei schlimme Dinge. Einmal sah ich einen Vogel, der sich zum Sterben hingelegt hatte. Er hatte wohl allen Lebensmut verloren. Wie Eugeni.

Das erste Mal kamen die jungen Herrschaften zu Frühlingsanfang, kurz nach ihrer Hochzeit. Ihn kannte ich schon. Ich hatte ihn zwei Mal gesehen: als er das Haus besichtigte, um es zu kaufen, und dann noch einmal, als er kam, um nach den Renovierungsarbeiten zu sehen, die er in Auftrag gegeben hatte. Bei diesem zweiten Besuch sagte er mir, ich solle bleiben, er könne mich als Gärtner gut gebrauchen. Sie waren auf Hochzeitsreise im Ausland gewesen und blieben nur kurz. Sie gingen viel spazieren und waren oft auf der Aussichtsterrasse und betrachteten das Auf und Ab der Wellen und alles, was sich am Himmel bewegte, und sie standen immer dicht beieinander und manchmal auch Arm in Arm. Wenn ich tagsüber näher kam, räusperte ich mich, um auf mich aufmerksam zu machen, denn auch wenn es keine Sünde ist, dass sich Eheleute umarmen, dachte ich, es würde sie vielleicht stören, wenn ich sie so sah. Quima, die Köchin, war auch schon da. Später stellten sie sie dann immer an, wenn sie kamen, weil die Köchin, die sie in Barcelona hatten, im Sommer zu ihrer Familie fuhr. Quima fragte mich über alles aus, was sie im Garten trieben, und ich fragte sie aus, was sie im Haus so machten; sie erfuhr nämlich vieles von Miranda, einem der Dienstmädchen. Diese Miranda kam aus Brasilien und trug ein schwarzes Kleid, das überall so eng am Körper anlag – der dünn wie eine Schlange war –, dass sie genauso gut auch ohne Kleid hätte gehen können. Und eine Spitzenschürze, nicht größer als eine Hand. Sie tat immer ganz vornehm. Und viel mehr gibt es nicht zu erzählen, weil nicht viel passierte. Manchmal steckte Senyoret Francesc Senyoreta Rosamaria eine Olive in den Mund, und sie nahm sie mit ihren kleinen Zähnen. Und dann sah man, dass er ganz verrückt nach ihr war. Quima erzählte mir, wenn Miranda ihr davon berichtete, würde sie, Miranda meine ich, die eigentlich eher lakritzbraun war, ganz bleich. Vor Neid, sagte Quima. Die Brasilianerinnen sind wohl so. Einmal, als sie einen Ausflug mit dem Wagen machten, nahm mich Quima mit nach oben. Ich hatte große Angst, sie könnten zurückkommen und uns erwischen, aber Quima sagte nur: »Sie werden sehen, wie viel Schmuck die haben! … Senyoret Francesc ist einer der reichsten Männer von ganz Barcelona.«

Sie zeigte mir viele Sachen, und bei allen sagte sie, das seien Brillanten; und da war auch ein Halsband, von dem in der Mitte eine grüne Birne herabhing. Sie hatten wirklich viel Geld. Und viel Vertrauen. Durch die Schlitze in der Jalousie sahen wir in den Garten hinunter. Das Grundstück nebenan, wo jetzt das Haus steht, war damals noch von Unkraut überwuchert und voller Eidechsen.

Bei ihrer Abreise sagten sie, sie kämen im Juni mit ein paar Freunden wieder. Sie gaben mir die Schlüssel, und ich sollte der Hausherr sein und von Zeit zu Zeit lüften. Als sie mir dann schrieben, dass sie kommen würden, freute ich mich. Ich stellte Quima für den Sommer ein, wie sie mir aufgetragen hatten, und die wurde ganz rot vor Freude, weil Senyoret Francesc in seinem Brief geschrieben hatte, wie gut ihm ihre gedünstete Seezunge schmeckte. Miranda reiste zwei, drei Tage vor ihnen an. Sie hatte große Koffer dabei und sagte kein Wort. Ich nahm mir draußen die Pflanzen vor und sie sich drinnen den Staub. Die Herrschaften kamen übers Meer. Nach drei Tagen hörten wir die Schiffssirene, und ich sah, wie das Schiff sich näherte, und als es nahe genug war, ließen sie das Motorboot zu Wasser, und sie hatten schon die Badesachen an und blieben gleich am Strand zum Schwimmen, und eine von den Freundinnen fuhr auf dem Wasser Ski und sah dabei aus wie eine Porzellanfigur. Sie hatten einen Lehrer dabei, der ihnen das mit dem Wasserski beibrachte, und Senyoreta Rosamaria fragte mich zum Spaß, ob ich es nicht auch lernen wollte, und ich sagte ihr, ich sei schon zu alt. Sie fragte mich, ob keine meiner Blumen krank wäre, und ich sagte ihr, nein, Gott sei Dank sind alle gesund. Als Servierkraft stellten sie Mariona ein, ein Mädchen aus dem Dorf, das ich vom Sehen kannte, blutjung, klein und blitzsauber.

Nachts stand ich oft in der Allee aus Linden und Maulbeerbäumen und sah zum Schlafzimmer der Herrschaften hinüber. Ich bin immer schon gern nachts durch den Garten gestreift, um ihn atmen zu hören. Und wenn ich genug hatte, ging ich ganz gemütlich zu meinem Häuschen zurück und spürte um mich herum das ruhige Leben all dessen, was bei Tageslicht grün und bunt ist. Irgendwann bemerkte ich, dass noch jemand mitten in der Nacht im Garten spazieren ging. Ich legte mich auf die Lauer und sah, dass es Miranda war. Ich ärgerte mich, weil sie einen Zweig in der Hand hielt und damit auf die Pflanzen einschlug. Eines Nachts vertrat ich ihr den Weg und sagte ihr ordentlich die Meinung.

»Miranda?«, meinte Quima einmal zu mir, »die mag ich nicht. Jemandem, der wach ist, wenn andere Leute schlafen, ist nicht zu trauen. Miranda hätte wohl gern ... aber ich glaube, der junge Herr hat nur Augen für eine ... Senyoreta Rosamaria kann ganz beruhigt sein.«

»Manche Männer mögen Frauen, die von weit her kommen, weil sie sie an exotische Bäume und bunte Federn erinnern, und das gefällt ihnen«, sagte ich. Und Quima sagte, ich sei wohl vollkommen närrisch und sie verbiete mir weiterzureden. Aber so närrisch war ich gar nicht. Miranda tat, als könnte sie kein Wässerchen trüben, aber sie legte ihre Schlinge aus.

Es dauerte lange, bis ich etwas über Senyoreta Eulàlia in Erfahrung brachte; das war die, die schon Wasserski laufen konnte. Sie hatte weiße Haut und schwarzes Haar und war immer sehr verschlossen. Ganz anders als Senyoreta Rosamaria, die um sich herum etwas verbreitete wie Sonnenschein. Eine Zeit lang dachte ich, Feliu, der Maler, sei ein wenig in Senyoreta Eulàlia verliebt, aber der war ganz und gar mit seiner Malerei beschäftigt, und als ich ihm gegenüber eines Tages eine scherzhafte Bemerkung dazu machte, sagte er, die gezierten Fräulein interessierten ihn nicht, um die sollten sich andere bemühen, und besser als ein Strauß Rosen gefiele ihm ein Strauß ... und er zeigte auf ein paar Blumen.

»Fingerhut«, sagte ich ihm. »Eine Feldblume.«

Und er sagte: »Es gibt Frauen, die würden mich mit Haut und Haaren verschlingen, wenn ich nicht aufpasse, und dann wäre es im Nu mit dem Maler vorbei.«

Ich weiß nicht, ob er recht hatte, wahrscheinlich wusste er es selber nicht, aber wir lachten beide. Quima fragte mich manchmal, was Miranda nachts so trieb.

»Nichts Besonderes. Sie läuft herum ... Solange sie meinen Pflanzen nichts zuleide tut, soll sie machen, was sie will.«

In einer Nacht, als der Mond sehr hell schien, ging sie baden. Ohne den Mond hätte ich sie nicht erkannt. Sie legte sich in das fließende Wasser wie in ein Meer aus Tinte. Und als sie herausstieg, schimmerte sie wie eine Olive. Sie streckte sich im Sand aus und blieb so lange liegen, dass ich dachte, sie wäre eingeschlafen. Und das Wasser schwappte auf und ab, auf und ab ... Ich quakte wie ein Frosch, aber Miranda rührte sich nicht. Sie lag da wie tot. Schließlich hatte ich das Quaken über. Ich ging ins Bett, und gerade als ich am Einschlafen war, machte es quak, quak, quak unter meinem Fenster. Ich hätte sie umbringen können. Aber ich tat, als würde ich schlafen. Von dem Tag an mochte ich sie nicht mehr leiden.

Eines Tages kam Senyoreta Rosamaria, um sich den Garten anzusehen, und ich zeigte ihr meine Setzlinge.

»Sehen Sie die Pflänzchen?«, fragte ich. »Die werden zu Blumen, und bis zu Ihrer Abreise werden sie schon verblüht sein, und es bleibt nichts von ihnen übrig als Samen.« Sie wirkte ein wenig verblüfft, anscheinend hatte ihr noch nie jemand so anschaulich erklärt, was aus den Setzlingen wird, die aus den Samen gezogen werden. Ich sah sie mir genau an; sie war hübsch. Sie hatte etwas, was ich nicht richtig erklären kann, ich bin ja Gärtner, und vor allem feine Dinge kann ich nicht gut ausdrücken ... Selbst wenn wir Gärtner ein bisschen anders sind als andere Leute, weil wir mit Blumen arbeiten, so arbeiten wir doch auch mit der Erde. Das eine gleicht sozusagen das andere aus. Aber bei ihr, ich meine, bei der Senyoreta, war es, als hätte man nur mit Blumen zu tun. Ich glaube, ich komme gerade ein bisschen durcheinander. Aber Senyoreta Rosamaria gefiel mir sehr ... nur zum Ansehen. Manchmal hätte ich am liebsten zu ihr gesagt: »Setzen Sie sich hierher, damit ich Sie anschauen kann.«

Natürlich habe ich mich das nie getraut. Aber ich hätte es zu ihr gesagt, wenn ich nicht Angst gehabt hätte, dass sie mich nicht bloß für verrückt hält, sondern vielleicht sogar rauswirft.

»Wohnen Sie schon lange hier?«, fragte mich Feliu einmal, als ich ihm beim Malen zusah.

»Im Dorf?«

»Nein. Im Haus.«

»Seit ich mit dem Militärdienst fertig bin. In diesem Garten stehen Bäume, die ich gepflanzt habe; und es sind nicht die jüngsten. Ich habe schon zwei vorherige Besitzer erlebt: Senyora Pepa, die war eine richtige Hexe und steinalt, und Senyor Rovira, der war herzensgut und hat sich nie in meine Arbeit eingemischt. Aber bei den jetzigen Besitzern darf ich den Garten verschönern, vor allem mit neuen Blumen zu jeder Saison; gleich am ersten Tag haben sie mir gesagt, ich bräuchte nicht zu sparen.«

»Gefällt Ihnen das, was ich male?«

»Wie soll ich sagen … Sie geben sich große Mühe, aber mir gefällt das echte Meer besser.«

Eines Tages sagte er, ich solle mich zu ihm setzen, er sei gerade dabei, eine Farbe zu mischen, und ich solle ihm sagen, was ich davon hielte, weil ihm schon alles vor Augen flimmerte, und ich war ganz unruhig, weil er nie fertig wurde, wenn er mit dem Pinsel zugange war. Ich sagte ihm, die Farbe sei genau wie das Wasser, nur nicht ganz so leicht, und da war er sehr zufrieden … Und als ich ihm sagte, ich hätte zu tun, bat er mich, noch nicht zu gehen und ihm ein bisschen Gesellschaft zu leisten, und so blieb ich ein Weilchen bei ihm sitzen.

Miranda stellte alles Mögliche an, um ihn zu verführen. Sie bat ihn, sie vor den Rhododendronbüschen zu malen. Mir hatte er gesagt, er wolle mich malen, ohne dass ich ihn darum gebeten hatte. Und nun stellte Miranda sich einfach vor ihn hin, in allen möglichen Posen, und schnitt Grimassen und fragte ihn, wie sie ihm am besten gefiele, bis er ihr irgendwann einmal sagte, er hätte keine Zeit, sie zu malen, aber er könnte sie zeichnen. Über eine Stunde lang ließ er sie stramm stehen und schimpfte sie dauernd aus, sie würde sich bewegen. Dabei stand sie steif wie ein Holzklotz und wagte kaum zu atmen. Als er ihr dann die Zeichnung zeigte, wurde sie böse und lief davon, weil Feliu sie als Kröte gemalt hatte.

Senyoreta Maragda sagte, wenn sie das junge Fräulein wäre, würde sie Miranda auf der Stelle entlassen. Sie sei hübsch und gefährlich, und auch wenn sie sich noch so große Mühe gebe, ihr sei sie nicht sympathisch. Und einmal muss Senyoreta Rosamaria ihr geantwortet haben, sie liebe die Gefahr und sie werde nichts unternehmen und habe vor nichts Angst. Senyoret Francesc hatte sowieso für nichts anderes Augen, wenn seine Frau in der Nähe war.

»Ja«, sagte Feliu eines Tages, »man sieht, dass er ganz verrückt nach ihr ist, wohl mehr, als ich anfangs dachte, wegen der Sache mit Eugeni.«

In diesem Jahr kam auch ein befreundetes Paar aus Frankreich mit seiner Tochter zu Besuch. Sie schliefen in Bergadans' Gasthof, aber den ganzen Tag über waren sie bei uns. Das Mädchen lief Wasserski, und die Frau ging ab und zu in die Küche, um etwas Besonderes zu kochen. Mir gefiel es, dass so viel los war, aber meinem Garten tat es nicht besonders gut, und eines Tages musste ich Senyoreta Rosamaria sagen, ob sie bitte ihre Freunde höflich darauf hinweisen könnte, dass sie mir Bescheid sagen sollten, wenn sie Blumen wollten, damit ich welche für sie pflücken konnte, denn sie rissen sie immer heraus und machten meine Pflanzen kaputt. Die Tochter der Franzosen war in Feliu verliebt. Na ja, was heißt verliebt ... Sie hing an ihm wie eine Klette. Den ganzen Tag lief sie ihm nach und sagte, sie wolle malen lernen, und der französische Herr fragte Feliu, ob er seine Tochter nicht den Sommer über unterrichten wolle, und Feliu musste einwilligen, um die Herrschaften nicht zu verärgern, aber bei sich wünschte er das Mädchen und den Vater und alle Welt zum Teufel. Kurz darauf sah man das Mädchen mit Staffelei und Farbkasten herumlaufen, und das Beste daran war, dass der Vater sich ständig einmischte und dem armen Feliu Ratschläge erteilte, bis der schäumte. Zu mir sagte er: »Als Allererstes müsste das Herzchen mal zeichnen lernen ...« Aber sowohl die Eltern als auch die Tochter wollten Farben sehen. Als ich Quima davon erzählte, hörte sie mir kaum zu; das war an dem Tag, als sie mich darauf aufmerksam machte, dass Senyoreta Rosamaria die ganze Zeit mit ihren Freundinnen verbrachte. Morgens gingen sie baden, und dann fuhren sie in die umliegenden Dörfer und blieben dort zum Mittagessen. Die Männer gingen sozusagen in eine Richtung und die Frauen in die andere. Und Miranda versuchte wieder einmal, sich jemanden zu angeln, und diesmal war es Senyoret Francesc.

Als der Sommer zu Ende ging, kam der junge Herr zu mir und sagte, sie würden vor ihrer Abreise ein großes Fest geben und dazu bräuchten sie das Beet zwischen den beiden Magnolienbäumen. Ich dachte, ich hätte mich verhört. »Was haben Sie gesagt?«, fragte ich ihn. Da sagte er es mir noch einmal, und es dauerte eine Weile, bis ich die Überraschung verdaut hatte.

»Jetzt, wo dort gerade die Inkalilien und die Hollandstiefmütterchen blühen? Glauben Sie denn, ein Blumenbeet ist wie ein Stuhl, den man hin und her schieben kann?«

Aber es half nichts, ich musste das Beet räumen, und an seine Stelle kam ein Tisch, der von einem Baum bis zum nächsten reichte, gut und gerne zehn Meter lang.

Am nächsten Tag kümmerte ich mich gerade um die Stundenblumen und atmete ihren ganz besonderen, zartbitteren Duft ein, als Quima zu mir kam. Sie trocknete sich die Hände an der Schürze ab und platzte heraus: »Er sagt, sie würden Aushilfskräfte einstellen.«

»Und wer wird das sein?«

»Das werden wir ja sehen.«

Besorgt ging sie zurück ins Haus. Die Senyoreta hatte ihr gesagt, sie wäre am Tag des Festes einzig und allein dazu da, das Geschirr zu spülen und abzutrocknen. Und dafür zu sorgen, dass unter keinen Umständen das Eis ausging. Damals war dort, wo jetzt die neue Villa steht, noch Brachland.

Übersät mit Unkraut und Eidechsen und diesen Insekten, die Musik machen: Grillen, meine ich. Und am Festtag stand dort alles voller Automobile. Der Wasserskilehrer kam als Einbrecher verkleidet und hatte einen Bund Dietriche an seinem Gürtel baumeln. Alle waren kostümiert. Das französische Mädchen ging als Schmetterling, gelb und blau, und seine Mutter als Teufel. Zwei Tage zuvor waren die Elektriker gekommen, um Licht im Garten zu legen, und eine Woche vorher hatte Senyoreta Maragda, die Schneiderin, eine Gruppe von Mädchen aus ihrem Atelier zu uns geschickt, und die saßen im zweiten Stock und nähten die Kleider für das Fest. Und alle fuhren ständig nach Barcelona, um Spitzen und Bänder zu kaufen, und immer fehlte etwas, und Quima und Mariona waren ganz verrückt von all der Arbeit, die sie auf einmal hatten. Drei Tage vor dem Fest begann es zu regnen. Immer, wenn gerade etwas vorbereitet wurde, goss es wie aus Kübeln. Das Meer tobte, Feliu hatte diese lästige kleine Französin am Hals, die Herrschaften waren schlecht gelaunt, und der Wasserskilehrer saß den lieben langen Tag mit dem französischen Herrn bei Bergadans und spielte Karten. Die Mädchen nähten, und alles starrte erwartungsvoll zum Himmel hoch. Der Topinambur hinter meinem Häuschen lag platt gedrückt am Boden, die Motorjacht riss sich los, und sie mussten mit einem Boot hinterherfahren und sie suchen, und beinahe hätte es dabei den Wasserskilehrer erwischt, denn das Meer war wie von Sinnen. Ich saß zu Hause; manchmal sah ich aus dem Fenster, und wenn der Regen ein wenig nachließ, ging ich hinaus, um nachzusehen, welches Unglück er angerichtet hatte. In der Nacht machten die Kanäle gluck, gluck, gluck. Und in der letzten Nacht regnete es besonders heftig.

Es blitzte und donnerte, dass es eine Freude war. Ich

konnte nicht schlafen: Ich hatte das Fenster offen stehen und sah die Bäume und den Eukalyptus, die Blitze machten zisch-zasch und erleuchteten alles von einem Ende zum anderen. Die schwächsten Blätter fielen zu Boden, und von meiner Zimmerdecke begann es zu tropfen. Am Morgen hatte sich alles beruhigt, der Regen fiel leicht und sacht. Um zehn erschien fürstlich die Sonne, und das Meer wurde blau.

Das Fest begann mit einem Feuerwerk. Als Senyoreta Rosamaria mich sah, kam sie zu mir und fragte mich, ob ich bitte bei den Wagen den Schlag öffnen und den Fahrern sagen könnte, dass sie sie auf dem Feld nebenan abstellen sollten, wo sie nicht im Weg waren, und sie fragte mich auch, ob die Männer, die das Feuerwerk vorbereiteten, das vielleicht in meinem Haus machen könnten. Sie stellten mir dann mein Wohnzimmer voll mit Kisten, in denen die Raketen steckten – wenn sie hochgegangen wären, wäre mir das ganze Haus um die Ohren geflogen.

Natürlich weiß jeder, was ein Feuerwerk ist ... aber ich glaube, ein Feuerwerk wie dieses gibt es kein zweites Mal auf der Welt. Es dauerte eine halbe Stunde, auf die Minute genau. Es gab Margeriten und Sterne und Sträuße in allen Farben ... Eine Figur aus Sternen blieb vielleicht eine Minute lang am Himmel, ohne sich aufzulösen, und fast wäre ich gestorben, weil ich die ganze Zeit die Luft anhielt, ohne es zu merken. Feliu kam zu mir.

»Gefällt es Ihnen?«

»Was für ein rauschendes Fest!«

»Und wissen Sie, wozu dieses ganze Fest veranstaltet wird?«

Ich musste zugeben, dass ich es nicht wusste, und da erzählte er mir, dass Senyoreta Rosamaria schwanger war und Senyoret Francesc das feiern wollte.

»Darauf wäre ich nie im Leben gekommen!«

Wir gingen beide gleichzeitig in die Knie, weil gerade ein Chinaböller und eine Menge Raketen losgegangen waren und von überall her Funken auf uns herabregneten. In diesem Augenblick kam Senyoret Francesc auf uns zu, und er war sehr wütend.

»Was machen Sie hier?«

»Na ja ... also ... ich sehe zu.«

»Haben Sie vergessen, dass ich Ihnen aufgetragen hatte, am Eingang zu warten? Es sind noch Gäste gekommen, und die haben ihren Wagen mitten im Garten abgestellt.«

Also ging ich mit Feliu zu dem Wagen, und Feliu stieg hinein und fuhr ihn aufs Feld. Auf dem Rückweg gingen wir durch die Menschenmenge hindurch, die Musik spielte schon, alle tanzten, und ich sah die Aushilfen hinter dem Tisch unter den Magnolien stehen. Sie machten die arme Quima ganz verrückt ... Sie waren zu sechst und schwarz gekleidet mit glänzenden Rockaufschlägen, und ihre Haare waren voller Brillantine. Und dann fiel mir plötzlich ein, dass ich ja am Eingang stehen sollte, und ich rannte davon wie der Blitz und rührte mich bis um elf nicht von dort weg. Dann fand ich, dass es genug war. Also ging ich zurück, um zu sehen, wie jedermann tanzte, und betrachtete die Aushilfen aus der Nähe. Sie kamen aus Barcelona, wussten immer ganz genau, was welcher Gast bestellt hatte, und hatten sehr gute Manieren. Senyoreta Rosamaria sah aus wie eine Prinzessin mit rauchfarbenen Schleiern, die mit blitzenden Steinen übersät waren, und offenem Haar. Schließlich wurde ich müde von all dem Trubel und ging zur Aussichtsterrasse, aber dort stand Senyoret Francesc, als Gerippe verkleidet, mit zwei Herren in seidenen Kapuzenmänteln, und nach dem, was ich aufschnappen konnte, redeten sie über den Sturm und über die Motorjacht, die sie hatten zurückholen müssen, als es noch stürmte. Ich ging wieder zu meinem Häuschen, und da hörte ich unter dem rückwärtigen Fenster jemanden reden. Weil man mit Bastschuhen keinen Lärm macht, konnte ich mich ganz nah heranschleichen, und es waren Senyoreta Eulàlia und Senyoreta Maragda.

»Ich weiß nicht, was sie noch mehr will ... Hättest du ihn geheiratet?«

»Was für eine Frage ... aber ich hoffe, dass etwas passiert.«

»Was denn?«

Da musste ich husten, und sie hörten auf zu reden und gingen weg.

Als ich gerade am Einschlafen war, kam Quima angelaufen, um mich zu holen. Sie fragte, ob ich ihr nicht freundlicherweise in der Küche helfen könne, weil sie mit dem Spülen nicht nachkam. Sie war zutiefst gekränkt, dass sie ihr nicht erlaubt hatten, die Hähnchen zu braten. Der Tisch unter den Magnolien war voll mit allem, was man sich nur denken kann. Mit einem ganzen Haufen Hähnchenteile. Bergen von Würsten und Schinken, rohem wie gekochtem. Und mit Mortadella und einer Menge feiner Sachen mehr und gepulten Krabben mit Mayonnaise. Die Gäste sagten, das und das will ich, und das und das will ich nicht. Wenn sie Lust hatten, bedienten sie sich selbst, wenn nicht, ließen sie sich von den Kellnern bedienen, und es gab Champagner, so viel man wollte. Die kleine Französin trank ein bisschen zu viel, und es hieß, um Mitternacht hätten sie sie ins Bett bringen müssen, weil ihr unwohl war, und ihre Schmetterlingsflügel waren ganz zerdrückt. Eine Dame begann zu singen und zu tanzen, und alle stellten sich im Kreis um sie auf und applaudierten begeistert, denn sie machte es ganz wunderbar. Um eins ging eine Gruppe lachend schwimmen. Ich half in der Küche, so gut ich konnte, und das war nicht besonders gut. Zwei Stunden lang trocknete ich Geschirr ab, und dann sagte ich ihnen, das reicht und dass ich jetzt schlafen ginge, weil ich am nächsten Tag genug damit zu tun hätte, im Garten alles wieder in Ordnung zu bringen, was sie mir zertrampelt hatten, und die Arbeit würde mir auch keiner abnehmen. Und als ich zum zweiten Mal kurz vorm Einschlafen war, hörte ich eine melodische Stimme sagen: »Machen Sie auf, machen Sie auf ... oder schlafen Sie schon?«

Ich schlüpfte rasch in meine Hosen, und da stand Senyoreta Rosamaria, um mir einen Teller mit Essen zu bringen.

»Das fehlte noch, dass Sie nichts abbekommen ... Und es ist gar nicht schön, dass Quima Sie als Tellerwäscher missbraucht hat.«

Sie ging, und kurz darauf hörte ich Schritte im Sand und ein Bumbum! Und eine Männerstimme, die fragte: »Sind Sie der Gärtner?«

»Jawohl, der bin ich«, sagte ich mit vollem Mund.

»Ich stelle Ihnen hier eine Flasche vor die Tür, ja?«

Ich ging hinaus, um die Flasche zu holen, und es war Champagner und nicht einmal angebrochen! Einer der Kellner hatte sie mir gebracht. Und dann hörte ich plötzlich draußen ein Pardauz! und lief schnell hin. Es war der Kellner, der gefallen war. Ich half ihm auf, und er hinkte. Weil er aus Barcelona kam, war er offenbar nicht gewohnt, im Dunkeln zu gehen.

Ich aß den Teller ratzekahl leer, und das, obwohl ich eher müde als hungrig war, auf der Schwelle meines Hauses im Licht des Mondes, der langsam über den Eukalyptusbäumen aufging. Er war hinter dem Geländer der Aussichtsterrasse hervorgekommen und schimmerte rot, als wollte er noch mehr Regen ankündigen.

»Was haben Sie denn da?«

Das war wieder Feliu, der ebenfalls kaute.

Ich zeigte ihm die Flasche.

»Sehen Sie mal, was die mir vorbeigebracht haben.«

Dann war auf einmal, ich weiß nicht, wie, die kleine Französin da, und Feliu stand auf und raste wie eine Rakete in Richtung Topinambur davon. Das Mädchen baute sich vor mir auf.

»Guten Abend«, sagte sie. Anscheinend hatte sie schon ein paar Wörter gelernt. Dann setzte sie sich neben mich, stumm wie ein Fisch. Nach einer Weile kam ihr Vater, der sie sicherlich schon überall verzweifelt gesucht hatte, und zerrte sie mit sich fort. Er war als Koch verkleidet, und weil er dick war, stand ihm das Kostüm ausgezeichnet. Und kaum war sie verschwunden, tauchte Feliu wieder auf.

»Ich muss Ihnen etwas sagen, das Ihnen Kummer machen wird«, sagte er.

»Was ist los?«

»Die haben Ihren Kronwicken den Garaus gemacht.«

Wir gingen gleich los, um nach ihnen zu sehen. Es heißt ja, ein Unglück kommt selten allein. Die Kronwicken waren zertrampelt. Und die bunten Lupinen. Man konnte alles nur noch wegwerfen. Als ob eine Pflanze ein Werkzeug wäre, das man einfach durch ein neues ersetzen kann, wenn es kaputtgeht. Drüben wurde noch getanzt, und ich merkte, wie mir das Blut zu Kopf stieg. Ein paar Gäste waren ins Haus gegangen, und durch das offene Fenster konnten wir Senyoret Francesc sehen, wie er mit dem Wasserskilehrer Billard spielte. Drei Herren standen dabei und schauten ihnen zu. Der junge Herr sah als Gerippe verkleidet unter dem grünen Lampenschirm sehr beindruckend aus. Dann kam Miranda mit einem Tablett voller Gläser und Likörflaschen herein. Einer der Männer, die dabeistanden, ging auf sie zu, kaum dass sie das Tablett abgestellt hatte, und hob ihre Schürze hoch, sie schlug ihm auf die Finger, und der Herr ließ sie los. Sie sammelte die leeren Gläser ein und konnte nicht alle mitnehmen, weil sie nicht auf das Tablett passten. Ich trat auf etwas Weiches. Es war der Arm eines Gastes, der mitten auf dem Rasen eingeschlafen war. Der Mann stöhnte.

Es war eine wilde Nacht. Aber alles ging gut aus. Ich schlief erst bei Sonnenaufgang ein, als das Haus dalag wie ausgestorben. Die Herrschaften blieben den ganzen Tag im Bett.

Am nächsten Tag, als ich versuchte, die Kronwicken zu retten, und die Lupinen herausriss, hielt ein Laster am Eingang, und der Beifahrer stieg aus und klingelte. Er brachte viele Pakete und sagte, es sei alles bezahlt. In den Paketen waren Schwimmflossen und Schwimmflügel. Schnorchel gab es auch.

Ich stand mit Feliu eine Zeit lang auf der Aussichtsterrasse. Das Wasser war klar, und wir konnten alle ihre Bewegungen sehen. Auch Senyoreta Rosamaria ging ins Wasser. Ein paar Tage später konnten sie es schon alle und gingen weiter weg, um sich zu sonnen. Und als sie alles gelernt hatten, kehrten sie bis zum nächsten Sommer nach Barcelona zurück.

Es war vielleicht einen Monat, nachdem sie weg waren. Jedenfalls stand ich eines Nachmittags am Eingang, betrachtete ein paar Pflanzen, die einfach nicht wachsen wollten, und war so darin vertieft, dass ich ihn gar nicht kommen hörte.

»Wissen Sie, ob das hier zu verkaufen ist?«

Der Herr war deutlich über die Lebensmitte hinaus, sehr gut gekleidet, leicht rotgesichtig und hatte dichtes weißes Haar.

»Wie bitte?«, fragte ich und drehte mich um.

»Ich wollte wissen, ob dieses Grundstück zu verkaufen ist.« Der Herr redete von dort drüben mit mir, wo jetzt die Buchsbaumhecke ist.

»Das kann ich Ihnen nicht sagen«, antwortete ich und schob mir die Mütze ins Genick. Ich wusste, dass das Feld dem alten Farreres gehört hatte, der viele Jahre in Tarragona gelebt hatte und als reicher Mann gestorben war. Er hatte einen Sohn, aber den hatten wir im Dorf noch nie gesehen.

»Das Land liegt schon seit vielen Jahren brach … Als ob es keinen Besitzer hätte.«

»Und Sie wissen nicht zufällig, mit wem ich reden muss, um es zu kaufen?«

Nach langem Zögern sagte ich ihm den Namen des Alten, der gestorben war, und dass der Sohn vielleicht noch lebte; mehr wusste ich nicht. Er zog ein kleines Heft hervor und schrieb sich alles auf, was ich ihm sagte, und dann fragte er mich, wie meine Herrschaften hießen. Ich sagte ihm den Namen, obwohl mir das gar nicht gefiel, aber er ging immer noch nicht weg. Dann fragte er mich, ob das hier ein ruhiges Dorf wäre, ob die Leute im Ort freundlich wären, und all so was. Nachdem er mich genug ausgefragt hatte, erzählte er mir, dass er als junger Mann nach Amerika gegangen war, um ein Vermögen zu machen, und es auch gemacht hatte. Dass er eine schrecklich verwöhnte Tochter hatte, die zum Jahresende heiraten wollte, und dass er, damit sie endlich zufrieden wäre, ein Grundstück mit einem Garten über dem Meer suchte, und zwar in diesem Dorf.

II

Im darauffolgenden Sommer kamen sie alle gemeinsam. Das Erste, was ich erfuhr, war, dass Senyoreta Rosamaria am Dreikönigstag ihr Kind verloren hatte, und obwohl das ja nun schon einige Monate her war, war sie immer noch sehr blass. Die drei jungen Frauen saßen den ganzen Nachmittag beisammen und tratschten. Feliu malte, aber sein Meer war jetzt rauer, als würde es nach und nach wütender, und die Farbe, die er verwendete, sah aus, als würde er Zement hineinmischen. Senyor Francesc trieb sich manchmal im Garten herum, war aber meist im Haus. Miranda sah ihre Chance gekommen.

Bald wurde ihnen langweilig, und um ein wenig Abwechslung zu haben, ließen sie den Wasserskilehrer kommen, der über Land anreiste, so wie sie, und auch etwas gelangweilt wirkte. Sie kauften ein rotes Ruderboot, weil sie meinten, Rudern sei ein guter Sport. Und kurz nachdem sie das gesagt hatten, fingen sie an, Ausflüge mit dem Auto zu unternehmen, und waren nie zu Hause.

Eines Morgens, als ich gerade ein Beet mit Goldtrompeten und Lungenkraut bepflanzte, fuhren zwei Lastwagen vor, und ein Polier, mehrere Maurer und ein paar Männer mit Hacken und Schaufeln fingen an, das Fundament für die neue Villa zu legen. Und als das Fundament fertig war, kam der Herr wieder, der in Amerika sein Vermögen gemacht hatte und Bellom hieß. Er trug einen weißen Leinenanzug mit einer rosafarbenen Nelke im Knopfloch. Das Lungenkraut sah recht kläglich aus, und ich ersetzte es durch Ehrenpreis, auch wenn ich ein bisschen Angst hatte, dieses könnte der Goldtrompete zu viel Sonne wegnehmen. Senyor Bellom lief überall herum und war allen im Wege und tat, als ob er die Villa selbst bauen müsste. Am ersten Tag fragte er mich: »Was pflanzen Sie denn da?«

»Ehrenpreis.«

Er kam morgens und nachmittags, und immer hielten wir ein Schwätzchen. Eines Tages erzählte er mir, dass seine Frau bei der Geburt seiner Tochter gestorben war. Dann zog er einen zerknitterten Zettel aus der Tasche und steckte ihn wieder ein.

»Sie hat mir gerade geschrieben«, sagte er. »Sie ist erst zwanzig und schon ganz die Mutter. Die gleichen Augen, die gleichen Haare ... Den Charakter hat sie von mir. Nächste Woche ist sie ein halbes Jahr verheiratet.«

»Ich habe nie Kinder gehabt«, sagte ich, »und ich bin eher froh darüber. Es gibt schon genug Elend auf der Welt.«

Anfangs hatten die Leute im Dorf ein wenig Angst vor Senyor Bellom. Später respektierten sie ihn dann; sie sagten, er sei ein guter Mann. Und zuletzt beachteten sie ihn gar nicht mehr. Als wir genug über seine Tochter geredet hatten, fing er an, von seiner Frau zu erzählen; er sagte, er wäre wahnsinnig in sie verliebt gewesen. So etwas wie er hatte offenbar noch nie jemand erlebt. Und tatsächlich bekam er feuchte Augen, wenn er von seiner Frau sprach. Eines Nachmittags nahm ich ihn mit zu den Eukalyptusbäumen und erzählte ihm, dass sie schon hier gestanden hatten, bevor die meisten Häuser des Ortes gebaut wurden.

»Dieser Baum«, sagte ich zu ihm, »hat viel Leid und viel

Freude gesehen. Und er bleibt immer gleich. Jedes seiner sichelförmigen Blätter und jede seiner Kapseln, die aussehen wie Bleilote mit einer samtigen roten Blüte darin, haben mich gelehrt, so zu sein, wie ich bin.«

Damals war der Garten noch dunkler und geheimnisvoller, als er jetzt ist. Die Villa von Senyor Bellom, so neu und weiß, mit ihren schwarzen und roten Jalousien und dem baumlosen Garten, hat irgendetwas zerstört, ohne dass ich richtig sagen könnte, was. An dem Tag mit den Eukalyptusbäumen nahm ich Senyor Bellom mit zu meinem Haus vor den hohen Felsen, auf denen ganz oben die Pinien stehen. Ich erzählte ihm, dass ich hier lebte, seit ich Soldat gewesen war. Mein ganzes Leben arbeitete ich jetzt schon hier ... Die Dachterrasse hatte kein Geländer und keine Treppe. Um hinaufzusteigen, hatte ich mir selbst eine hölzerne Treppe gebaut und verbrachte dort oben die heißen Nächte, eingehüllt in den Duft des Geißblatts und den Gesang der Nachtigall, die in dem Baum nistet. Und ehe ich mich's versah, hatte ich Senyor Bellom meine ganze Geschichte erzählt.

»Dass ich geboren bin«, sagte ich, »habe ich dem Heiligen Geist zu verdanken. Das hat meine Mutter aller Welt erzählt ...«

Senyor Bellom lachte ein bisschen und sagte: »Erzählen Sie nur weiter ...«

»Und meine Mutter sagte immer: ›Mein Sohn macht sich wenig Gedanken darum, wie teuer er mich zu stehen gekommen ist: Zwei Fingerbreit bin ich gerissen. Und mein Mann und ich wissen immer noch nicht, wie das passieren konnte, denn sobald er mir ein bisschen wehtat, fing ich an zu weinen, und dann gab er es auf.‹ Und mein Vater sagte zu mir: ›Sohn, du bist ein Kind des Wunders. Es scheint, als hättest du einfach geboren werden müssen, wie auch immer.‹

Ich kam um zwölf Uhr mittags mit einem Kreuz am Gaumen zur Welt. Das ganze Dorf lief herbei, um es sich anzusehen. Als Kind hatte ich immer den Mund offen stehen. Und meine Mutter sorgte dafür, dass ich stets sauber und ordentlich herumlief, damit sie mich vorzeigen konnte. ›Mach mal den Mund auf und zeig dein Kreuz.‹«

Wenn ich diese Geschichten erzählte, hörte mir Senyor Bellom ganz still zu, und sobald ich eine Pause machte, sagte er: »Reden Sie weiter, reden Sie weiter …« Und ich erzählte weiter.

Als ich anfing, darüber nachzudenken, machte es mir immer ein wenig Angst, dass ich so anders war als die anderen. Wenn ich zum Spielen auf die Straße ging, umringten mich die anderen Kinder und wollten das Kreuz sehen. Als ich dann ein bisschen größer war, blieb ich einmal morgens zu Hause, weil ich erkältet war. Da ging ich zum Spiegel, machte den Mund auf, legte den Kopf zurück und sah nichts. Und tatsächlich hatte schon länger niemand mehr von dem Kreuz geredet. Ich dachte, dass die Erwachsenen vielleicht andere Augen hätten als wir Kinder. Und später dachte ich noch etwas anderes, nämlich dass das Kreuz in dem Maße verschwand, in dem ich meine Unschuld verlor.

Aber am liebsten mochte es Senyor Bellom, wenn ich von Cecília erzählte. Am ersten Tag in meinem Haus blieb er vor dem Schaukelstuhl stehen.

»Das war Cecílias Schaukelstuhl«, sagte ich. »Und das Band, das dort am Geländer festgebunden ist, war Cecílias Haarband.«

Und Senyor Bellom sagte: »War das Ihre Frau?«

»Ja. Und sie hatte so volles, weiches Haar, dass sie es nicht mit Nadeln hochstecken konnte, sondern es zusammenbinden musste, damit der Knoten hielt.«

Ich zeigte ihm das Regal mit dem Ewigen Licht: »Das zünde ich jeden Freitag an.«

Hinter dem Ewigen Licht stand ein Bild von Cecília, und davor lag ein runder Kieselstein. Senyor Bellom nahm das Bild in die Hand, betrachtete es eine Weile und stellte es dann an seinen Platz zurück.

»Aber was ist schon ein Bild ohne den Zauber des Blicks und der Stimme und der Art zu reden?«, sagte ich.

Und weil ich fürchtete, ihm auf die Nerven zu gehen, erzählte ich ihm nicht, dass Cecília immer lila Kleider getragen hatte. Kleider aus lila-weiß gewürfeltem Stoff, die aber von Weitem aussahen, als wären sie ganz lila. Sie hatte kleine, grünliche, strahlende Augen, die tief in ihren Höhlen lagen. Sie war klein und so mager, dass ihr Bauch wie eingesunken aussah. Ihre Haut war gebräunt, im Sommer sonnengegerbt. Die Haare waren das Schönste an ihr: blond wie die Sonne und lang wie ein Wasserfall. Und als ich vom Friedhof zurückkam, schlug ich mit der Faust gegen die Eukalyptusbäume, bis sie blutete. »Willst du mich kämmen?«, fragte sie mich immer. Und dann setzte sie sich hin, und ich kämmte ihr Haar mit einem honigfarbenen Kamm. Und wenn wir im Bett herumtollten, schlang ich mir manchmal ihre Haare um den Hals, und wir lachten beide. Wir waren eins. Ich lebte aufrecht und ruhig wie der Eukalyptus. Die Arme in den Schultern verankert, beide Beine fest auf dem Boden. Und in dem Augenblick, als sie starb ... sie starb mir unter den Händen weg, fast wie ein Vogel ... da bin ich zerfallen. Als hätte man mich in kleine Stücke zerschlagen und die dann weggeworfen.

Es dauerte zwei Jahre, bis ich ihr gesagt habe, dass ich sie mochte. Sie arbeitete im Haus, zu Zeiten von Senyora Pepa. Sie hatten sie angestellt, damit sie dem Zimmermädchen zur Hand ging. Am ersten Tag, als ich sie in diesem Rosmarinkleid und mit diesen blonden Haaren sah ... Vielleicht glaubt mir das keiner, aber ich war zwei Jahre lang in sie verliebt, ohne dass sie es bemerkte. Ich sah sie nicht einmal an, wenn wir uns begegneten. Aber ich spürte sie.

Dass wir die Blumen in die Vasen stellten, hat uns zusammengebracht. Senyora Pepa hatte ihr diese Arbeit aufgetragen. Ich trug die Blumen ins Haus, legte sie auf den Tisch im Wintergarten, und sie band Sträuße und schmückte die Räume mit allem, was ich an Schönem aus dem Garten brachte. Eines Tages, als ich den Korb voller Blumen auf dem Tisch abstellte, klingelte es an der Tür, und sie lief hin, um aufzumachen. Vorher zog sie sich noch die Schürze aus. Da nahm ich die Schürze und tat etwas sehr Hässliches: Ich sah nach, was sie in den Taschen hatte. Ich fand den Kieselstein und nahm ihn an mich. Das war das Erste von ihr, was ich besaß. Ich steckte ihn in den Mund, während ich arbeitete, wie ein Bonbon. Vielleicht ist das schwer zu verstehen, dass ich so ... Aber sie war sechzehn, als ich sie kennenlernte, und ich ging auf die fünfunddreißig zu.

Eines Tages, als sie ein Sträußchen aus Traubenhyazinthen band, fragte sie mich, warum ich lachte.

»Ich weiß auch nicht«, sagte ich, »wenn ich Sie sehe, muss ich immer lachen.«

Und das war auch so: Immer wenn ich sie sah, wurde ich ganz weich. Aber ich habe noch nicht erzählt, wie die Geschichte mit dem Kieselstein angefangen hat. Das war an einem wolkenverhangenen Nachmittag. Ich war gerade dabei, die Rosen zu düngen, da sah ich sie von Weitem kommen. Sie kam, um die Aussichtsterrasse zu fegen, und ging ganz langsam, als plötzlich ein Wolkenbruch einsetzte. Sie suchte Schutz unter einem Maulbeerbaum, und ich ließ die Arbeit Arbeit sein und stellte mich neben ihr unter. Wir redeten über den Regen, und mit einem Mal verstummte sie und war wie verzaubert: Sie sah den Kieselstein an, der vor ihren Füßen lag. Dann hob sie ihn auf und steckte ihn in die Tasche, ohne ein Wort zu sagen. Er war weiß, er ist es immer noch, aber in dem Moment sah er noch weißer aus, weil er nass war, und der Streifen, der um ihn herumläuft, wirkte noch schwärzer. Wenn er trocken ist, ist er gar nicht so weiß, und der Streifen ist nicht so schwarz. Als es aufhörte zu regnen, lief sie rasch davon.

Es ist jetzt fast zwanzig Jahre her, dass sie gestorben ist … Und es ist nicht so, als hätte ich keine anderen Frauen um mich herum gehabt! Massenweise. Hier im Haus und aus dem Dorf. Da war nichts zu machen. Alles war voller Frauen. Doch sie war keine Frau wie die anderen. Das kann man nicht erklären. Sie war so zart.

Aber es wird Zeit, dass ich wieder von den Herrschaften berichte.

Bei schlechtem Wetter trafen sie sich zum Frühstück im Wintergarten. Bei gutem Wetter frühstückten sie draußen unter den Magnolien. Den Wintergarten nannten sie Atlantikkreuzer, und in den Fenstern standen blaue Hortensien, genau wie auf dem Brunnen in der Mitte, aus dem aber fast nie Wasser floss. Senyora Pepa hatte gewollt, dass ich dort Herbsttulpen pflanze, die krausen.

Ein Blumentopf war schuld daran, dass ich mit Senyoret Francesc Ärger bekam. An den großen Fenstern des Wintergartens hingen blaue Seidengardinen, und im Sommer, wenn sie sich in der Brise bewegten wie ein leichter Gedanke, sahen sie aus wie Fahnen. Eines Abends saß ich auf der Schwelle meines Häuschens, und plötzlich hörte ich unterdrücktes Lachen und glaubte, zwei Schatten auf der Lindenallee zu sehen. Da wurde ich sehr neugierig, schlug einen großen Bogen und betrat den Weg vom oberen Ende, aber die beiden Gestalten waren schon bei der Aussichtsterrasse. Als ich dort ankam, waren sie bereits unten, und so lehnte ich mich, halb hinter einem Blumentopf verborgen, über das Geländer. Sie waren nach links gegangen, dorthin, wo der Strand von den Felsen begrenzt wird. Es war eine ruhige, nicht besonders dunkle Nacht, und die Sterne, die aussahen wie mit dem Pfefferstreuer verteilt, blinkten. Nach und nach schälten sich die Gestalten aus dem Flecken Dunkelheit heraus; sie lagen dicht beieinander am Strand: der junge Herr und Miranda! Ich war so damit beschäftigt, sie zu beobachten, dass ich versehentlich mit dem Ellbogen an den Blumentopf stieß, sodass er hinunterfiel. Da nahm ich die Beine in die Hand.

Am nächsten Tag war ich gerade dabei, mir das Mittagessen zu machen, als ich jemanden hereinkommen hörte. Ich trat aus der Küche. Da stand der junge Herr in einem gestreiften Morgenrock.

»Guten Tag.«

Einen Moment lang stand er ganz still, ohne ein Wort zu sagen. Er musterte mich von oben bis unten, dann sagte er: »Ein Blumentopf ist von der Aussichtsterrasse auf den Strand hinuntergefallen. Sie sollten die Scherben aufsammeln, bevor jemand sich daran verletzt.«

»Ein Blumentopf?«, fragte ich in aller Unschuld, aber ich merkte gleich, dass ihm das nicht gefiel.

»Gestern Nacht ist er heruntergefallen. Obwohl es ganz windstill war.«

Und dann geschah etwas: Unwillkürlich sahen wir einander an, maßen uns mit Blicken und mussten uns das Lachen verkneifen. Ich meine, dass unsere Augen zu glänzen begannen und sich unsere Mundwinkel ein wenig hoben.

»Er ist vom Geländer heruntergefallen.«

Er tat, als wäre er mit seinen Gedanken ganz woanders, sah halb zur Decke hinauf und sagte dann: »Es war eine ruhige Nacht.«

Weil mir darauf nichts einfiel, fragte ich ihn, ob er sich schon überlegt hätte, was mit den Holzbottichen geschehen sollte. Er musste nachdenken.

»Welche Holzbottiche?«

»Die mit den Kamelien. Wissen Sie nicht mehr, dass Sie mir gesagt haben, die Kamelien sollten in die Erde vor dem Wintergarten umgesetzt werden, und dass ich Ihnen gesagt habe, man müsse Kastanienbaumerde kaufen?«

»Ja, ja … Wie Sie wollen. Meine Frau findet auch, die gehören raus.« Und bei den Worten »meine Frau« wurde er rot. »Aber sie sagt, wenn es ihnen nicht bekommt, in die Erde gepflanzt zu werden, möchte sie lieber die Bottiche behalten, selbst wenn das hässlich aussieht.«

Ein wenig unentschlossen wandte er sich zur Tür. Dann drehte er sich völlig unerwartet wieder um, zog einen zerknitterten Zettel aus der Tasche – ich sah gleich, dass es ein Geldschein war –, klemmte ihn unter den Rand meines Salattellers und ging. Im Hinausgehen sagte er noch: »Schön, schön.«

Das passte mir gar nicht. Aber als mir einfiel, ihm hinterherzulaufen und sein Geld zurückzugeben, war es schon zu spät. Ich wusste, dass alle anderen immer früh an den Strand gingen, während er nie vor zwölf kam. Also ging ich am nächsten Tag um diese Uhrzeit zum Haus hinüber; ich war sicher, dass ich ihn dort bei der Zeitungslektüre finden würde. Ich ging hinein. Das Wasser im Springbrunnen war eingeschaltet, plätscherte aber nur sacht. Daneben standen Senyoret Francesc und Miranda – eng umschlungen.

Das Erste, was ich sah, war Mirandas Kopf zwischen der Schulter und den Haaren des jungen Herrn. Er stand mit dem Rücken zu mir. Ich weiß nicht, wie viel Zeit verging, ob viel oder wenig. Jedenfalls konnte ich mich gerade noch zurückziehen. Ich habe nie erfahren, ob Miranda ihm gesagt hat, dass sie mich gesehen hatte. Aber den ganzen Tag hatte ich Mirandas Kopf vor Augen, wie abgeschnitten.

Am nächsten Tag ging ich wieder hin, und dieses Mal hatte ich mehr Glück. Er saß da und las. Sobald ich eingetreten war, blickte er auf und fragte, ob der Dünger schon gekommen sei. Er meinte die Kastanienerde, klar. Ich sagte, nein, und streckte ihm dann rasch den Geldschein hin, bevor er mir mit einer anderen Dummheit kommen konnte.

»Das ist Ihnen vor Kurzem runtergefallen.«

Er tat, als hätte er nicht verstanden. »Wie bitte?«

»Dieser Geldschein gehört Ihnen.«

Ich gab ihm den Schein, er sah ihn sich an, und dann sagte er mir, dass ich mich irrte.

»Das Geld gehört Ihnen … Sie haben es an dem Tag vergessen, als Sie zu mir kamen, um mir zu sagen, dass der Blumentopf heruntergefallen war. Es lag auf meinem Tisch.«

Er schwieg eine Weile, und man konnte ihm ansehen, wie seine Gedanken rasten.

»Das war für die Mühe, die Scherben einzusammeln …«

Seine Worte kamen so schnell und so wütend, dass ich mich umdrehte und davonging, ohne noch etwas zu sagen.

Als ich am Abend auf meiner Türschwelle die Kühle genoss, kam Quima zu mir.

»Wissen Sie eigentlich, was los ist?«

»Wo?«

»Hier. Als Senyoreta Rosamaria erfuhr, dass sie in anderen Umständen ist, hat sie anscheinend gesagt, dass sie das nicht will. Deswegen sieht sie aus wie eine wandelnde Leiche. Dabei wollte er gern ein Kind – deshalb hat er ja letztes Jahr auch dieses Fest gegeben! Sie haben furchtbar gestritten, und dann ist er ganz allein abgereist und war zwei Monate in der Weltgeschichte unterwegs. Als ob sie getrennt wären …«

»Und woher wissen Sie das?«

»Von der Mulattin.«

»Dann glauben Sie es nicht.«

Als ich dachte, das wäre es gewesen, trat sie ganz dicht an mich heran und flüsterte mir ins Ohr: »Die Senyoreta wollte sie rauswerfen, aber der Herr hat es nicht zugelassen; er sagte, sie wäre ein gutes Mädchen. Und Senyoreta Rosamaria hat nicht weiter darauf bestanden, weil sie ihm nicht ins Gesicht sagen wollte, warum sie Miranda nicht mag. Was glauben Sie, wie das alles ausgehen wird?«

»Wie soll es schon ausgehen? Hören Sie auf mich und machen Sie sich keine Sorgen.«

»Sie meinen, das ist nichts Ernstes?«

Bevor sie ging, sagte sie mir noch, sie hätte gehört, dass Senyoreta Eulàlias Mann kommen würde.

»Ich wusste gar nicht, dass sie verheiratet ist.«

»Nein? Wissen Sie, was er macht? Er jagt Löwen. Was eben reiche Leute so tun.«

Senyoreta Rosamaria hatte ihr eines Tages davon erzählt. Anscheinend waren die beiden bei ihrer Hochzeit sehr verliebt gewesen, aber wie das so geht: Im Laufe der Jahre waren sie einander fremd geworden. Doch weil sie sich einmal sehr geliebt hatten, wollten sie sich nicht trennen. Um sich zu zerstreuen, fuhren sie nach Afrika zur Löwenjagd. Senyoreta Eulàlia blieb zwei Jahre dort, um ihrem Mann Gesellschaft zu leisten, bergauf und bergab, durch Flüsse hindurch und wieder zurück, aber zuletzt hatte sie es nicht mehr ausgehalten und war zurückgekehrt. Und offenbar waren sie so glücklich. Sie sahen sich von Zeit zu Zeit, und angeblich liebten sie sich sogar. Mal kam er nach Barcelona, und mal fuhr sie nach Afrika. Und mit diesem Hin und Her hatten sie ihre Ehe kitten können.

So jemanden wie Senyoret Sebastià hatte ich noch nie gesehen. Er mochte etwa Mitte dreißig sein und hatte sich für sein Alter gut gehalten. Manchmal, wenn er lachte, lachte er so sehr, dass man ihn für zwanzig hätte halten können. Er war blond und hatte graue Augen. Sehr schmal, sehr groß, mit einer ausgeprägten Linie zu beiden Seiten des Mundes, von der Quima meinte, sie käme daher, dass er so ganz allein in Afrika sicher traurig war, während ich sicher war, dass sie vom vielen Lachen kam. Er brachte ein Löwenjunges mit und zwei Zebrafelle, die sie gleich an die Wand hängten. Und viel Fröhlichkeit brachte er mit. Und großes Durcheinander. Beim Schmied ließen sie einen Käfig für den Löwen machen, mit einem Häuschen, in dem er schlafen konnte. Er war ein wundervolles Tier, schön und still, das riesige Stücke Fleisch verschlang. Sein Fell glänzte, und er hatte glasige Augen mit Sprenkeln von Sonnenlicht darin. Er sah immer leicht gelangweilt aus und schlief wie ein Murmeltier. Manchmal leistete ich ihm abends ein wenig Gesellschaft. Ich setzte mich neben den Käfig, und er sah mich kommen, starrte mich an, und manchmal setzte er sich in meine Nähe, andere Male legte er sich weit weg von mir nieder. Manchmal wollte er spielen. Nun gut: Da hatten wir also den Löwen im Käfig, die Felle an der Wand und noch fast den ganzen Sommer vor uns. Obwohl Senyoret Sebastià Jäger war, schwamm er wie ein Fisch. Wir wurden schnell Freunde, und gleich am ersten Tag, als wir plauderten, sagte er mir, beim nächsten Mal würde er mir Samen und Pflanzen aus diesem Land mitbringen und die wären so schön, dass man Mund und Nase aufsperren müsste. Vor allem eine, deren Namen er nicht kannte und die wie eine feuerrote Sonnenblume war und sich schloss, wenn man sie zu lange ansah.

Er war noch keine vierzehn Tage bei uns, da kam er eines Abends zu mir und sagte, wenn ich mal so richtig lachen wolle, solle ich mit ihm kommen. Wir gingen zur Rückseite des Hauses und machten unter dem Balkon des Wasserskilehrers halt; über das Balkongeländer hing ein langes Seil, und ich weiß noch, wie betäubend die Blüten des Chinesischen Klebsamens dufteten.

»Helfen Sie mir, am Seil zu ziehen«, sagte er leise zu mir. Wir zogen beide; anfangs ging es ein bisschen schwer, aber dann glitt das Seil durch unsere Hände, bis es sich plötzlich verhakte.

»Noch ein Ruck!«

Von oben ertönte Geschrei.

»Und jetzt rennen Sie!«

Wir rannten bis zu meinem Haus, und als wir drinnen waren, fragte ich ihn, was da los gewesen war. Anscheinend hatte er sich ins Schlafzimmer des Wasserskilehrers geschlichen, als der schon schlief, und das Seil an die Bettpfosten gebunden.

»Ganz leise, wie es die Schwarzen bei der Nashornjagd tun.«

Das Geschrei hatte der Wasserskilehrer ausgestoßen, als

er sich mitsamt dem Bett auf dem Balkon wiederfand. Er war von dem Ruck aufgewacht, als das Bett an die Schwelle stieß.

Senyoret Sebastià war der Älteste von allen, die anderen waren noch halbe Kinder, aber auch der Lustigste. An manchen Tagen schien er verrückt geworden zu sein. Einmal kam er um zwei Uhr nachts zu mir.

»Nehmen Sie die Kamera«, sagte er und drückte mir einen Fotoapparat in die Hand. Er trug kurze Hosen und war barfuß. Wir schlichen uns im Dunkeln zum Haus, und als wir drinnen waren, zündete er eine Lampe an, damit wir die Treppe hochsteigen konnten. Auf dem Treppenabsatz machten wir vor der Schlafzimmertür von Senyoreta Maragda halt.

»Sie halten das Magnesium, ich nehme die Kamera.«

Dann erklärte er mir, dass sie sich mit dem Magnesium noch mehr erschrecken würden. Wir öffneten die Zimmertür, und durch die weit offen stehenden Balkontüren drang ein wenig Sternenlicht herein. Senyoret Sebastià zündete die Lampe wieder an, um sich ein Bild der Lage zu machen, und fotografierte das Fräulein. Senyoreta Maragda stieß einen Schreckensschrei aus und fuhr im Bett hoch. Als Senyoret Sebastià das Foto von ihr hatte, beschwichtigte er sie mit süßen Worten – sie kochte vor Wut – und überredete sie, mit uns zu kommen. So gingen wir alle drei zu Felius Zimmer. Er schnarchte. Senyoret Sebastià begann, ihn mit dem Licht der Lampe zu blenden, und Feliu, der halb auf der Seite lag, wedelte mit der Hand, wie um eine Fliege zu verscheuchen. Dann drehte er sich um, sodass er mit dem Bauch nach oben lag. Wir fotografierten ihn im Schlaf. Als wir schon fast an der Tür waren, hörten wir ihn murmeln: »Tiere.« Und so machten wir Fotos von allen. Am wütendsten war Senyoreta Eulàlia, denn die war noch wach und las – splitterfasernackt! Sie war so aufgebracht, dass sie ihrem Mann eine Flasche Wasser über den Kopf schüttete; dann versuchte sie uns zu fangen, aber das war keine gute Idee.

Jetzt hatten wir erst recht etwas zu lachen.

Eines Tages, als Miranda ihnen das Frühstück servierte, fragte Senyoret Sebastià sie, ob sie gerne badete, und sie sagte, dass sie lieber im Fluss badete, weil sie es nicht mochte, wenn sie Salzwasser in die Nase bekam. Daraufhin sagten alle, sie solle doch mit ihnen zum Baden kommen, und Senyoret Sebastià sagte, er würde sie schon so festhalten, dass sie kein Wasser in die Nase bekäme. Senyoreta Maragda nahm sie mit, um ihr einen ihrer Badeanzüge zu leihen. Das alles habe ich nicht gleich erfahren. Manchmal erfuhr ich es ein paar Tage später, aber immer gab es jemanden, der es mir erzählte. Ich habe gehört, an dem Morgen sei Senyoret Francesc ganz verzweifelt überall herumgelaufen und habe nach Miranda gesucht und Quima und Mariona gefragt, wo sie sei. Und als er am Strand ankam, war es schon halb eins. Und ich habe gehört, als er Miranda mit den anderen sah, sei er kreidebleich geworden. Aber er bemühte sich, sich nichts anmerken zu lassen, und machte anscheinend sogar noch eine spaßige Bemerkung.

Am Nachmittag kam Feliu zu mir, als ich gerade die Kamelien im Bottich austauschte.

»Ich mag die Scherze nicht, die sie treiben. Miranda war mir noch nie besonders sympathisch, und ich habe versucht, Frieden zu halten, aber was hier passiert, gefällt mir ganz und gar nicht.«

Er fragte mich, was ich mit der vielen schwarzen Erde wolle, und ich erklärte es ihm. Er half mir, die Kamelien aus den Bottichen herauszunehmen. Er war schlecht gelaunt. Aber nach ein paar Tagen hatten sie ihn eingewickelt, und von da an war er der Erste, der über Mirandas Bemerkungen lachte. Sie nahmen sie den ganzen Tag lang überallhin mit und stellten ein Mädchen aus dem Dorf ein, das ihre Arbeit tun sollte.

»Irgendwann wird sie gehen«, sagte Quima, »sie muss einfach weggehen.«

Ich sah das nicht so, aber manche Leute leben von ihren Hoffnungen. Und Miranda ließ sich von Senyoret Sebastià hofieren. Darauf hatten sie alle gewartet: auf ein bisschen Abwechslung. Eines Tages sagte Senyoreta Eulàlia: »Allmählich finde ich, dass mein Mann die Posse ein wenig zu weit treibt.« Aber man merkte, dass sie leicht zu beschwichtigen war, und schließlich sagte sie, das bisschen Ärger sei ihr lieber, als dass er dort unten wäre, wo sie immer fürchten musste, ein Tiger könnte ihn fressen.

Das ganze Dorf redete über die Geschichte mit Miranda, und man zerriss sich das Maul über die jungen Leute, die einem Serviermädchen erlaubten, mit ihnen die Sommerfrische zu genießen. Das kann niemand gutheißen. Jeder sollte da bleiben, wo sein Platz ist. Ich sagte zu Quima: »Irgendwann ist auch das vorbei. Das ist ein schlimmer Sommer, und es ist besser, man denkt nicht allzu viel darüber nach.«

Und tatsächlich hieß es nach zwei oder drei Wochen Miranda hier und Miranda da, Senyoret Francesc sei nach Barcelona gefahren, um mit seinem Verwalter zu sprechen. Ich dachte mir gleich, dass er gefahren war, weil er kurz davorstand, sie zu erwürgen. Von da an hielten sie sich ein wenig zurück, aber nicht ganz, und Miranda ließ sich nach wie vor hofieren. Natürlich machte das Ganze ohne Senyoret Francesc weniger Spaß, und die jungen Leute waren weniger aufgedreht.

Und dann kam eines Tages Quima zu mir.

»Wissen Sie es schon? Senyoret Francesc ist schon seit zwei Tagen im Dorf. Er fährt mit einem pflaumenfarbenen Wagen in der Gegend herum, der mindestens zehn Meter lang ist. Und wissen Sie, wo er wohnt? Er hat ein Zimmer bei Bergadans gemietet.«

»Das wundert mich gar nicht«, sagte ich, damit sie mich in Ruhe ließ.

Noch am selben Tag kamen Feliu, Senyoret Sebastià und Senyoreta Eulàlia zu mir. Es war ihnen anzusehen, dass sie nicht wussten, wo sie anfangen sollten. Schließlich ging Senyoreta Eulàlia zu Cecílias Regal hinüber und sagte: »Das ist aber ein hübscher Kieselstein.«

Ich antwortete nicht, und sie merkte gleich, dass ich es nicht mochte, wenn man in meinen Privatsachen herumwühlte.

»Sehen Sie …«, setzte Feliu an.

»Sie wissen doch sicher, dass mein Mann …«

»Wir würden Sie gerne bitten … Sie gehören doch praktisch zur Familie … Francesc ist schon seit Tagen wütend auf uns, ganz ohne Grund, und ist nach Barcelona gefahren, und jetzt ist er in den Gasthof von Bergadans gezogen … Er macht sich gerne über andere lustig, erträgt es aber nicht, wenn man sich über ihn lustig macht …«

»Gestern Abend«, sagte Senyoret Sebastià, der bis dahin keinen Ton von sich gegeben hatte, »war ich mit Feliu und Eulàlia bei ihm. Wir wollten ganz freundlich mit ihm reden, aber er hat uns kurzerhand vor die Tür gesetzt. Warum gehen Sie nicht mal hin? Auf Sie hört er vielleicht. Er hält so große Stücke auf Sie!«

Ich verstand sofort, dass sie uns für dumm verkaufen wollten, Senyoret Francesc und mich. Sicher lachten sie sich tot, wenn sie sich das Gesicht vorstellten, das er bei meinem Anblick ziehen würde. Natürlich ärgerte ich mich, dass sie mich für so naiv hielten, und war drauf und dran, sie zum Teufel zu jagen. Aber das Schlimme war, dass ich sie eigentlich ganz amüsant fand.

»Wenn Sie meinen …«

Bevor ich ins Zimmer hinaufging, schenkte mir Bergadans einen Anisschnaps ein. Dabei zwinkerte er mir zu.

»Kommen Sie wegen dem da oben? Glauben Sie nicht, dass die eines Tages alle im Irrenhaus landen werden?«

»Sie sind eben jung …«

Ich ging hinauf. Mein Hals war schweißüberströmt, und meine Handfläche blieb am Treppengeländer kleben. Oben angekommen, pochte ich mit den Knöcheln an die Tür und wartete eine Weile. Dann klopfte ich noch einmal, und wieder kam keine Antwort. Also dachte ich, dass der junge Herr vielleicht ausgegangen sei, ohne dass Bergadans es bemerkt hatte, und ging wieder nach unten.

»Er antwortet nicht. Sie denken, dass er oben ist, aber wer weiß, wo er sich herumtreibt.«

Bergadans kratzte sich im Nacken, wie es so seine Angewohnheit war, und lachte völlig grundlos.

»Er ist oben. Ich hätte ihn gesehen, wenn er heruntergekommen wäre; ich stand die ganze Zeit hinter der Theke.«

Ich verstand ihn kaum, so sehr schüttelte ihn das Lachen. Am liebsten hätte ich ihn erwürgt, aber da sagte er: »Klopfen Sie laut, vielleicht schläft er.«

Also ging ich wieder hoch, hämmerte an die Tür und drückte schließlich die Klinke herunter. Die Tür war nicht abgeschlossen, und ich blieb auf der Schwelle stehen. Durch das Fenster sah man das Meer, ganz ruhig, und ein Stück weiter links die Kronen der Linden und Maulbeerbäume. Und etwas weiter in der Ferne war das rote Boot zu sehen, und darin saß jemand, und ich dachte, es könnte Senyoreta Eulàlia sein.

Senyoret Francesc lag quer über dem Bett, sodass seine Füße über die Matratze hinaushingen. Er schlief mit weit offenem Mund. Ich trat ein, schloss die Tür hinter mir, ging zu ihm hin und rüttelte ihn. Vergebens. Da ging ich wieder hinaus und schlug die Tür zu. Von unten rief Bergadans: »He, mein Haus!«

Ich ging wieder hinein, und da hatte er sich gerade umgedreht. Seine Stirn war schweißbedeckt. Weil ich nicht wusste, was ich tun sollte, setzte ich mich auf einen Stuhl in der Ecke und sah mich im ganzen Raum um: die gehäkelte Überdecke, das Waschbassin mit den eisernen Beinen, den Tisch mit einem leeren Tintenfass und einem rosafarbenen Löschblatt. Auf dem Nachttisch standen ein Glas und eine Flasche, auf deren eine Seite ein Pferd gemalt war. Und während ich das Pferd betrachtete, wachte er auf.

Im ersten Augenblick erkannte er mich kaum.

»Was machen Sie denn hier?«, fragte er und stützte sich mit dem Ellbogen aufs Kopfkissen.

»Drei Mal dürfen Sie raten ...«

»Brauchen Sie etwas?«

Er setzte sich abrupt auf und wischte sich mit dem Handrücken über die Lippen. Dann schenkte er sich ein wenig Saft ein und trank ihn in einem Schluck aus.

»Nein, nein, Senyor.«

»Sind Sie etwa gekommen, um mich zu überwachen? Wenn Sie glauben, dass ich Gesellschaft brauche ...«

Er setzte die Füße auf den Boden und warf mir einen zornigen Blick zu.

»Die sind in der Lage und haben Sie geschickt … Wer hat Ihnen gesagt, dass ich hier bin?«

»Wenn Sie glauben, dass das nicht das ganze Dorf weiß …«

»Die haben wohl zu wenig zu tun?«

Plötzlich packte ihn die Wut, und er schmetterte die Flasche an die Wand. Als er den großen Fleck sah, murmelte er etwas vor sich hin, und man sah ihm an, dass er nicht genau wusste, was er sagte. Er zeigte mit dem Finger auf mich.

»Sie halten mich wohl für ein Kind, was?«

Er holte eine Zigarette aus der Tasche und wurde ein wenig ruhiger.

»Glauben Sie, ich hätte Lust, dorthin zu Besuch zu gehen? Wieso sitzen Sie eigentlich?«

»Entschuldigen Sie. Das hatte ich gar nicht bemerkt.«

Ich stand auf.

»Nein, nein. Setzen Sie sich ruhig wieder. Sind Sie schon lange hier?«

»Nicht lange. Aber da ich Sie nicht wach gekriegt habe …«

»Die haben Sie hergeschickt, nicht wahr? Sie wollten wohl mal wieder was zum Lachen haben …«

»Es ist nicht gut, dass Sie nicht zu Hause wohnen …«

»Ach nein? Sieh mal an!«

Ich fand, dass das alles schon ein wenig zu lange dauerte, also stand ich auf und ging langsam zur Tür.

»Was soll ich ihnen sagen?«

»Dass Sie mich nicht angetroffen haben.« Er warf die Zigarette aus dem Fenster, drehte sich wieder zu mir hin und wiederholte: »Sagen Sie ihnen, dass Sie mich nicht angetroffen haben.«

Natürlich glaubten sie mir nicht. Ein paar Tage später sah ich Senyoret Francesc mit Feliu unter den Maulbeerbäumen spazieren gehen. In aller Seelenruhe. Am selben Tag erzählte mir Quima, dass sie gleich nach dem Mittagessen alle weggefahren seien. Nach Frankreich, um ein Theaterstück zu sehen, das in einem Schloss aufgeführt wurde.

Im Haus blieben nur die Dienstboten zurück – und Miranda, von der wir nicht genau wussten, ob sie noch zum Dienstpersonal gehörte oder nicht. Mit Mariona, mit der ich zuvor wenig zu tun gehabt hatte, freundete ich mich in diesen Tagen an, weil sie manchmal abends vorbeikam, um sich den Löwen anzusehen. Ich nahm auf einem niedrigen Stuhl Platz und blieb lange vor dem Käfig sitzen. Manchmal kam er zu uns und betrachtete uns, als wäre er ein Mensch, und wenn wir mit ihm redeten, lag er so still da, als wäre er tot. Was für ein schönes Tier er war! Ich wartete auf den Abend, wenn es ruhig war, um ihn zu besuchen. Und natürlich war es mir lieber, wenn ich ganz alleine war. Eines Tages schob ich ihm einen Ast zwischen den Gitterstäben hindurch, einfach so. Und siehe da! Er sprang darüber. Ich ging leise weg und erzählte niemandem etwas davon. Von nun an sprang er jeden Abend über den Ast, wenn ich ihn hineinschob. Eines Abends, als ich später kam als gewöhnlich, winselte er traurig, doch sobald er mich sah, hörte er auf, kam zu der Stelle des Käfigs, an der ich stand, und rieb seinen Kopf so eifrig an den Gitterstäben, dass ich ihn gestreichelt hätte, wenn er kein Löwe gewesen wäre, so lieb hatte ich ihn gewonnen.

Wir waren so gute Freunde geworden, dass ich Miranda am liebsten umgebracht hätte, als sie eines Tages kam, um herumzuschnüffeln. Ich sagte ihr, sie solle verschwinden. Sie antwortete nicht, setzte sich auf den Boden, und der

Abend war mir verdorben. Das Schlimmste war, dass sie am nächsten Tag wieder kam und eine große Dummheit machte. Sie steckte die Hand durch das Gitter und packte den Löwen am Ohr. Ich wusste mir nicht anders zu helfen: Ich versuchte, sie auf den Arm zu schlagen. Da zog sie heftig an dem Ohr und schrie wie besessen. Der Löwe erschrak und schlug ihr mit der Pranke auf den Arm. Sie sprang zurück, sah ihre blutüberströmte Hand und fiel ohnmächtig der Länge nach hin.

Senyor Bellom kam zurück, um den Fortschritt der Bauarbeiten zu begutachten. Ich hatte ihn seit einem Monat nicht gesehen, aber er grüßte mich, als wäre er nie fort gewesen. Mit einem breiten Lächeln und seiner Nelke und seinem Anzug, die aussahen wie neu.

»Es geht nicht gerade schnell voran, aber das ist mir egal. Ich will, dass die Arbeit ordentlich gemacht wird.«

Jeden Morgen plauderten wir ein Weilchen, wenn ich an der Gartenmauer arbeitete. Eines Tages stellte er mir eine Frage, mit der ich nicht gerechnet hatte.

»Dieses dunkelhäutige Mädchen, dem ich manchmal im Dorf begegne, arbeitet für Ihre Herrschaften, nicht wahr?«

Ich sagte ihm, sie sei die erste Kammerzofe.

»Wissen Sie, aus welchem Land sie kommt?«

»Ich meine gehört zu haben, dass sie aus Brasilien kommt.«

Er schwieg nachdenklich.

»Ich treibe Handel mit Brasilien. Habe selbst zwei Jahre lang dort gelebt. Ein schönes Land, Brasilien; ein schönes Land.«

Er sah auf die Uhr und ging. Am nächsten Tag sagte er mir, er würde nach Barcelona fahren und von Barcelona nach Paris, und von Paris aus müsse er nach Holland und dann noch weiter. Bevor er mir zum Abschied die Hand gab, schenkte er mir eine Zigarre, die so lang war, dass ich sie mit der Schere in drei Teile schneiden konnte.

Eine Woche später kamen alle zurück. In der ersten Nacht schlief ich auf der Dachterrasse, und Senyoret Sebastià kam vorbei. Er setzte sich neben mich, aber ich regte mich nicht und sah ihn die ganze Zeit von unten herauf an. Es war sehr heiß, und die Luft war schwer vom Duft des Geißblatts.

»Erzählen Sie mal, wie das passiert ist, dass der Löwe Miranda in die Hand gebissen hat.«

Ich sagte ihm, er hätte sie bloß gekratzt, und erklärte ihm alles ganz geduldig. Er lachte sich halb tot, und ich fand ehrlich gesagt auch, dass das Ganze halb so schlimm war. Als er sich wieder beruhigt hatte, fragte ich ihn, wie ihre Reise gewesen war. Er sagte mir, sie hätten es ziemlich wild getrieben und seien alle ein bisschen krank gewesen, weil sie sich an Langusten überfressen hätten. Senyoret Francesc und Senyoreta Rosamaria hatten offenbar Frieden geschlossen und schliefen wieder zusammen. Wenn sie spazieren gingen, hielten sie sich an der Hand. Das Theaterstück war wohl nichts Besonderes gewesen, und weil es ihnen nicht gefallen hatte, waren sie schon vor dem Ende gegangen und hatten sich in einem Café amüsiert.

Eines Tages kam Senyoreta Rosamaria, um mir zuzusehen, wie ich den Sommerjasmin ausdünnte.

»Meinen Sie nicht, er ist zu alt?«

Ich erklärte ihr, dass die Sträucher für ihr Alter immer noch schön blühten und nichts weiter brauchten, als ein wenig beschnitten zu werden. Sie sah zur Baustelle nebenan hinüber und sagte: »Ich finde es schade, dass das neue Haus so nah an diesem gebaut wird. Es wird die Aussicht verschandeln.«

Ich fand das übertrieben, denn jedermann wusste, dass

die neue Villa nur einstöckig werden würde, aber ich hatte keine Lust auf Diskussionen, und so sagte ich, sie habe vollkommen recht. Ich erzählte ihr beiläufig, dass Senyor Bellom gekommen war, um die Bauarbeiten zu inspizieren, und dass er im Dorf herumerzählt hatte, er würde zwei Pferde haben, eines für seine Tochter und eines für seinen Schwiegersohn, und er würde sie extra aus einem anderen Land kommen lassen, wo besonders gute Pferde gezüchtet wurden. Ich glaube, das gefiel ihr ganz und gar nicht.

Bevor sie ging, gab sie mir eine sorgfältig verpackte und mit einer gelben Schnur umwickelte Schachtel.

»Ein Souvenir aus Frankreich.«

In dem Päckchen waren ein Dutzend Taschentücher.

In diesem Jahr reisten sie spät ab. Die Blätter verfärbten sich, und viele Bäume waren schon kahl. Abends zündeten sie im großen Salon den Kamin an. Das Meer verlor seine Farbe, nachmittags war es aufgewühlt, und Feliu gab das Malen auf, weil der Wind ihm die Staffelei davonwehte. Er sagte, er wäre gar nicht zufrieden mit dem, was er den Sommer über gemalt hätte.

Eines Nachmittags – ich riss gerade die Ringelblumen heraus, die schon alles gegeben hatten, was sie konnten – hörte ich von der Aussichtsterrasse Stimmen herüberdringen und sah Mariona mit einem jungen Maurer namens Mingo reden. Sobald sie mich sah, sagte sie: »Kommen Sie, kommen Sie und leisten Sie uns Gesellschaft.«

»Sie ist traurig, weil der Sommer bald vorbei ist«, sagte er.

»Das ist ja nichts Neues …«

Ich ließ sie allein und ging auf die Suche nach Senyoret Sebastià, der mit Senyoreta Eulàlia zusammen war. Ich wollte ihm sagen, er könne ganz beruhigt abreisen, ich würde gut für den Löwen sorgen. Am Ende nahmen sie ihn aber doch mit, weil er ihn einem Tierpark versprochen hatte. Er klopfte mir auf den Rücken – das machten sie alle – und sagte: »Wenn Sie wollen, bringe ich Ihnen ein halbes Dutzend mit, wenn ich wiederkomme. Vielleicht fressen sie ja gemeinsam Miranda auf!«

»Solange Sie daran denken, mir die Samen mitzubringen ...«

Senyoret Francesc erteilte mir vor der Abreise noch eine Reihe von Anweisungen. Und er sagte mir, wenn der Winter vorbei wäre, würde er Maurer schicken, um die Stellen am Haus abzudichten, wo es hineinregnete. Und nach den Maurern kämen die Maler, denn im nächsten Sommer sollte das Haus glänzen wie ein Hostienteller.

Ich hatte einen schrecklichen Winter. Die Maurer, die erst nach dem Winter kommen sollten, kamen, kaum dass die Herrschaften abgereist waren. Die undichten Stellen zu reparieren war ein Kinderspiel, und so waren sie bald wieder weg, aber sie ließen alles völlig verdreckt zurück. Dann kamen die Maler. Sie zögerten die Arbeit hinaus, solange es ging, und an schönen Tagen setzten sie sich um die Mittagszeit in die Sonne und fanden, in der Nähe meines Hauses sei es am gemütlichsten. Es waren junge Männer von einem Schlag, der mir nicht gefiel, ziemlich unverschämt. Man weiß ja, wie das ist mit den Malern: Sie tun einen Pinselstrich, dann pfeifen sie den Mädchen hinterher. Ich hatte die Pfeiferei bald satt.

Also gönnte ich mir ein paar Tage Pause, um mir Gedanken um meine Pflanzen zu machen, die Rosensträucher zu veredeln und durch den Garten zu schlendern und mir anzusehen, was ich alles tun wollte. Ein Brief von Senyoret Francesc riss mich aus meiner Geruhsamkeit. Er schrieb, er wolle Margeriten rund um die Aussichtsterrasse und auf beiden Seiten des Hauptzauns zwei Beete mit weißen Rosen von einer Art, die er kannte und die dreimal im Jahr blühte. Ganz am Ende unter der Unterschrift schrieb er, es kämen noch andere Maurer, die bei Bergadans essen und schlafen würden. Und dass sie einen Stall bauen würden. Das wunderte mich nicht.

Die Maurer, die dann kamen, führten sich auf wie Herren. Einmal fragten sie mich, ob sie sich etwas in meiner Küche zubereiten könnten, weil sie das Essen bei Bergadans fad fänden und Nahrung brauchten. Ich sagte sehr höflich Nein. Es war eine Qual, weil sie den Stall ganz in der Nähe meines Häuschens bauten und ich sie einfach nicht loswurde. Um sie nicht sehen zu müssen, schloss ich mich ein. Ich ging nur morgens aus dem Haus, bevor sie kamen, und abends, wenn sie schon wieder weg waren. Und an den Tagen, an denen es regnete und sie sich nicht blicken ließen.

Sie bauten einen erstklassigen Stall mit zwei Wohnräumen im ersten Stock für den Stallburschen.

Seit ein paar Wochenenden war Quima nicht mehr da gewesen, weil sie eine kranke Frau pflegte, und so musste ich meine Wäsche selber waschen. An dem Sonntag, an dem sie wiederkam, war sie sehr verblüfft, die Neuerungen zu sehen. Ich zeigte ihr das ganze Haus mit den neu gemalten Wänden, die aussahen wie der Himmel. Alles war weiß, und einige Zimmer hatten einen Goldrand. Die Böden waren noch schmutzig von den Malern, weil Senyoret Francesc mir gesagt hatte, ich solle vorläufig noch nichts putzen lassen. Als Quima den Stall sah, sagte sie: »Wissen Sie, was mit ihnen los ist? Sie sind neidisch auf die Nachbarn.«

Nachdem die Maurer weg waren, fielen die Elektriker ein

und danach noch mehr Maler für die Bäder und den Stall. Es herrschte ein ständiges Kommen und Gehen. Das Tohuwabohu hielt an bis Mitte Mai, dann lief Quima überall herum, um zwei junge Mädchen für den Großputz zu finden. Und während sie am Putzen waren, kam ein Brief des jungen Herrn. Er schrieb, sie würden kommen, um die ganzen alten Möbel abzuholen und neue zu bringen. Der Dekorateur würde sich darum kümmern, ich solle alles ihm überlassen.

Zu guter Letzt kehrte wieder Ruhe ein, aber die Blüten waren schon aufgegangen, und auf mich kam die große Arbeit zu, das Austreiben der Saat zu beobachten und die Pflanzen umzutopfen. Dabei war ich völlig erschöpft.

Unterdessen war die Villa nebenan unablässig gewachsen. Der Maurer, der mit Mariona befreundet war, erzählte mir, es gäbe Zimmer mit schwarzen Marmorböden und Zimmer mit weißen Marmorböden. Und vor das Haus würden sie ein hundert Meter langes Schwimmbecken setzen, mit warmem Wasser für den Winter. Jeder redete darüber. Als ich einmal einen trinken ging, erzählte mir Bergadans, eine der Wände im Wohnzimmer bestünde aus zwei Glasscheiben, die von der Decke bis zum Boden reichten und mit Wasser und Fischen verziert wären.

Anfang Juni kamen die Pferde. Eines von ihnen war schwarz mit einem weißen Fleck auf der Stirn und sah aus, als verstünde es jedes Wort. Ein kleiner Mann mittleren Alters brachte sie. Er sollte sich auch in Zukunft um sie kümmern. Er erzählte mir gleich, dass er Toni hieß und als junger Mann Rennen gewonnen hatte. Er sei sehr bekannt gewesen. Er schüttelte mir sogar die Hand, aber ich ließ ihn bald stehen, weil er mir zu viel angab. Reitlehrer sei er, sagte er. Die Pferde hatten schon einen Namen. Das schwarze hieß Llucifer und das weiße Fletxa.

III

Sie kamen alle am Vorabend von Sankt Johannis.

Es gab eine Neuigkeit: Senyoreta Eulàlia war unter die Maler gegangen. Ihre Bilder waren seltsam. Sie malte zwar Menschen, aber ganz klein und immer weit weg. Sie malte auch Blumen, so wie sie waren, und zählte die Blütenblätter, damit keines fehlte. Trotzdem sahen sie nicht aus wie die echten Blumen. Ich weiß nicht, ob sie schöner waren oder weniger schön ... Man kann das nur schlecht erklären. Wie die Farben, die aussahen wie von innen erleuchtet. Als ich Senyoreta Eulàlia sah, fragte ich als Erstes, wie es Senyoret Sebastià ging. Sie sagte mir, er sei in Afrika und könne diesen Sommer nicht kommen. Ich hatte schon befürchtet, dass ich die Samen nicht bekommen würde. Außer Senyoreta Eulàlia, die nur ans Malen dachte, redeten alle über die Villa von Senyor Bellom.

»Bald werden sie fertig sein«, sagte Feliu eines Tages zu mir, als wir den Maurern zusahen.

»Jetzt geht die Arbeit erst richtig los.«

Mingo war sehr froh, weil er sich schon mit Mariona getroffen hatte.

Über die Renovierungsarbeiten am Haus redete niemand. Sie sprachen ein bisschen über die Pferde, nicht besonders viel, aber nach und nach fingen sie an, sich für sie zu begeistern. Und doch waren die Pferde nicht Abwechslung genug, um ihnen die Angst zu nehmen, dass sie neben Senyor Bellom kläglich dastehen würden. Am meisten regte sich Senyoreta Maragda auf; sie konnte sich einfach nicht beruhigen.

»Wir werden ja sehen, ob Senyor Belloms Pferde besser sind als eure.«

Sie lernten reiten. Morgens vor dem Schwimmen ritten sie die Lindenallee auf und ab. Senyoret Francesc lernte es ziemlich schnell und spielte sich auf, als ob vor ihm noch nie jemand geritten wäre: Er ritt mit in die Hüfte gestemmter Hand und erhobenem Kopf. Manchmal redete ich abends mit Toni darüber; dann lachten wir. Wir waren nicht besonders gut befreundet, aber er war ein Mann, der gewann, je näher man ihn kennenlernte. Er hatte die schlechte Angewohnheit, sich gerne wichtigzutun, vor allem vor Leuten, die er nie zuvor gesehen hatte. Er prophezeite mir, am besten würde Senyoreta Rosamaria reiten lernen, denn die wüsste, wie man mit dem Pferd eins wird. Und damit behielt er recht, auch wenn es ziemlich lange dauerte, bis sie lernte, sich gerade zu halten, und sie sofort den Hals des Pferdes umklammerte, sobald sie Angst bekam. Aber nachdem sie die einmal verloren hatte, schienen Fletxa und sie miteinander zu verschmelzen. Er war ein stolzes Pferd, das mit den Hufen stampfte und bei jeder Kleinigkeit den Kopf hin und her warf. Senyoreta Rosamaria gewann ihn so lieb, dass sie sogar nachmittags ausritt. Sie striegelte ihn jeden Tag, und wenn er sie sah, wurde er ganz wild und stampfte mit den Hufen. Durch diese Zerstreuung wirkte die Senyoreta noch jünger, als sie war. Sie war wie ausgewechselt.

»Wie finden Sie mein Pferd?«, fragte sie mich jedes Mal, wenn sie mich sah. Mir gefiel das andere Pferd besser, aber es kostete mich ja nichts, sie glücklich zu machen.

»Es ist sehr schön«, sagte ich.

Über Miranda verlor niemand ein Wort, obwohl sie in diesem Jahr besonders hübsch aussah. Jeden Sonntag zog sie ein grünes Kleid an und ging aus. Zum Tanzen, sagte sie zu mir. Sie kam immer spät und ein wenig zerzaust zurück. Aber sie spazierte weder im Garten herum, noch badete sie nachts im Mondschein.

»Sie ist ganz verändert«, sagte Quima.

Das lag daran, dass Senyoreta Rosamaria zwar aussah wie ein Engel, aber nicht auf den Kopf gefallen war und Miranda in ihre Schranken gewiesen hatte, ohne Porzellan zu zerschlagen. Den Sommer davor hatte Miranda große Hoffnungen gehegt, vor allem nach Senyoret Sebastiàs Ankunft. Anscheinend hatte sie nur von ihm geredet, wenn sie in die Küche kam, um sich großzutun. Aber Quima wusste von Mariona, dass Miranda mit einem Mal großes Heimweh nach ihrem Land bekommen hatte. Sie sagte, sie habe das alles hier satt und sehne sich nach Hause. Zurück in den Dschungel! Mit Toni geriet sie sofort aneinander. Offenbar streichelte sie die Pferde, und das ärgerte ihn. Eines Nachmittags war er auf ein Glas bei Bergadans eingekehrt, und als er zurückkam, erwischte er sie im Stall, wie sie einem Pferd Zucker gab: dem der Herrin. Toni sagte ihr, erstens wolle er sie nie wieder im Stall sehen und zweitens würde er sie krumm und lahm schlagen, wenn er sie noch einmal dabei erwischte, wie sie einem Pferd Zucker gab. Und sie solle bloß machen, dass sie wegkomme. Sie verschwand wie ein geölter Blitz, wie sie das immer tat: Wenn man sie ansprach, erwiderte sie kein Wort. In dieser Zeit bekam sie einen Brief von zu Hause.

Es dauerte lange, bis Mariona sich bei mir blicken ließ. Sie sah gut aus, weiblicher und hübscher zurechtgemacht. Sie erzählte mir, dass sie sie in Barcelona an zwei Nachmittagen die Woche in Senyoreta Maragdas Atelier schickten, damit sie nähen lernte, und das gefiel ihr gut, denn sie dachte, wenn sie es erst einmal könnte, könne sie vielleicht als Schneiderin arbeiten statt als Dienstmädchen.

»Ich habe mir schon ganz allein nach dem Schnittmuster ein Kleid genäht. Ich glaube, ich habe viel Geschick.«

Ich fragte sie, wie es ihr den Winter über ergangen war, und sie sagte, gut, und sonntags ginge sie in den Tiergarten, wo es Löwen gäbe, allerdings dicke, alte, nicht so hübsche wie der von Senyoret Sebastià. Man merkte aber, dass es ihr nicht so gut gefiel und dass sie Heimweh nach dem Dorf hatte.

»Und wie läuft es mit Mingo?«

»Gar nicht. Er gefällt mir schon, aber er ist bloß Hilfsarbeiter, und wenn er nicht genug verdient, will ich ihn nicht heiraten.«

Sie bat mich, ihr den Stall zu zeigen, den sie noch nicht gesehen hatte, und ich sagte ihr, sie solle zu Toni gehen und sagen, ich hätte sie geschickt. Aber sie hatte von der Sache mit Miranda gehört, Miranda selbst hatte es ihr erzählt, und wollte ohne mich nicht gehen. Toni war sehr nett zu ihr. Er sagte ihr, sie dürfe in den Stall gehen, wann immer sie wolle, um die Pferde anzusehen, selbst wenn er nicht da wäre. Er bat sie nur, ihnen keinen Zucker zu geben. Wenn überhaupt etwas, dann Rüben. Dann zeigte er ihr seine Wohnung. Die Wände waren voll mit Bildern von Pferden und Zeitungsausschnitten und Bildern von ihm in Jockeykleidung. Er zeigte ihr auch ein Bild von seinem Sohn, der auf eine Klosterschule ging. Ich erzählte ihm, dass ich Mariona kannte, seit sie ein Kind war, und dass sie in einen der Maurer von Senyor Bellom verliebt war. Und Toni trieb ein wenig seine Scherze mit ihr, bis sie rot wurde.

Von Mariona erfuhren wir, dass im Winter Senyoreta Rosamarias Tante bei ihnen eingezogen war. Zum Glück nur für den einen Winter. Anscheinend konnte Senyoret Francesc sie nicht ausstehen und hatte eines Tages zu seiner Frau gesagt, wenn sie nicht wieder ginge, würde er sie in den Kleiderschrank sperren, bis sie tot wäre. Und die Tante hatte es gehört. Mariona erzählte, dass die Tante nichts Böses tat. Sie war eine arme Frau, der immer heiß war und die die Balkontüren aufriss, weil sie sagte, die Heizkörper seien zu groß und von der Hitze würde sie noch ersticken. Das waren Macken, klar. Aber es gab keine Möglichkeit, sie ihr auszutreiben. Mariona lief den ganzen Tag durch die Wohnung und schloss die Balkontüren wieder, und an manchen Nachmittagen war es in der Wohnung wie im Eisschrank. Eines Tages gab es eine große Aufregung, weil die Tante ihre Zähne nicht finden konnte. Sie hatte ein Gebiss, das sie abends, wenn sie zu Bett ging, in ein Wasserglas legte. Von selbst konnte es nicht verschwunden sein. Am Nachmittag behauptete die Tante der Senyoreta dann, eines der Dienstmädchen müsse es versteckt haben, um ihr einen Streich zu spielen, und die Herrschaften riefen alle Dienstboten zusammen und sagten, wenn die Zähne von Senyora Antònia – das war die Tante – nicht auftauchten, würden sie alle auf der Stelle entlassen, und alle waren sehr bedrückt. Rosalia, die Köchin, die im Sommer immer nach Hause in ihr Dorf fuhr, sagte, sie habe es sowieso satt, in diesem Haushalt zu arbeiten, und wenn sie noch mal so herbeizitiert würden, wolle sie sofort kündigen. Mariona war sich sicher, dass Miranda das mit den Zähnen gemacht hatte, aber am nächsten Morgen, als sie die Blumenvasen abstaubte, hörte sie die Herrschaften im Schlafzimmer miteinander lachen, und weil die Tür nur angelehnt war, lauschte sie, und da hörte sie, wie der Herr sagte, er würde das Gebiss ins Museum bringen. Und die beiden lachten sich halb tot; so waren sie nun mal. Zuletzt wurde die Tante böse, vielleicht kam sie ihnen auch auf die Schliche, und kehrte in ihre eigene Wohnung zurück, obwohl sie anscheinend mit zunehmendem Alter nicht mehr gern allein lebte.

Mariona meinte, sie hätte gut daran getan. Sie war nicht dafür geschaffen, mit ihnen zusammenzuwohnen.

Der Sommer wäre sehr ruhig gewesen, der ruhigste von allen, wenn der Affe nicht gewesen wäre. So gab es jede Menge Ärger und Verdruss.

Ein Bruder von Miranda kam zu Besuch; er war es gewesen, der aus ihrem Heimatdorf geschrieben hatte. Und er brachte einen Affen mit. Vierzehn Tage lang wohnte er bei Bergadans, und als er abreiste, ließ er Miranda zur Erinnerung den Affen da.

Miranda bat die Senyoreta, das Tier in ihrem Zimmer halten zu dürfen, und diese machte den Fehler, es ihr zu erlauben. Jeder wollte den Affen sehen, und Senyoreta Maragda, die sich immer in Angelegenheiten mischte, die sie nichts angingen, schlug vor, ihn angekettet im Wintergarten zu halten, damit alle ihren Spaß hätten. Der Affe hieß Tití. Tití machte seine Sache sehr gut. Er lief auf einem Seidenkissen hin und her, vollführte Sprünge und war auch sonst sehr anstellig: Er tat so, als läse er die Zeitung, faltete die Hände wie zum Beten, streckte sich mit dem Bauch nach oben aus und stellte sich schlafend, und dabei beobachtete er alles ganz genau. Manchmal hängte er sich an die Rückenlehne eines Stuhls und schaukelte hin und her, erst an einer Hand, dann an der anderen, wie eine Pendeluhr. An Regentagen, wenn alle im Wintergarten Tee tranken, spazierte er mit einem kleinen Schirm, den ihm Senyoreta Maragda gemacht hatte, auf und ab. Er war klein, rein körperlich, meine ich, und noch sehr jung, hatte lebhafte Äugelein, aus denen der Schalk blitzte, und ich glaube, er war der boshafteste kleine Affe der Welt. An dem Tag, an dem sie mich fragten, ob ich ihn mir ansehen wollte, saß er ganz still auf einem Stuhl. Ich ging auf ihn zu, und er rührte sich nicht vom Fleck. Ich streichelte ihn, um ihn mit mir vertraut zu machen. Und während ich mit den Herrschaften plauderte, schnürte er mir die Bastschuhe auf. Ich merkte es erst, als ich gehen wollte und um ein Haar hingefallen wäre.

Bald darauf führten sie ihn spazieren. Sie nahmen ihn mit zum Strand, und wenn Senyoreta Rosamaria ausritt, durfte er dabei sein, und der Affe kreischte vor Freude. Aber beim ersten Mal hatte er so viel Angst, dass er sich an ihr festklammerte, bis sie blutete. Manchmal nahm Miranda den Affen mit in die Küche und gab ihm etwas zu essen. Das machte Quima sehr wütend.

»Sie wird schon noch sehen, wo das hinführt, hier in unserem Land können wir mit solchen Viechern nichts anfangen.«

Und Tití saß ganz still, beobachtete alles und wurde so klug, als ginge er zur Schule. Bis er anfing, sich wie verrückt zu gebärden. In einer besonders heißen Nacht, als ich keinen Schlaf fand, hörte ich die Pferde ganz nah an meinem Haus vorbeilaufen, trapp, trapp, trapp ... und ein leises, fröhliches Schnattern. Ich ging hinunter, und da standen die beiden Pferde vor meinem Fenster. Eines von ihnen hielt Tití am Seil. Sobald er merkte, dass ich Anstalten machte, mich auf ihn zu stürzen, rannte er davon wie vom Teufel gehetzt.

Ich ging Toni wecken.

»Allmählich erlaubt sich dieser Affe zu viel.«

Er gab mir recht, riet mir aber, den Herrschaften nichts davon zu sagen, es lohne sich nicht, und am Ende hätte Miranda noch was zu lachen.

Acht Tage später stand das Haus unter Wasser. Die Dienstmädchen und Quima bemerkten es, weil das Wasser die Treppe hinunterlief bis in die Küche. Sie fanden die Wasserhähne an den Badewannen und Waschbecken aufgedreht; sie waren den ganzen Morgen gelaufen, während die Herrschaften am Strand ausritten.

»Das verstehe ich nicht«, sagte Feliu, »wenn nur einer aufgedreht gewesen wäre … Ich will ja niemandem etwas Böses unterstellen, aber dahinter … Ich hoffe, Sie verstehen mich … Vielleicht hat der Affe einen Wasserhahn aufgedreht. Dass er alle aufgedreht hat, glaube ich nicht.«

Seit fast einem Monat hatte ich ihn kaum zu Gesicht bekommen. Er malte wenig. An diesem Tag saß er vor der Staffelei. Und plötzlich fragte er mich, was ich von Senyoreta Eulàlias Bildern hielte.

»Sie sehen aus wie Sammelbildchen«, sagte ich.

»Sammelbildchen? Schon möglich … Wissen Sie, seit wie vielen Jahren ich male?«

Natürlich wusste ich es nicht. Aber um ihm eine Freude zu machen, sagte ich, dass es bestimmt schon viele waren.

»Fünfzehn!«

Er stand auf und betrachtete sein Bild aus einiger Entfernung.

»Fünfzehn Jahre, und an manchen Tagen fühle ich mich

noch immer wie ein Stümper. Und das gute Kind« – damit meinte er Senyoreta Eulàlia – »weiß nicht einmal, wie man den Pinsel hält, und doch habe ich zwei, drei Sachen von ihr gesehen, bei denen sich meine Innereien zusammengezogen haben. Ich weiß nicht, wo sie das hernimmt.«

Ich lachte, weil ich es für einen Scherz hielt.

»Ja, ja, lachen Sie nur ... Sie denken wohl, die Malerei wäre ein Kinderspiel.«

Er schloss den Farbkasten mit der Schuhspitze und sagte, ich solle ihm die Blumen zeigen.

Als ich ihn nachmittags wiedersah, kochte er vor Wut.

»Ich verbrenne ihn bei lebendigem Leibe! Das schwöre ich Ihnen: bei lebendigem Leibe!«

Der Affe hatte seinen Farbkasten geöffnet, alle Farben herausgenommen und die Leinwand mit einem Staubtuch vollgeschmiert.

Als ich zu den Pfeifensträuchern ging, sah ich, dass die Stämme der Klebsamensträucher ganz voller Farbe waren. Auf dem Boden waren farbige Fußabdrücke. Auch am Strand fanden sie welche.

Am Abend fragte mich Senyoreta Eulàlia: »Wo ist er jetzt?«

»Wer?«

»Der Affe.«

Ich sagte ihr, das könne man nie wissen, weil er sich herumtrieb, wo er wollte, aber dass er wahrscheinlich mit ein paar Erdnüssen von irgendeinem Ast baumelte und im Schlaf lachte.

Beim Abendessen gab es einen großen Aufruhr. Als Miranda vor ihnen das Huhn aufschnitt – sie wollten, dass es am Stück aufgetragen wurde –, stellten sie fest, dass es innen ganz voller Sand war.

»Das ist Ihre Schuld«, sagte Senyoret Francesc zu Quima. »Ein Huhn steckt man nicht einfach so in den Topf, ohne nachzusehen, was darin ist.«

Quima regte sich fürchterlich auf. Sie sagte, als sie es in den Ofen geschoben habe, sei nicht ein einziges Sandkorn daran gewesen und sie bräuchten sie gar nicht anzuschreien. Und es stimme zwar, dass sie es eine Weile auf dem Tisch habe stehen lassen, aber auch da habe sie kein Sandkorn gesehen und keine Spur von Tití. Als ich Toni auf der Straße traf, redeten wir darüber und kamen zu dem Schluss, dass es vielleicht der Affe gewesen war, vielleicht aber auch nicht. Jedenfalls war er zwei Tage lang verschwunden. Danach legten sie ihn an die Leine.

Aber nicht für lange. Denn als Senyor Bellom kam, waren wir alle abgelenkt. Das war das Jahr, in dem er sich mit Senyoret Francesc anfreundete. Eines Tages erzählte mir Mariona, dass er seit einer Woche jeden Nachmittag zum Schachspielen käme.

Das Schachspiel gehörte Senyor Bellom und hatte Elfenbeinfiguren, und wenn er ging, nahm er es wieder mit. Er wohnte bei Bergadans. Die Herrschaften hatten ihm ein Zimmer im Haus angeboten, aber er hatte es ausgeschlagen.

Eines Morgens in der Frühe, als die Maurer noch nicht angefangen hatten, stand ich auf der Aussichtsterrasse und beschnitt die Margeriten, bevor mit der Sonnenhitze die Bienen kamen. Da hörte ich plötzlich Senyor Belloms Stimme.

»Immer am Arbeiten, was?«

»Was will man tun?«

»Ich dachte, ich könnte hier den Maler finden.«

»Dazu ist es noch zu früh.«

»Er scheint ja geradezu besessen vom Meer. Wenn er anders malen würde, könnte ich ihm helfen. Wie hofft er denn, Geld zu verdienen?«

Ich erinnere mich noch sehr gut an das Gespräch, denn gleich danach entdeckte ich das Unglück mit den Rosenstöcken. Auf beiden Seiten des Eingangstors wuchsen Kletterrosen. Nicht die mit den weißen Blüten, die Senyoret Francesc mich in Kübeln hatte pflanzen lassen. Die Rosenstöcke zu beiden Seiten des Eingangstors, die sich ein wenig zur Straße hin neigten, hatten viele Blüten, aber die taugten nichts. Sie ließen schnell die Köpfe hängen und verwelkten in der Vase sofort; es waren keine Schnittrosen, sondern baumartige Rosen, die an der Wand hochkletterten. Aber eines muss man sagen: Sie blühten wie besessen. Das ganze Jahr über. Sogar im November waren sie noch emsig. Und das war ja auch ihre Aufgabe. An diesem Morgen stellte ich fest, dass sie nicht eine Knospe hatten. Die lagen alle auf der Erde. Ich hielt ganz vorsichtig Ausschau nach dem Affen, und zuletzt fand ich ihn, wie er sich in aller Seelenruhe auf dem Geländer der Aussichtsterrasse sonnte. Ich ging auf ihn zu, murmelte »Braves Tier, braves Tier«, und dann verpasste ich ihm eine Ohrfeige, dass er zehn Meter weit flog.

Zwei Tage lang war er krank, und alle rätselten, was er wohl hatte.

Die Schachpartien fanden an dem Tag ein jähes Ende, an dem zwei Figuren verschwanden. Anscheinend hatte der Affe sie während eines Spiels stibitzt. Es war ein Weltuntergang, denn bei allem Lächeln und aller Freundlichkeit ließ Senyor Bellom nicht mit sich spaßen. Er sagte gleich, dass Tití die Figuren genommen habe, dass er sich sicher sei, weil der Affe einen Augenblick lang an seinem Rock hochgeklettert war, und dass es eine Dummheit sei, ein wildes Tier wie ihn frei herumlaufen zu lassen.

»Eines Tages wird noch ein Unglück geschehen. Ihr habt wohl keine Ahnung, was so ein Affe alles anrichten kann.«

Und er stapfte wütend davon. Quima sagte mir, dass er schlecht gelaunt sei, weil die Bauarbeiten länger dauerten, als er gedacht hatte.

Dann nähte Senyoreta Maragda, als wollte sie sich über uns alle lustig machen, mit der Unterstützung von Mariona Kleider für Tití: karierte Hosen, ein grünes Jackett und ein rotes Mützchen mit einer langen Feder daran. An dem Tag, als Tití seine Kleider zum ersten Mal trug, kam Mariona zu mir, um ihn mir zu zeigen.

»Sehen Sie doch mal, wie niedlich …«

Sie hatte den Affen an eine Kette gelegt, und das Tier sprang herum, außer sich vor Freude, und betrachtete seine Brust mit den sechs goldenen Knöpfen, klatschte in die kleinen Hände und drehte sich wie ein Kreisel.

Ich schickte sie so bald wie möglich wieder weg. An dem Tag machte ich früh Feierabend, räumte meine Gerätschaften in den Schuppen und stand eine Weile vor meiner Haustür. Sie war offen, und ich überlegte, ob ich beim Weggehen vergessen hatte, sie zu schließen. Aber nein: Ich hatte sie geschlossen. Als ich hineinging, saß der Affe im Schaukelstuhl. In diesem Stuhl hatte Cecília an Regentagen immer gesessen, und abends hatte ich mich hineingesetzt, und sie hatte ihr Nachthemd angezogen und sich in einen wollenen Strickschal gehüllt und auf meinen Schoß gesetzt. Ich wiegte sie, bis sie eingeschlafen war, und trug sie ins Bett. Als ich den Affen sah, wie er da im Schaukelstuhl saß, als gehörte er ihm, und mich frech anblickte, traf mich fast der Schlag. Das Tier merkte es, denn ohne dass ich etwas sagte, sprang es auf den Boden und stahl sich davon.

Am nächsten Tag suchte ich ihn die ganze Zeit, aber er war nicht aufzutreiben. Wie vom Erdboden verschluckt. Und wir sahen ihn nie wieder. Alle glaubten, jemand hätte ihn umgebracht, ich auch, aber niemand wusste, wer das gewesen sein könnte. Man glaubt es kaum, aber es tat mir tatsächlich ein bisschen leid.

So war die Lage, als wir durch einen Brief erfuhren, dass Senyoret Sebastià gestorben war. Anscheinend hatte er eine Gruppe von Schwarzen beobachtet, die einen Elefanten jagten, und als sie ihn bemerkten, hatten sie ihn und seine beiden Begleiter getötet. Als man sie nach einigen Tagen fand, waren nur noch Stücke von ihnen übrig.

Senyoreta Eulàlia wurde krank. Sie legte die letzten Briefe ihres Mannes unter ihr Kissen und las sie von Zeit zu Zeit. Und dann weinte sie, bis sie kein Salz mehr im Leib hatte.

Als sie abreisten, standen Quima und ich am Zaun.

Der folgende Winter war hart. Es war sehr windig. Es regnete viel. Und es war sehr kalt. Ich hatte im Gewächshaus nicht genug Platz für alle Pflanzen, weil ich alle hineinstellen musste. Unter einem der Magnolienbäume fand ich die Schachfiguren. Der Wind hatte sie von einer Astgabel geweht. Senyor Bellom ließ sich nicht mehr blicken, und die Arbeiten an der Villa wurden eingestellt. Ich vertrieb mir die Zeit mit Holzhacken und damit, den Ofen im Gewächshaus zu kontrollieren. Senyoret Francesc hatte mir versprochen, eine elektrische Heizung einbauen zu lassen, doch die kam nie.

Toni versorgte die Pferde, und die Nachmittage verbrachte er Karten spielend im Café. Er hatte eine Freundin. So hieß es jedenfalls.

Ich war die ganzen Tage allein mit meinen Samen und Blumenzwiebeln, mit meinen Gedanken und meinem Eukalyptus. Nachts ließ der Wind ein wenig nach. An manchen Sonntagen kam Quima, um mir meine frische, duftende Wäsche zu bringen, und leistete mir Gesellschaft, und dann vesperten wir mit Trinkschokolade, und sie erzählte mir, was im Dorf so vor sich ging.

Oft blieb ich morgens im Bett liegen und kümmerte mich kaum um den Garten. In diesem Herbst hatten wir das Laub vermodern lassen, statt es zu verbrennen. Es lag still auf den Wegen, in den Ecken, in die der Wind es geweht hatte, und mit jedem Regen versank es ein wenig mehr in der Erde. Ich benutzte es als Dünger, damit meine Pflanzen im Frühjahr schön wuchsen.

Das Meer sah ich mir gar nicht an. Der Januar war der kälteste Monat meines Lebens. Es war, als wäre die ganze Welt weiß geworden. Nicht vom Schnee, sondern von einer Art Raureif, einer gewissen Helligkeit, die der Himmel uns schenkte. An den Tagen, an denen sich die Sonne blicken ließ, genoss ich sie auf der Schwelle meines Hauses auf meinem Schemel; ich saß ganz still, halb dösend, und sobald die Sonne hinter den Eukalyptusbäumen verschwand, ging ich hinein. An Regentagen war der Garten, so weit das Auge reichte, von schwarzen Stümpfen übersät. Und der Regen verstärkte den Gestank des modernden Laubs.

IV

Im Februar, als die Tage länger wurden und der März schon in Sicht war, wurde ich munterer. Die Arbeiter kehrten zur Villa zurück, und nach und nach erwachte alles wieder zum Leben. Ich fegte das modrige Laub zu Haufen zusammen und fuhr es mit der Schubkarre hinters Haus. Tag für Tag mischte ich es unter die Erde, die davon schwarz wie die Nacht wurde. Der Himmel war wieder sternenklar, und abends hörte man es zwischen den Wurzeln rascheln. Der Frühling brachte alles zurück: die Rose am Rosenstrauch und den Vogel auf dem Zweig.

In diesem Jahr war Senyoreta Eulàlia die Erste, die ankam. Ich freute mich sehr, sie wiederzusehen. Sie war dünner geworden und erzählte mir, dass sie den Winter teilweise im Ausland verbracht hatte und nun vor den anderen kam, weil sie die Zeit bis zum Herbst nutzen wollte. Zum Glück hatte sie die Malerei, sodass sie an nichts anderes denken musste. Obwohl der Arzt, wie sie mir erzählte, festgestellt hatte, dass sie ein schwaches Herz besaß, und obwohl sie schnell müde wurde, sah sie gut aus und schien ihren Kummer verwunden zu haben. In den ersten Tagen ging sie kaum aus dem Haus. Eines Morgens sah ich sie wie verzaubert bei den Maulbeerbäumen stehen, und sie sagte: »Wissen Sie, welche Blumen ich gerne malen würde? Es sind blaue Kletterpflanzen, und ich glaube, man nennt sie ›Sankt-Josefs-

Tränen‹. Ich würde gerne einen Strauß in Ihr Fenster stellen, das mit den kleinen Scheiben, und das Ganze dann malen. Im Garten haben Sie wohl keine davon, oder?«

Natürlich hatte ich sie nicht. Diese Blumen sind Schmarotzer, sie taugen nichts ... Ich sagte ihr, dass Quima Leute kannte, bei denen sie im Vorgarten wuchsen, und wenn sie sie fragte, würden sie ihr bestimmt einen Strauß geben.

Da war sie froh. Wenn wir uns unterhielten, war sie immer froh, aber wenn sie nichts sagte, sah man die Traurigkeit in ihren Augen.

Mingo kam an einem Sonntag. Er war in einem Dorf in der Nähe beschäftigt und hatte gehofft, Mariona hier zu finden, denn sie hatte auf seinen letzten Brief nicht geantwortet, und in einem früheren Brief hatte sie ihm geschrieben, dass sie dieses Jahr früher kämen.

Senyoreta Eulàlia sagte ihm, dass es Mariona sehr gut ging und sie tatsächlich vorhatten, bald zu kommen. Dann erzählte sie ihm, dass Mariona in Senyoreta Maragdas Schneideratelier große Fortschritte machte und allmählich hochnäsig wurde, weil Senyoreta Rosamaria sie und Miranda alle vierzehn Tage zum Friseur schickte und ihrer Maniküre, wenn sie zu ihr kam, auftrug, auch die Hände ihrer Dienstmädchen zu machen.

Ich sah gleich, dass das Mingo gar nicht gefiel. Er blickte ganz finster drein und machte ein besorgtes Gesicht. Bevor er ging, schrieb er einen Brief an Mariona und bat mich, ihn ihr zu geben.

Sie kamen Anfang Juni. An Senyor Belloms Villa waren schon die Verputzer am Werk, und Fachleute hoben die Grube für das Schwimmbecken aus und verkleideten sie mit Fliesenscherben, sodass diese Bilder von Krabben und bunten Seesternen ergaben. Überall lagen Haufen weißer Kieselsteine, mit denen die Gartenwege bestreut werden sollten.

Ich händigte Mariona gleich den Brief aus, und sie las ihn vor meinen Augen, sehr nachdenklich, und faltete ihn dann zusammen.

»Er macht mir einen Heiratsantrag. Was würden Sie tun?«

»Überleg es dir gut.«

»Ich mag ihn ja, wissen Sie … Aber ich weiß nicht, ob ich ihn genug liebe.«

»Wenn du es nicht weißt, Kind, wie soll ich es dann wissen?«

»Er ist eben bloß Hilfsarbeiter.«

»Er kann noch Maurer werden und sogar Polier.«

»Glauben Sie?«

»Wer weiß.«

Der Stall von Senyor Bellom war fertig, als sie die Pferde brachten. Alle gingen hin, um sie sich anzusehen. Eines war grau und das andere falb mit dunkleren Flecken, und Toni sagte: »Das sind Rennpferde.«

Senyor Belloms Stallbursche hieß Guy und war halb Franzose und halb Amerikaner. Mit Toni verstand er sich nicht besonders gut. Sie machten sich zwar gegenseitig mächtig Komplimente, aber wenn Guy morgens ausritt, ritt Toni nachmittags aus. Der Neid fraß an ihm.

»Diese Pferde von Senyor Bellom könnten tanzen, sehen Sie sich nur die Hufe an.«

Und das stimmte, die Hufe sahen aus, als liefen sie von allein, ohne Pferd obendrüber.

Am ersten Tag als Senyor Bellom zu Besuch kam, war er sehr zufrieden. Ich gab ihm seine Schachfiguren, und er gab mir dafür ein großzügiges Trinkgeld. Ich wollte es nicht annehmen.

»Wenn Sie sich immer so anstellen, werden Sie Ihr Leben lang arm bleiben.«

Er hielt keine Minute still. Als er merkte, dass die Pferde großen Eindruck gemacht hatten, redete er von nichts anderem mehr.

»Sie verschlingen ein Vermögen«, sagte er, »aber das ist mir egal.«

Dann erzählte er, die jungen Leute, vor allem seine Tochter, könnten es kaum erwarten, in das neue Haus zu ziehen. Zum Abschied sagte ihm Senyoret Francesc, das Haus sei sehr schön. Sie betrachteten es eine Zeit lang durch den Zaun.

»Ich weiß einfach nicht, wohin mit meinem Geld. Ich gebe es mit vollen Händen aus, aber es wird und wird nicht weniger.«

Die Herrschaften, die sich über seine Munterkeit und seinen Reichtum ärgerten, sagten, Senyor Bellom sei verrückt und bilde sich bloß ein, dass er reich wäre. Verrückt oder nicht, es ging ihm gut. Doch noch am selben Tag gab es Ärger. Am Nachmittag fuhr ein alter, klappriger Wagen vor, in dem ein alter Mann und zwei junge Männer saßen, die sehr respektvoll mit dem Alten sprachen. Der Alte trug einen zerknautschten Trenchcoat und hatte sich die Mütze über beide Ohren gezogen. Trotz seines Alters rannte er auf und ab, schrie und tobte. Es war der Architekt. Er ließ eine Wand einreißen, denn anscheinend hatte der Polier gepfuscht, und es gab ein Riesentheater.

Noch in derselben Woche begannen Senyoret Francesc und Senyor Bellom wieder mit ihren Schachpartien.

Mir fiel auf, dass Senyoreta Rosamaria oft allein ausritt. Manchmal ritt sie mit Fletxa die Lindenallee entlang. Sie sorgte für ihn, als wäre er ihr Kind.

»Sie nimmt mich ordentlich in die Pflicht«, sagte Toni. »Ich würde es ja manchmal ruhiger angehen lassen, aber wenn ich sein glänzendes Fell sehe, muss ich mich ranhalten.«

Er klagte, er hätte das Leben satt und alles würde ihm zu viel: das Dorf, der Winter, der Sommer, das Meer – einfach alles. Das bringe doch alles nichts, und außerdem habe sein Sohn nur Unfug im Sinn.

»Es tut den Kindern nicht gut, wenn man sie wegsperrt. Wenn man wenigstens eine größere Wohnung hätte ...«

Er erzählte mir, bevor er bei uns angefangen habe, hätte er schon versucht, den Jungen zu sich zu nehmen, aber er hatte nicht immer für ihn da sein können, und da war der Junge ihm auf der Nase herumgetanzt. Er hatte ihm Widerworte gegeben, sich auf der Straße herumgetrieben und Melonen geklaut ... Und das war schließlich Diebstahl.

»Vielleicht sollten Sie heiraten ...«

Er lachte leise auf und sagte, er sei nicht bereit, jemanden dafür zu unterhalten, dass er ihm im Bett auf die Nerven ging.

»Ich habe mein Bett am liebsten für mich allein, wie ein König. Einmal war ich schon verheiratet, das reicht.«

Eines Abends, als ich ihn in seiner Wohnung über dem Stall besuchte, fand ich ihn mit einer halb leeren Weinflasche am Tisch sitzen. Ich hatte schon ein paarmal das Gefühl gehabt, dass er zu tief ins Glas schaute. Er fing wieder mit den alten Geschichten an. Von früheren Zeiten, von seinem Leben, wie er auf dem Rücken der Pferde dahingeprescht war wie der Teufel und damit einen Haufen Geld verdient hatte, und dass sein Sohn seine Liebe zu Pferden nicht geerbt hatte. Er sagte, vielleicht hätte sich seine Frau, während er auf dem Pferd saß, von einem anderen ein Kind machen lassen. Und dann bekam er das heulende Elend.

Am Johannistag veranstalteten sie ein Festessen und luden Senyor Bellom dazu ein. Alle hatten sich so herausgeputzt, dass sie kaum wiederzuerkennen waren. Und Miranda und Mariona waren piekfein in ihren eng anliegenden, aschgrauen Seidenkleidern, hochhackigen, ebenfalls aschgrauen Schuhen, winzigen Schürzen und spitzenbesetzten Häubchen mit schwarzen Bändern, die ihnen bis auf die Röcke herabhingen. Senyor Bellom war voll wie eine Haubitze. Er wollte jedermann den Krieg erklären und versprach, seinen Freunden zu helfen, wenn er ihn gewonnen hätte, und nun sollten sie ordentlich auf die Pauke hauen, und wenn sie nicht gehorchten, würde er sie mit den Schwarzen zum Zuckerrohrschneiden schicken. Und zum Abschluss des Festes, verkündete er, wolle er mit den Dienstmädchen schlafen, weil ihn die vornehmen Damen nicht interessierten. Er setzte sich auf einen Teller und schwang große Reden, dann stand er plötzlich auf, schnappte sich die Glaskaraffe und schüttete sich den gesamten Wein über den Kopf. Senyoret Francesc packte ihn und schleifte ihn nach oben, und dort zog er ihn mit Feliu und einem anderen Gast, den ich nicht kannte, nackt aus und nötigte ihn, in die Badewanne zu steigen. Er kotzte wie ein Reiher, dann rieben sie ihn mit Franzbranntwein ab und steckten ihn in einen Morgenmantel des jungen Herrn, und als er zurück nach unten kam, war er wieder bei Verstand. Er bat tausendmal um Entschuldigung. Dass die Freude, mit seinen Freunden zusammen zu sein, daran schuld wäre, dass er sie alle sehr schätzte und dass das nie wieder vorkommen würde. Wie ein Kind.

»Wenn das meine Tochter wüsste! Sie betet mich an … Mal ganz ehrlich: Habe ich mich sehr danebenbenommen?«

Die arme Quima kam zu mir.

»Zwei Tage habe ich gebraucht, um dieses Essen vorzubereiten! Zwei Stunden habe ich Soßen angerührt und auf den Braten aufgepasst und die feinsten Salatblätter ausgesucht … Und alles ist in die Küche zurückgekommen. Sie haben da einen Bissen gegessen und dort einen … Alle waren sie betrunken. Alle. Mariona und Miranda haben es bloß bei Senyor Bellom gemerkt, weil der sich am schlimmsten aufgeführt hat; aber was sie alle zusammen weggetrunken haben! Genug, um den Lieben Gott zum Weinen zu bringen! Die ganze Küche stand voller leerer Flaschen. Wenn ich das gewusst hätte, hätte ich ihnen ein Omelett gemacht, mit viel Butter darin! Wie war denn Ihre Nacht?«

»Weder gut noch schlecht.«

»Kommen Sie mit in die Küche, da kriegen Sie Huhn zu essen.«

Ich sagte ihr, ich käme gleich.

In diesem Jahr waren Feliu und Senyoreta Eulàlia unzertrennlich. Den ganzen Tag standen sie auf der Aussichtsterrasse. Er malte – wie immer – das Meer. Sie malte seltsame Dinge. Zum Beispiel hatte sie den Eukalyptus gemalt, aber nur einen Teil, weil der ganze Baum, wie sie sagte, nicht aufs Bild passte. Ein Stück Rinde, und das Bild schien wie aus Moos und Nebel gemacht. Eines Tages sagte sie, sie würde gerne den Bauch einer Eidechse malen. Und wenn sie den Himmel malte, war es, als müsste man eine Stimme hören …

Ihre Bilder gefielen mir immer besser. Ohne dass ich sie verstand. Aber man spürte etwas hier drinnen …

Mariona hatte gehört, von wem, weiß ich nicht, dass Senyoret Sebastià, als er noch lebte, in Afrika eine schwarze Geliebte gehabt hatte. Senyoreta Eulàlia hatte davon erfahren, und anfangs hatte es ihr sehr wehgetan, aber dann hatte sie sich damit abgefunden. Zuletzt waren sie nur noch Freunde, und wenn sie in einem Bett schliefen, lag sozusagen ein Kissen zwischen ihnen. Oder, wie Senyor Sebastià wohl gesagt hatte: ein Schwert. Ich weiß nicht, warum. Lange Zeit wurde Senyoreta Eulàlia, wann immer die Rede auf Schwerter zwischen Freunden kam, blutrot. Wenn ich es recht überlege, muss Mariona das alles von Senyoreta Maragda erfahren haben, der Schneiderin, die ich – jetzt kann ich es ja sagen – nie besonders gemocht habe.

»Dabei waren sie so ein schönes Paar …«

»Man soll eben dem äußeren Schein nie trauen.«

Ich war verdutzt. Es war erschreckend, wie erwachsen Mariona geworden war. Als sie mich das nächste Mal fragte, was sie denn meiner Meinung nach mit Mingo machen sollte, sagte ich ihr, dass sie mehr davon verstünde als ich.

»Früher sind Sie manchmal in die Küche gekommen und haben einen Kaffee mit uns getrunken. Warum kommen Sie jetzt nicht mehr? Sie könnten uns Gesellschaft leisten. Wenn die Küchenhilfen mit dem Spülen fertig sind, gehen sie immer ein wenig spazieren.«

Zwei Tage später ging ich sie besuchen. Ich machte mich fein und brachte ihr einen hübschen Strauß mit, den sie gleich ins Wasser stellte. Die Küche lag im Souterrain. Über den Spülbecken hatte sie zwei breite, ziemlich hoch liegende Fenster. Diese Fenster lagen im Garten auf Bodenhöhe, und von der Küche aus konnte man die zitternden Grashalme sehen. Wenn sie daran dachten, eingeweichtes Brot auszulegen, tummelten sich dort Scharen von Spatzen. Auf dem Schrank standen ein kleines weißes Radio und eine hohe, schmale Vase mit Petersilie darin. Das Radio lief immer. Den Geruch in der Küche kann ich nicht erklären: wie ein schwerer Duft von Zucker und Butter und köstlichen Gerichten, der verschwand, wenn sie Kaffee kochten, und wiederkam, sobald der Kaffee fertig war. Das Licht, das von oben einfiel, machte alles sehr gemütlich. Wenn ich die Küche betrat, hatte ich immer das Gefühl, ich wäre im Bauch einer Schwalbe. Für Quima war diese Küche wie ihr Wohnzimmer. Eine ihrer Spezialitäten war Seezunge mit Champignons. Dafür, dass sie aus dem Dorf kam, kochte sie vorzüglich. Ihre Beine waren ein wenig krumm und ziemlich dünn, sie hatte große Brüste, die aussahen, als hätte sie ihr jemand für eine Weile ausgeliehen, und ihr Gesicht war rund und weiß mit leuchtend roten Wangen, weil sie so viel Zeit am Herd verbrachte. Ein Gesicht fast wie das einer Nonne, mit einem fröhlichen und einem traurigen Auge. Sie kochte Kaffee.

»Können Sie mir mal verraten, warum Sie vor Kurzem nicht gekommen sind, um Huhn zu essen?«

Ich sagte, ich hätte es vergessen.

Quima zündete die Gasflamme an, stellte einen Topf darauf, und als das Wasser kochte, machte sie einen Kaffee, der meine müden Geister weckte. Tassen, Untertassen, Löffel und Zuckerdose: Wir tranken in kleinen Schlucken, langsam, wie zwei Minister.

»Jetzt, wo wir allein sind, sagen Sie mir doch mal ganz im Vertrauen: Wissen Sie wirklich nichts?«

Im Radio dudelte unablässig eine aufdringliche Melodie.

Ich sah sie lange an, dann schüttelte ich den Kopf, und sie

merkte, dass ich sie nicht anlog. Ein Sonnenstrahl, der lang und schmal gewesen war, als er durchs Fenster fiel, wurde auf den safranfarbenen Fliesen immer breiter.

»Wissen Sie nichts von ihnen? Von der Zeit, bevor sie verheiratet waren? Anscheinend erwartet Senyoreta Rosamaria einen Besucher. Das heißt ... sie erwartet ihn und doch auch wieder nicht. Ich weiß nicht, ob Sie verstehen, was ich meine.«

Das konnte ich nun nicht gerade behaupten. Ich verstand kein Wort.

»Wir werden ja sehen, was passiert. Anscheinend kann sie nicht schlafen. Sie steht nachts oft auf dem Balkon.«

»Hören Sie auf mich: Machen Sie sich nicht verrückt.«

Sobald ich Feliu einmal allein erwischte, ging ich zu ihm hin.

»Wissen Sie etwas?«

»Was soll ich denn wissen?«

»Es heißt, die Herrschaften erwarten einen Besucher.«

»Glauben Sie an Gespenster?«

Ich sagte, nein, das täte ich nicht, aber die Leute im Dorf würden erzählen, dass Senyora Pepa manchmal auf der Aussichtsterrasse umging.

Er sah mir direkt ins Gesicht und setzte zu einer Bemerkung an, überlegte es sich dann jedoch anders.

»Kommen Sie mit und sehen Sie sich meine Bilder an, und denken Sie nicht weiter drüber nach.«

Auf der Aussichtsterrasse stand Senyoreta Eulàlia in Drillichhosen und mit nackten Füßen vor einem Bild, das aussah, als wäre es aus Biskuitteig. Sehr hübsch. Felius Bild wirkte eher trist. Nicht traurig, sondern öde. Ich ging gleich wieder, weil ich die Pflanzen schwefeln musste. Die Blattläuse zerfraßen meine Rosenstöcke. Mit ihren aufgerollten, angefressenen Blattspitzen sahen sie traurig aus.

Als ich später wiederkam, waren sie nicht mehr da. Sie saßen unterhalb der Terrasse auf einem Stein und unterhielten sich leise.

»Was Rosamaria tun sollte«, sagte Feliu, »ist ihren Mann lieben, der ihr alles gibt, was sie will, und sie wie eine Prinzessin verwöhnt.«

»Meinst du, sie liebt ihn nicht?«

»Was weiß ich? Sie sollten versuchen, miteinander auszukommen. Sieh sie dir nur an, da unten!«

Die Herrschaften und Senyoreta Maragda schwammen weit draußen im Meer. Man sah nur ihre Köpfe, und die auch nur ganz klein. Ich beugte mich über die Brüstung, was ich vielleicht seit der Nacht nicht mehr getan hatte, in der Senyoret Francesc mit Miranda unten am Strand gewesen war. Ganz behutsam. Ich sah, dass Feliu und Senyoreta Eulàlia aufgestanden waren und mit ihren Malutensilien nebeneinander herschlenderten. Die Wellen wischten über den Sand, auf und ab, auf und ab ... wusch! Gischt und Rückzug, und wieder nach vorn und wusch! ... Gischt und Rückzug, wir gehen und kommen wieder, wir lecken über den Sand, dann sind wir wieder bei unserem Wasser, immer wieder kehren die Wellen zu ihrem Wasser zurück, das sie loslässt und doch nicht hergibt, immer tun sie so, als kämen sie zu einem, sommers wie winters, hier habt ihr zwei Muscheln, seht doch zu, ob ihr uns fangt ... Die drei Schwimmer pflügten durch das tiefblaue Feld auf den Strand zu, und als sie ein wenig näher waren, begann ich, trockene Blätter von den Geranien zu zupfen, damit sie nicht dachten, ich würde faulenzen. Sie, Senyoreta Rosamaria, kam als Erste heraus und schüttelte schwer atmend das Wasser ab.

Als sie sich in der Sonne ausstreckte, nachdem sie sich ein wenig die Haare getrocknet hatte, schwammen ihr Mann und Senyoreta Maragda noch immer weit draußen.

In dieser Nacht konnte ich nicht schlafen, und so drehte ich eine Runde. Ich ging ums Haus herum, zu der Seite, an der die Schlafzimmer der Herrschaften lagen, mit Blick auf die Villa von Senyor Bellom. Das Licht brannte, im Haus, meine ich. Ich setzte mich, den Rücken an eine Linde gelehnt, auf den Boden. Das Licht war lange an, und zuletzt trat sie auf den Balkon hinaus. Ich nickte ein, ohne es zu merken, und als ich aufwachte, sang die Nachtigall, und sie stand immer noch auf dem Balkon wie ein Schatten. Quima hatte recht.

An Mariä Himmelfahrt im August machten sie alle zusammen einen Ausflug. Ich ging ein wenig ins Dorf. Im Excelsior liefen seit einer Weile nur alte Filme, die ich schon kannte, diese Art Filme, in denen viel geredet wird und nichts passiert. Als ich bei Bergadans vorbeikam, kehrte ich ein, um ihm einen guten Tag zu wünschen. Er wurde immer dicker. Ein Glas Anisschnaps an der Theke, und dann ab nach Hause. Unterwegs traf ich die beiden.

»Wissen Sie, wie wir zu den Bohigas kommen?«

Es waren zwei alte Leute, ein Mann und eine Frau, und beide waren schwarz gekleidet.

Er trug einen Hut und sie eine Mantille. Sie waren sich ähnlich, das merkte ich gleich, in ihrer Art, sich zu bewegen, in der Art zu reden, in ihrer Angst, lästig zu fallen, in ihrer Art, zu Boden zu blicken und zu schweigen.

»Ja, kommen Sie nur mit mir.«

»Ist es sehr weit?«

»Gleich hinter der Wegbiegung.«

»Was für ein Glück! Sie kann nämlich nicht mehr. Stellen Sie sich vor, eine Reise bei dieser Hitze, und dabei geht sie sonst nie aus dem Haus, nicht einmal zur Apotheke, und die ist gleich nebenan. Wenn man wie wir in einem Haus mit Garten lebt, muss man nicht vor die Tür gehen ...«

»Wollen Sie die Herrschaften besuchen?«

»Ja. Wir möchten alle beide sehen. Vor allem aber Rosamaria.«

Ich sagte ihnen, sie seien nicht da, und sie blieben mitten auf der Straße stehen. Als ich schon dachte, wir würden bis in alle Ewigkeit so stehen bleiben, sagte er: »Siehst du, ich habe dir ja gesagt, wir hätten ihnen schreiben sollen.«

Sie sah mich an und hörte ihm gar nicht zu.

»Wissen Sie, ob Rosamaria irgendetwas über Eugeni gesagt hat?«, fragte sie.

»Wenn Eugeni sich gemeldet hätte, wüssten wir das schon«, sagte der Alte, und an mich gewandt, fügte er hinzu: »Wir wüssten es doch, glauben Sie nicht?«

»Und wenn Eugeni sich nicht gemeldet hat? Wenn er sich nicht gemeldet hat?«, rief sie verzweifelt.

»Beruhige dich. Eugeni wird schon noch ein Lebenszeichen von sich geben. Ganz gewiss.«

»Und wenn er sich verändert hat?«

»So sehr wird er sich schon nicht verändert haben ...«

»Und wenn wir diese Reise ...«

»Du wolltest diese Reise unbedingt machen, meine Liebe.«

Ich sagte ihnen, sie könnten mit hereinkommen, um sich auszuruhen, und wenn sie bereit wären zu warten, könnten sie die Herrschaften vielleicht sehen.

»Was meinst du?«, fragte er sie.

»Ich denke, ja, wir könnten warten.«

Als wir schon fast am Zaun waren, blieb er einen Augenblick lang stehen und sah mich an: »Sie wissen nicht zufällig, ob Eugeni gekommen ist?«

In seinen Augen lag eine Art von Traurigkeit, wie ich sie nie zuvor bei jemandem gesehen hatte. Man erriet sie kaum, aber es war, als wäre sie schon lange Zeit dort.

»Nein, Senyor, ich glaube nicht, dass er hier war.«

»Er ist unser Sohn. Wir sind gekommen, um zu erfahren, ob Rosamaria etwas von ihm weiß ... Gehören Sie zur Familie?«

»Nein, Senyor. Ich bin der Gärtner.«

Sie diskutierten eine Weile hin und her, ob Eugeni nicht zuerst zu ihnen gekommen wäre statt zu Rosamaria.

»Glauben Sie nicht, es ist besser, wir kommen ein anderes Mal wieder?«

»Jetzt, wo Sie schon einmal hier sind, ist es besser, Sie versuchen, sie zu sehen.«

»Stören wir Sie auch nicht? Ich weiß, wie viel Arbeit so ein Garten macht, ich habe nämlich selber einen.«

»Meinst du wirklich, es ist eine gute Idee, Rosamaria zu fragen, ob sie etwas von Eugeni weiß?«

»Meine Liebe, wenn du dir das früher überlegt hättest ...«

»Meinetwegen können Sie gerne auf sie warten«, sagte ich.

»Meine Frau findet nämlich nie ein Ende, müssen Sie wissen. Sicher haben Sie das schon gemerkt ...«

»Hören Sie nicht auf ihn, sonst denkt er am Ende noch, er hätte recht. Er ist der Dickkopf von uns beiden.«

»So etwas muss ich mir sagen lassen, dabei wäre Eugeni noch zu Hause, wenn sie auf mich gehört hätte, und wir müssten nicht mit dem Zug durch die Gegend fahren und ihn suchen.«

»Sprich nicht so viel über Eugeni.«

»Ich dachte, seinetwegen sind wir hier? Du warst es doch, die sich in den Kopf gesetzt hat, Rosamaria zu besuchen! Das ist ja zum Lachen.«

»Aber du gehst dem Herrn hier auf die Nerven. Die Geschichten anderer Leute sind anstrengend.«

»Der Herr hier weiß schon, dass nichts Besonderes dabei ist, wenn Eltern ihren Sohn suchen.«

Wir standen vor dem Eingangstor, ohne dass sie es bemerkten.

»Wenn ich nicht beschlossen hätte herzukommen«, sagte sie und sah mich lange an, »säßen wir immer noch tatenlos zu Hause herum. Andreu, mein Mann, ist so. Er weiß nie, was er will.«

»Na, hör mal, ich suche ihn doch auch. Der Herr hier wird noch denken, dass nur du ihn suchst. So macht sie das, wissen Sie? Alles beansprucht sie für sich.«

»Sie können bezeugen, dass ich nichts beanspruche.«

»Warum müssen wir streiten? Kannst du mir mal verraten, warum wir immer streiten müssen?«

Der alte Herr wirkte verzweifelt.

»Du bist derjenige, der immer streitet.«

»Du hast so getan, als wärest du die Einzige, die ihn sucht.«

»Du hast doch eben erst gesagt, dass ich unbedingt diese Reise machen wollte. Ich bin diejenige, die meinen Sohn sucht.«

»Wenn ich ihn nicht suchen wollte, säßen wir jetzt zu Hause herum. Sozusagen.«

»Verstehen Sie ihn? Wenn er anfängt zu reden, verheddert er sich immer gleich. Sozusagen ... wenn man jedes deiner Worte auf die Goldwaage legen würde ...«

»Worte können wehtun.«

»Da sehen Sie es, wie er mich durcheinanderbringt!«

»Das ist ihre Schuld. Wir sind hergekommen, um herauszufinden, ob Rosamaria etwas von Eugeni weiß, und jetzt findet sie kein Ende …«

Ich bat die beiden in den Garten und brachte sie zur Aussichtsterrasse, wo sie sich hinsetzen konnten. Aber kaum dass sie saßen, sprangen sie wieder auf.

»Siehst du? Das Mittelmeer«, sagte er und nahm den Hut ab. Er wischte die Innenseite mit dem Taschentuch trocken, dann setzte er ihn wieder auf, bis tief über beide Ohren.

»Wie glücklich muss Rosamaria sein, direkt am Meer zu wohnen! Wo sie doch als kleines Mädchen das Wasser so geliebt hat! Ich habe die beiden zusammen in einem Zuber mit Wasser gebadet, das von der Sonne aufgewärmt war: Rosamaria und Eugeni.«

»Das bildet sie sich ein«, murmelte er. Dann sagte er mit lauterer Stimme: »Rosamaria hat bei uns zu Hause nie im Zuber gebadet.«

»Woher willst du denn das wissen, du warst doch immer arbeiten.«

»Wir hatten gar keinen Zuber.«

»Alles haben sie unter Wasser gesetzt …«

Bestürzt schlug sie sich die Hand vor den Mund.

»Und ich habe das Wasser wieder und wieder aufgewischt. Sie haben mir viel Arbeit gemacht. Manchmal habe ich einen Rautenzweig hineingeworfen, damit das Wasser duftet. Rosamaria konnte den Rautenduft gar nicht leiden, aber ich habe die Zweige trotzdem hineingetan, weil das die Abwehrkräfte stärkt. Einmal habe ich nicht aufgepasst und einen Rautenzweig hineingeworfen, auf dem noch eine Raupe saß. Sie war so hübsch gefärbt, schwarz-gelb mit seidigen Streifen … Sie kennen die Rautenraupen ja sicher, nicht wahr?«

»Das denkt sie sich alles nur aus. Hören Sie gar nicht hin.«

»Nichts ist unhöflicher, als jemandem zu widersprechen, der gerade redet. Wieso sollte ich mir ausdenken, dass in dem Wasser im Zuber eine Raupe war? Oder was meinen Sie?«

Ich sagte, ja, so etwas würde man nicht erfinden.

»Was gab es da für Tränen! Sie war so erschrocken, dass sie in den Garten gelaufen ist.«

»Wir haben einen Garten, und weiter hinten pflanzen wir Gemüse an«, erklärte er.

»Und was hat sie geschrien! Ich habe die Raupe tot gemacht, und Rosamaria kam zurück, und ich habe sie angezogen. Eugeni war ganz traurig, der Arme ... Ich habe ihnen ein Glas Milch gegeben, und dann habe ich Rosamaria nach Hause geschickt.«

»Zu ihrer Tante.«

»Zu ihrer Tante; wir waren nämlich fast so etwas wie Eltern für sie.«

»Vielleicht fällst du dem Herrn lästig ... Wenn wir Ihnen lästig fallen, sagen Sie es nur freiheraus!«

»Mit uns kann man offen reden«, sagte sie und sah hinaus aufs Meer.

»Da hat sie recht, mit uns kann man offen reden.«

Ich versicherte ihnen, dass sie mir nicht lästig fielen.

»Sind sie mit dem weißen Auto weggefahren?«, fragte sie.

»Nein. Mit einem pflaumenfarbenen.«

»Siehst du? Das weiße Auto hat sie schon nicht mehr.«

»Er hat sich immer gerne neue Wagen gekauft.«

Sie hatte ganz feine Falten, und ihre Wangen und der Hals sahen aus, als wären sie aus Stoff. Er hatte einen Schnurrbart: einen kleinen Schnurrbart, weiß wie sein Haar, aber seine Augenbrauen waren ganz schwarz. Sie hatten sich wieder hingesetzt. Er saß ganz ruhig, mit leicht gespreizten Beinen. Seine Hände mit den dicken, kurzen Fingern lagen offen auf den Knien. Sie hielt nicht einen Moment lang still: Sie fasste sich an den Hals, an die goldene Brustnadel, an die Mantille, zupfte die Rockfalten zurecht, und ab und zu machte sie eine merkwürdige Bewegung mit der Nase, rümpfte sie zweimal hintereinander wie ein Hase.

»Paulina ist wirklich ganz verrückt nach Rosamaria. Wir reden immer von ihr, als wäre sie noch klein und könnte jederzeit bei uns anklopfen und fragen, ob sie in den Garten gehen und die Blumen ansehen darf.«

»Wie eine Tochter. Für mich war sie wie eine Tochter. Eugeni war unser Kind, aber Rosamaria ... Sie hatte etwas an sich, das war wie in der Kirche, und manchmal, wenn ich sie ansah, fühlte ich mich andächtiger als während der Messe ...«

»Paulina hat sehr an Rosamaria gehangen.«

»Du auch.«

»Aber nicht so sehr wie du.«

»Wenn ich Namenstag hatte, kam sie immer zum Gratulieren, gab mir einen Kuss und blieb zum Mittagessen und dann den ganzen Nachmittag.«

»Und wenn wir sie nicht überredet hätten, auch noch zum Abendessen zu bleiben, hätte Eugeni sie wiedergeholt ...«

»Weil wir einen Garten hatten und ihre Tante nicht, haben wir für sie einen Rosenstrauch gepflanzt, das war dann ihrer. Kennen Sie diese kleinen Rosen, die in Büscheln wachsen? Wir haben den Strauch Rosamaria getauft. Es sind kleine rote Rosen.«

»Excelsa«, sagte ich.

»Sie sind der Gärtner ... Excelsa ...«, sagte er.

»Excelsa haben viele Dornen.«

»Genau.«

»Wissen Sie, ob ihre Tante noch am Leben ist?«, fragte sie und machte dabei diese Sache mit ihrer Nase.

»Ich glaube schon.«

Ich dachte, dass es die alte Dame sein musste, die ihr Gebiss verloren hatte.

»Und sie lebt nicht bei ihnen?«

»Nein.«

»Siehst du? Ich habe dir gleich gesagt, dass es gelogen ist, als sie bei uns weg und angeblich zu ihnen gezogen ist. Wenn der Herr das sagt, dann sicher, weil er es weiß.«

»Könnten Sie uns freundlicherweise ein Glas Wasser geben?«, fragte er und setzte seinen Hut ab. »Ich glaube, vom Meer her kommt Wind auf …«

Ich ging in die Küche. Die Fenster waren angelehnt, und ein paar Sonnenstrahlen, schon halb tot und von den Grashalmen durchschnitten, schienen herein und auf die safranfarbenen Fliesen. Ich stellte drei Gläser auf ein Tablett, füllte einen Krug mit Wasser und nahm zwei Bierflaschen aus dem Eisschrank.

Ganz vorsichtig, um nichts zu verschütten, trug ich alles zu ihnen hinüber. Senyora Paulina war allein.

»Andreu ist da unten. Er hat die Treppe gesehen und gesagt, er wolle ein wenig Sand unter seinen Füßen spüren. Wie ein kleiner Junge. Das macht der Kummer …«

Sie leerte ein Glas Wasser in einem Zug und beugte sich über die Brüstung.

»Sehen Sie nur, er hat die Schuhe ausgezogen und ist mit den Füßen im Wasser.«

Sie rief zu ihm hinunter: »Mach das nicht, du bist doch ganz verschwitzt! Komm rauf, der Herr hier hat uns Wasser gebracht. Und Bier!«

Als er zurückkam, glänzten seine Augen, und seine Wangen waren gerötet; die Schuhe trug er in der Hand.

»Das gefällt mir gar nicht, was du da gemacht hast.«

»Mein Kopf war ganz blutleer.«

»War dir schlecht?«

»Nein. Aber jetzt geht es mir besser.«

Ich schenkte erst ihm ein Bier ein, dann mir; Senyora Paulina lehnte ab.

»Im Augenblick nicht, danke. Vielleicht nachher einen Schluck.«

Er wartete, bis der Schaum sich gesetzt hatte. Unterdessen streckte er die Beine aus, damit seine Füße trockneten. Sie waren weiß, alt und tot.

»Sie trocknen von alleine«, sagte er, als er merkte, dass ich sie betrachtete.

»Wenn ich mir überlege, dass wir Rosamaria einen Blumenstrauß mitbringen wollten …«

»Was habe ich dir gesagt? Wenn man in ein Haus mit Garten zieht …«

»Wissen Sie, ob die beiden Kinder haben?«

»Noch nicht.«

»Dabei hatte sie Kinder so gern«, sagte sie. »Als sie klein war, hat sie immer gesagt, dass sie einmal heiraten will, um Kinder zu kriegen.«

»Was man als Kind so alles sagt …«

»Ich weiß, dass sie Kinder mochte. Kaum hatte sie mit der Schneiderlehre angefangen, hat sie auch schon ein Kleidchen für Matildes Tochter genäht.«

»Daran erinnere ich mich noch genau«, sagte er.

»Stört es Sie, wenn ich stricke?«, fragte sie.

»Nein, Senyora, machen Sie nur.«

»Meine Frau hat immer ihr Strickzeug dabei.«

»Es ist für Eugeni, wissen Sie?«, sagte sie und holte Wolle und Nadeln aus ihrer Tasche.

»Sie strickt etwas für Eugeni.«

»Seit zwei Jahren schon.«

»Sie strickt ihm Pullover und Strümpfe.«

»Er wechselt gerne jeden Tag die Strümpfe«, fügte sie hinzu, ohne aufzuschauen.

»Als sie den ersten Pullover anfing, dachte sie, wenn er fertig wäre, würde Eugeni zurückkommen.«

»Und dann habe ich mich an den zweiten gemacht und wieder aufs Neue gehofft.«

»Ich weiß nicht, warum. Schließlich hat er gesagt, er würde nach fünf Jahren wiederkommen.«

»Ich dachte immer, dass er es leid würde, so weit weg von zu Hause ...«

»Wenn sie sich etwas in den Kopf setzt ... Denken Sie nur: Als Eugeni fortging, hat sie auf einem Stuhl gesessen und stundenlang vor sich hin gestarrt. Wenn wir sie nicht gefüttert und ausgezogen hätten, um sie ins Bett zu bringen, würde sie heute immer noch auf diesem Stuhl sitzen.«

»Ich weiß das nicht mehr genau, aber sie sagen, ich wäre wie aus Holz gewesen.«

»Wie aus Holz. Nur an ihrem Atem merkte man, dass sie noch lebte.«

»Und nicht einmal atmen wollte ich.«

»Alles wurde ihr zu viel ... Könnten Sie mir wohl noch einen Schluck Bier einschenken?«, fragte Senyor Andreu und streckte mir sein Glas hin.

»Jetzt könnte ich auch ein Schlückchen vertragen«, sagte sie.

»Es wird dir nicht bekommen, du bist es nicht gewohnt.«

»Aber das Wasser schmeckt so fad ...«

»Schenken Sie ihr ein wenig ein, bloß nicht zu viel … Und beschwer dich hinterher nicht! … Das schmeckt gut …« Er sah mich an. »Sehen Sie, wie schnell sie strickt?«

»Aber ich muss dabei hinsehen. Ohne hinzusehen kann ich das nicht.«

»Das Stricken hat ihr sehr geholfen.«

»Manchmal ist es aber auch anstrengend«, sagte ich. »Habe ich gehört.«

»Glauben Sie das nicht; es ist eine Ablenkung. Sehen Sie nur, wie sie das macht. Und wenn ein Pullover fertig ist, freut sie sich. Sie hat schon eine ganze Schublade voll. Alle für Eugeni. Jetzt strickt sie ihm Socken. Ich bekomme keine. Nicht einen einzigen. Mich hat sie vergessen.«

Er zog ein Taschentuch aus der Hosentasche, wischte sich die Fußsohlen sauber und zog seine Schuhe an.

»Sehen Sie meine Strümpfe? Nur um Ihnen zu beweisen, dass ich nicht gelogen habe: Uralt sind sie.«

Er nahm einen Erdklumpen aus einem Blumentopf und zerbröselte ihn, als genieße er das Gefühl an den Fingern. Dann fing er an zu schwadronieren.

»Das ist gute Erde für Erdbeeren … Auf dem Weg hierher habe ich Silberblatt gesehen. Wissen Sie, dass das alles kaputt macht, was man daneben pflanzt? Würde man Mangold daneben setzen, würde das Silberblatt ihn aussaugen, bis seine Blätter milchweiß wären.«

»Unser Garten ist klein, aber er liebt ihn so sehr.«

»Ja, er ist mein Hobby, wie bei dir das Stricken.«

»Er hält mir immer vor, dass ich stricke.«

»Und du hältst mir den Garten vor.«

»Der Garten ist ein bisschen verrückt«, sagte sie. »Alles wächst durcheinander. Lilien, Malven und Bohnenranken.«

»Erzähl ihm, dass ...«

Ein Windstoß trug Senyor Andreus Hut davon. Wir beide liefen ihm hinterher, um ihn einzufangen. Als wir zurückgingen, sagte er leise: »Wenn Sie sie glücklich machen wollen, sagen Sie ihr, dass sie wunderbar glatt strickt. Nach all dem, was wir mit unserem Sohn durchmachen mussten, ist sie ein bisschen durcheinander ... Sie verstehen schon, nicht wahr?«

Dann setzte er seinen Hut auf.

Bei ihr angekommen, beugte ich mich vor, um ihre Arbeit in Augenschein zu nehmen, und sagte ihr, dass sie so gut stricken könne, dass es aussah wie mit der Maschine gemacht.

Sie hob den Kopf wie eine Eidechse und lachte mit leicht verzogenem Mund.

»Er sagt allen, dass sie mir das sagen sollen. Aber es stimmt. Nicht eine Masche größer oder kleiner, sehen Sie?«

Sie zog das Stück, das sie gerade gestrickt hatte, in die Länge.

»Man muss eine ruhige Hand haben und wissen, wie man die Nadeln hält. Übung allein reicht nicht. Wenn man die Nadeln ein bisschen weiter oben oder ein bisschen weiter unten hält, sehen die Maschen gleich ganz anders aus.«

Weil ich nicht wusste, was ich dazu sagen sollte, fragte ich: »Stricken Sie alle Socken in der gleichen Farbe?«

»Natürlich! Hellbraun ist am besten. Natürlich ... Strickt Ihre Frau Ihnen Strümpfe?«

»Meine Frau ist schon vor Jahren gestorben«, sagte ich.

»Haben Sie Kinder?«

»Nein.«

»Siehst du?«, sagte er, als würde er sich über sie ärgern. »Er hat weder Frau noch Kinder.«

»Wollen Sie einen Blick in den Garten werfen?«, schlug ich vor.

»Lassen Sie mich noch diese Nadel zu Ende stricken.«

Er trat an die Geranientöpfe.

»Oh«, sagte ich, »sehen Sie die lieber nicht an. Wenn der Winter vorbei ist, werde ich sie alle herausreißen und neu pflanzen. Geranien gehen schnell an.«

»Warum pflanzen Sie keine Cattleya?«

»Die hängenden? Die mag ich nicht!«

»Weil sie hängen?«

»Genau! Die ganzen Blüten wachsen unten, und oben wächst nichts. Außerdem sind die Cattleya rosa, und hier müssen die Geranien rot sein.«

»Was haben Sie nur? Rosa ist eine schöne Farbe. Und die Cattleya gibt es auch in Weiß und Lila.«

»Rote Meteor-Geranien! Mir kommt keine Cattleya ins Haus. Die taugt nicht mal zum Ranken. Sie wächst nach oben oder unten. Und die Blätter stehen aufrecht oder hängen, aber sie verdecken nie den Stamm der Pflanze. Der ganze Saft wird aus dem Stamm gezogen.«

»Weil Sie sie nicht gewohnt sind. Die Cattleya-Blüte lässt sich nicht mit der dieser Geranien hier vergleichen.«

»Lassen Sie sich von ihm nicht hereinreden, immer will er bestimmen«, sagte sie, ohne den Blick von ihrem Strickstrumpf zu heben.

»Ich will überhaupt nicht bestimmen. Ich erteile Ratschläge. Und die Cattleya ist eine gute Geranie. Sehr dankbar.«

»Meteor. Wenn ich neue Geranien setzen müsste, würde ich gesunde Geranien pflanzen, keine kränklichen. Schön rot und mit saftigen Blättern.«

»Wenn Sie meine Dachterrasse sehen könnten … Was würde er wohl sagen, hm, Paulina, wenn er unsere Dachterrasse sehen könnte? Die ganze Vorderbrüstung, die zur Straße hin, und die hintere, zum Garten hin, quellen über von Dreimasterblumen und rosa Cattleya.«

»Da sind Sie wahrscheinlich die ganze Zeit damit beschäftigt, die zu beschneiden …«

Senyora Paulina legte den Strumpf zusammen und verstaute ihn in ihrer Tasche.

»So, meine Runde ist fertig.«

»Wie viele Runden hast du denn geschafft?«

»Wenige. Sehr wenige.«

Wir gingen die Lindenallee hinauf. Die Bäume standen in voller Blüte, aber die Blüten begannen bereits abzufallen. Um diese Jahreszeit war die Allee voller tief fliegender, wild zwitschernder Schwalben.

»Dieser Duft ist sehr belebend. Sind das die Lindenblüten, die gut für die Nerven sind?«

»Diese Bäume sind sehr alt, genau wie die Maulbeerbäume. Eine Allee wie diese finden Sie nicht so leicht.«

Ich zeigte ihnen das Beet mit den Stiefmütterchen. Fünf mal zwei Meter.

»Meine Güte!«

»Sie sind ein schöner Abschluss der Allee.«

»Das ist zu schön. Zu schön.«

»So gelb … Und so gerade gepflanzt.«

»Ich habe die Reihen mit der Schnur gezogen.«

Weiter oben lag das Beet mit den lila Stiefmütterchen wie ein großes Kissen.

»Was für eine Arbeit …«

Vor den Magnolienbäumen mit ihren nach oben geöffneten, wachsfarbenen Blüten und den Knospen blieben sie entzückt stehen.

Sie bewunderten jeden einzelnen der Magnolienbäume, die wahrhaft königlich aussahen.

»Kommen Sie, ich zeige Ihnen die Rosen. Ich habe die Büsche gerade geschwefelt, weil wir eine Blattlausplage haben. Sehen Sie mal, welche Farbe die Carolinarosen haben! Und die Knospen; es ist, als würde die Luft sich zurückziehen, damit sie nicht zu schnell aufgehen. Und das Gelb dieser Rose hier, Talisman. Und das Blutrot der Hollandrosen verliert seine Kraft, wenn die Blüte ganz aufgeht, und wird tomatenrot ... Und die hier – sehen Sie? –, das sind Moosrosen. Ihre Blütenstiele sehen aus wie mit Moos bedeckt ...«

»Von denen hier haben wir auch einen Stock!«

»Aber Ihre sind ganz anders! Hier gibt es mehr Luft.«

»Ja, hier gibt es mehr Luft.«

»Und sehen Sie hier die Ophelia ... Wenn Sie im Mai gekommen wären, hätten Sie noch den Flieder sehen können, der steht dicht wie ein Wald: weiß, lila, violett und kardinalrot ... Und der zweifarbige, wissen Sie? Und jeder Strauch füllt eine ganze Vase. Sehen Sie, ich kümmere mich um nichts anderes.«

Nachdem wir die Rosen angeschaut hatten, gingen wir zum Stall.

»Wollen Sie mal die Pferde sehen?«

Toni war nicht da. An seinen freien Tagen war er immer unterwegs.

»Und was machen sie mit diesen Riesenviechern?«

»Wenn Sie sehen könnten, wie die laufen! ... Der hier gehört Senyoreta Rosamaria. Er heißt Fletxa.«

»Was für ein Leben!«

»Und so viel frische Luft! Wir haben Angst, dass sie uns alles zubauen.«

»In unserem Viertel werden viele Häuser gebaut.«

»Kennen Sie den Carrer de Ríos Rosas? Im Stadtteil Sant Gervasi? Das ist eine sehr bekannte Straße.«

Senyora Paulina begann zu weinen, ganz leise.

»Nicht weinen, Liebes, nicht weinen ... Was soll denn der Herr hier dazu sagen? Komm, wir gehen raus, komm ... Hier fühlt man sich beengt. Gehen wir an die Luft. Wissen Sie, warum sie weint? Weil sie denkt, dass unser Eugeni ihr das alles nicht hätte geben können ... Gehen wir an die Luft.«

»Kommen Sie, kommen Sie.«

»Rosamaria hat so gerne nähen gelernt und war gern bei Senyoreta Maragda, die ihr versprochen hatte, aus ihr eine Schneiderin zu machen«, sagte sie, und während wir hinausgingen, machte sie das mit der Nase.

»Lass uns nicht mehr darüber reden. Was geschehen ist, ist geschehen.«

»Wir haben Angst. Das ist es: Wir wollen es uns nicht eingestehen, aber wir haben Angst.«

»Die Angst«, sagte er, »vergällt uns das Leben.«

Als wir draußen waren, fragte Senyor Andreu: »Was so ein Pferd wohl kosten mag?«

»Ein Vermögen.«

»Ein Vermögen?«, fragte sie.

»Da hast du es, Paulina: ein Vermögen.«

»Wir dachten nicht, dass Francesc so reich wäre ... Wir wussten schon, dass er reich ist, aber wir dachten nicht, dass er so reich wäre.«

»Sein Vater trug immer einen Leinenanzug und hatte einen Spazierstock mit Goldknauf.«

Ich führte sie hinter mein Haus. Dort wuchsen Chrysanthemen, weil ich die so gerne mag; wenn die blühten, waren die Herrschaften schon zurück in Barcelona.

»Und das hier ist Geißblatt. Paulina ... sieh mal, Geißblatt. Und ganz da oben wachsen Pinien. Strandpinien.«

»Schirmpinien. Und hier ist das Glashaus. Für dieses Jahr haben sie mir ein neues versprochen. Doppelt so groß. Und mit Strom.«

»Und was stellen Sie darin unter?«

»Es gibt ein paar empfindliche Pflanzen, die Sie nicht gesehen haben. Und die Hortensien. Manche sind so groß, dass sie hier gar nicht reinpassen. Sie wollten, dass ich die Kamelien in die Erde pflanze, und ich habe sie mit Säcken abdecken müssen.«

Wir spazierten noch ein wenig weiter durch den Garten, und als sie die schönsten Ecken gesehen hatten, bat ich sie zu mir herein und fragte, ob sie vespern wollten. Beide sagten gleichzeitig, nein, vielen Dank, aber dass sie das Angebot sehr zu schätzen wüssten. Ich überredete sie, sich zu setzen, und holte eine Flasche Muskateller und ein paar Gläser.

»Das wird dir nicht bekommen«, sagte er.

»Einen Fingerbreit.«

»Du hast schon Bier getrunken ...«

»Glauben Sie, es wird noch lange dauern, bis sie zurückkommen?«

»Ach, wissen Sie, die kommen, wann sie wollen ...«

»Und hören wir sie von hier aus, wenn sie kommen?«

»Sie hupen drei Mal.«

Senyora Paulina packte ihren Mann am Arm.

»Drei Mal ... So wie damals, wenn er Rosamaria abholte.«

Zuletzt nötigte ich sie, eine Kleinigkeit zu essen, weil ich schon wusste, was passieren würde. Dass die Herrschaften nämlich spät zurückkommen würden.

»Sie haben noch die Reise vor sich, und wenn Sie den Zug um halb elf nehmen ... bis Sie da in Barcelona sind ...«

Ich machte ihnen ein Omelett mit Knoblauch und Petersilie und ein bisschen Tomate. Außerdem hatte ich noch einen Zipfel Salami, die ich in dünne Scheiben schnitt. Und jede Menge Brot. Ich räumte das Paket mit der Wäsche, die Quima mir gebracht hatte, beiseite, stellte die Teller aufs Tischtuch, und wir aßen ganz gemütlich.

Beim Essen kamen wir uns näher. Senyora Paulina sah das Bild von Cecília und fragte, ob das meine Frau sei. Ich erzählte ihnen in groben Zügen mein Leben. Als wir mit dem Essen fertig waren, holte sie ihr Strickzeug aus der Tasche und fing an, munter draufloszustricken. Ihr Mann und ich verschwanden für einen Augenblick in der Küche, und als wir wiederkamen, setzten wir uns neben sie. Kaum saßen wir, sagte sie, ohne den Kopf zu heben: »Eugeni wollte sich wegen Rosamaria umbringen.«

»Red nicht darüber. Das ist alles vorbei, wir sollten nicht mehr daran denken ...«

»Andreu kennt meinen Sohn nicht; er ist sein Vater, aber er kennt ihn nicht.« Sie ließ die Arbeit sinken, lehnte sich mit einem Ruck nach vorn und sagte zornig: »Warum sind wir hier? Etwa weil das alles vorbei ist? Wenn sie sich das Buch angesehen haben ...«, und ihr versagte die Stimme.

»Ich habe gesagt, du sollst nicht darüber reden ... Es reicht. Sehen Sie? Es ist immer das Gleiche.«

»Er denkt mehr an Eugeni als ich. Ich kenne ihn doch. Mehr als ich denkt er an ihn. Sie haben gemeinsam lesen gelernt, und dann haben sie sich ein Geschichtsbuch angeschaut, das war voller Bilder vom Krieg. Und sie haben gesagt, sie würden heiraten. Und das hätten sie auch getan, wenn nicht Francesc in die Nähe gezogen wäre.«

»Strick weiter und hör auf, dir Gedanken zu machen. Sei still und strick deine Socken.«

»Wenn Sie wüssten, wie fleißig mir Rosamaria immer samstags beim Hausputz und beim Fensterputzen auf der Galerie geholfen hat! Sie haben zusammen den Garten gewässert: er mit einem alten Eimer und sie mit einem dicken grünen Schlauch. Und wenn sie fertig waren, haben sie den Eimer und den Schlauch wieder neben dem Waschtrog abgestellt.«

»Paulina hat sie meine Pflanzen mit Wasser aus dem Waschtrog gießen lassen, das voller Seifenlauge war. Als könnte ich nicht selber gießen.«

»Du brauchst immer so lange dafür. Und du wolltest das Waschwasser nicht nutzen, dabei ist Seifenwasser gut für die Pflanzen.«

»Sie hat den Jungen vom Lernen abgehalten. Denn denken Sie mal nicht, die hätten nur als kleine Kinder die Blumen gegossen ... Sie ist sehr starrköpfig.«

»Rosamaria hat noch bei uns zu Hause den Garten gewässert, als Francesc schon immer mit dem Auto kam, um sie abzuholen. Er hat dreimal gehupt, und wir haben ihn vom Wohnzimmer aus gehört, auch, wie er den Motor angelassen hat, und dann wussten wir, dass Rosamaria und Francesc zusammen weggefahren waren.«

Sie schwiegen eine Weile. Ich wusste nicht, was ich sagen sollte, weil sie mir so leidtaten. Sie strickte weiter, mit gesenktem Kopf, und er war aufgestanden und sah aus dem Fenster.

»Es war eine Qual.«

»Und wie sie sich verändert hat ... So sehr, dass man es kaum glauben konnte.«

Senyora Paulina sah mich mit weit offenen Augen an.

»Eugeni war nur noch ein Schatten seiner selbst«, sagte ihr Mann. »Als er vom Militärdienst zurückkam, haben wir ihn nicht wiedererkannt. Er hatte sich mehr verändert als sie. Aber zum Schlechteren.«

»Als wir erfahren haben, dass Francesc ins Ausland gegangen ist, haben wir aufgeatmet. Sein Vater ist jeden Tag an unserem Haus vorbeigegangen, mit dem leinenen Sommeranzug und dem Spazierstock mit dem Goldknauf, ohne sich Gedanken darum zu machen, wie sehr wir wegen seines Sohnes litten ... Damals hat er schon den Wagen hinter sich herfahren lassen, für den Fall, dass er müde wurde.«

»Er hat dann nicht mehr lange gelebt. Er war ein feiner Herr, aber er hat nicht lange gelebt«, sagte Senyor Andreu wie zu sich selbst.

»Solange Francesc im Ausland war, haben Rosamaria und Eugeni sich wieder verstanden. Sie kam uns manchmal besuchen. Aber als Francesc ... Sobald Francesc wieder da war, gaben wir alles verloren.«

»Eugeni dachte noch, sie gingen nur zum Spaß zusammen aus. Er hat den ganzen Tag in seinem Zimmer oben auf der Dachterrasse gelernt und sich nicht gerührt ...«

»An jeden Zentimeter Wand hatte er Rosamarias Namen geschrieben.«

»Meine Frau hat gesagt, wenn Eugeni eine Fliege wäre, hätte er Rosamarias Namen auch noch an die Decke geschrieben.«

»Das stimmt nicht. Er selbst hat es gesagt, und am nächsten Tag habe ich es gesagt, und da ist er wütend geworden, weil ich es gesagt habe, und als ich ihm gesagt habe, er hätte es zuerst gesagt, meinte er, das wäre gelogen.«

»Lassen Sie sie nur reden.«

Senyor Andreu hatte sich wieder gesetzt und schob mit dem Finger ein paar Brotkrumen, die auf dem Tisch liegen geblieben waren, hin und her. Er schien sehr weit weg zu sein.

»Und dann kam der Tag, als wir das Geschrei hörten ...«

»Ja. Wir sind ganz aufgeregt auf die Straße hinausgelaufen. Vor Rosamarias Haustür stand der weiße Wagen, und sie saß darin. Eugeni hatte Francesc an den Rockaufschlägen gepackt und wollte ihn aus dem Wagen holen ...«

»Sie hätten sehen sollen, wie er an ihm zerrte, und Francesc klammerte sich an sie, und sie hielt sich die Hände vors Gesicht. Die Tante stand auf dem Balkon und schrie Eugeni an, er solle Francesc loslassen. Schließlich zog ihn Eugeni aus dem Auto, die Rockaufschläge waren ganz zerrissen, und sie prügelten sich auf offener Straße.«

»Ich«, sagte er, »bin dann eines Tages hinausgegangen, als Francesc nach Rosamaria hupte, und habe ihn gebeten, das nicht mehr zu tun, sondern sie anders auf sich aufmerksam zu machen, weil wir Angst hatten, dass es sonst bei uns zu Hause noch ein großes Unglück gibt.«

Sie redeten abwechselnd, ohne mich anzusehen. Wenn der eine verstummte, wartete der andere einen Moment und sprach dann.

»Einmal hat Eugeni ganz verzweifelt zu mir gesagt: ›Sie macht einen Fehler. Sie sieht es nicht, aber sie macht einen Fehler. Ich wollte sie retten, weil ich sie liebe ... Seit dem ersten Tag, noch bevor wir laufen konnten, liebe ich sie.«

»Ein paar Wochen nach der Schlägerei auf der Straße haben wir dann erfahren, dass der Vater von Francesc für seinen Sohn um Rosamarias Hand angehalten hatte ...«

»Und Eugeni kam manchmal zu mir in die Küche, wenn ich das Mittagessen machte, und sagte: ›Siehst du nicht, wie ruhig ich bin?‹ Er tat so, als wäre er glücklich. Eines Tages sagte er zu mir: ›Ich habe sie mir schon aus dem Kopf geschlagen.‹ Dann ist er wieder hinausgegangen. Dünn und schwarz von all dem Elend, das ihn von innen heraus auffraß. Sie ist dann nicht mehr in die Schneiderei gegangen. Es heißt, der Verlobungsring habe einen geblendet mit seinem Glänzen.«

»Paulina hat ihn selbst gesehen.«

»Eines Tages, als ich allein war, hat es an der Tür geklingelt: Es war Rosamaria. Als ich sie gesehen habe, hat in mir drinnen alles wehgetan. ›Kennen Sie mich nicht mehr?‹ ›Du warst schon so lange nicht mehr bei uns.‹ Ich habe sie hereingebeten und ihr einen Platz angeboten, aber sie hat gesagt, sie würde nicht lange bleiben, weil sie nicht stören wolle. Ich habe sie gefragt, wieso sie gekommen sei. ›Weil ich mit Ihnen reden wollte.‹«

»Sie hat ihr gesagt, sie wolle über Eugeni und sich reden.«

»Das hat sie mir gesagt: über Eugeni und sich. Dass sie gekommen war, weil wir Freunde waren, und dass sie niemandem Rechenschaft schuldete. Aber dass wir Freunde waren und sie deshalb alles klären wollte, dass sie Eugeni nur liebte wie einen Bruder, dass die Dinge nun mal so gekommen waren, dass es vielleicht besser gewesen wäre, wenn sie anders gekommen wären, dass sie nur deshalb so selten kam, weil Eugeni sich nicht um sie scherte … dass sie uns liebte und immer lieben würde … ›Es tut mir leid für Eugeni …‹ Ich betrachtete ihren Ring, und sie merkte es; sie wurde rot und drehte den Stein nach innen. Ich sagte, das macht nichts, alles ist gut, Eugeni ist glücklich, und alles ist gut …«

»Sie sagt, bevor Rosamaria gegangen sei, habe sie noch in die Ecke geschaut.«

»Ja. Sie hat in die Ecke geschaut, wo das Lesepult stand, und dann ist sie hingegangen und hat gesagt: ›Wie oft haben Eugeni und ich uns dieses Buch angesehen … wissen Sie noch?‹ Mich hat sie gefragt, mich, ob ich das noch wüsste! Sie hat das Buch ein wenig hin und her geschoben, ohne es in die Hand zu nehmen, und gesagt, die Hochzeit würde im kleinen Kreise stattfinden und wir sollten uns nicht wundern, wenn wir nicht eingeladen würden. Ich habe sie hinausbegleitet und die Tür hinter ihr zugemacht.«

Unwillkürlich hatte sie die Stimme gesenkt und redete stockend. Auch er dämpfte die Stimme.

»Und natürlich sind wir beide zu ihrer Hochzeit gegangen, schließlich waren wir ja Nachbarn. Eugeni hatte sehr früh das Haus verlassen, und wir dachten, er wüsste es vielleicht gar nicht.«

»Ich habe gehört, als man ihr den Brautstrauß brachte, hätte sie schon das Hochzeitskleid getragen und gestanden, damit es nicht zerknitterte. Wir sind dann zur Klosterkirche von Josepets gegangen, bevor sie zur Kirche fuhr. Wir haben uns in die hinterste Bank gesetzt. Und dann haben wir sie am Arm des alten Bohigas hereinkommen sehen, mit der ganzen Hochzeitsgesellschaft. Francesc führte die Tante am Arm.«

»Alle Kerzen haben geflackert, und auf der Empore wurde gesungen, und der ganze Altar war mit weißen Rosen geschmückt. Die Predigt war sehr lang.«

»Weil es die Bohigas waren.«

»Erst am Nachmittag haben wir erfahren, dass Eugeni bei ihr gewesen war, bevor sie zur Kirche fuhr, als Rosamaria mit ihrer Tante und drei, vier Freundinnen aus der Nachbarschaft allein war. Er hat sie am Arm gepackt und sie wie ein Wahnsinniger angezischt, er erlaube ihr, Francesc zu heiraten, wenn das ihr Wille sei, aber nach fünf Jahren würde er wiederkommen und sie holen, wo auch immer sie sei, und dann würde sie mit ihm gehen. Und bevor er ging, musterte er noch die übrigen Anwesenden, einen nach dem anderen. ›Sagt Francesc: Ich schenke ihm fünf Jahre Leben mit

Rosamaria … fünf Jahre!‹ Und er hat die Hand mit den ausgestreckten Fingern hochgehalten. ›Fünf!‹«

»Er kam spät nach Hause, es war schon Nacht, und wir haben auf ihn gewartet, aber er redete kein Wort mit uns.«

»Am Sonntag ist er dann noch zum Fußball gegangen, aber als ich ein paar Tage später zur Dachterrasse raufgestiegen bin, um sein Studierzimmer sauber zu machen, wo ich nur ab und zu mal hineinsah, musste ich mich an die Wand lehnen, um nicht umzufallen. Er hatte alles kurz und klein geschlagen. Den Tisch und den Stuhl; die Bücher waren zerfetzt, und das kleine Bett, das wir ihm hingestellt hatten, damit er ab und zu mal ein Mittagsschläfchen halten konnte, war ebenfalls zertrümmert, und die Matratze war aufgeschlitzt, dass die Wolle überall herumflog. Und auf dem Boden waren runde, dunkle, getrocknete Flecken, wie Blut. Überall auf den Fliesen.«

So erzählten sie immer weiter, erst der eine, dann der andere, als wären sie sehr erschöpft und wollten sich gegenseitig helfen. Mir schnürte es die Kehle zu.

»Wir sind gleich hinaufgegangen, um zu putzen, und haben alles aufgelesen und wieder so hergerichtet, wie es vorher war: einen Stuhl, einen Tisch, Bücherregale und eine Pritsche. Paulina hat aus der gleichen Wolle eine neue Matratze machen lassen.«

»Und Andreu und ich haben alles gestrichen, schön weiß, und Rosamarias Namen übertüncht. Und ein paar Tage später stand Eugeni plötzlich in der Küche, als ich gerade das Abendessen machte. Er war leichenblass, seine Augen lagen tief in den Höhlen, und er sagte: ›Warum habt ihr den Namen übermalt?‹«

»Und dann hat er uns verlassen.«

»Knall auf Fall. Er sagte, er ginge nach Amerika, um sein

Glück zu machen, denn das könnte er hier nicht ... Er hat uns verlassen, von einem Tag auf den anderen: ›Ich gehe.‹ Und er hat uns allein gelassen ... Und ein Jahr ist vergangen, ohne dass wir etwas wussten ... Und zwei ... Und nun sind es schon fast vier Jahre ... Und wir sind gekommen, weil wir dachten, dass vielleicht sie ...«

»Wir dachten, wenn wir nichts wissen, hat vielleicht sie etwas erfahren. Denn wir wissen nichts. Und es sind schon fast vier Jahre vergangen.«

Ich hatte sie die ganze Zeit angesehen und wusste nicht, was ich ihnen sagen sollte.

Ich führte sie in mein Schlafzimmer.

»Sehen Sie diese Päckchen hier? Der ganze Nachttisch ist voll davon ... Sehen Sie ... Sie können es ruhig lesen ... Es gibt alles: weiße Hyazinthen, malvenfarbene Hyazinthen, Hyazinthen in der Farbe des Sonnenuntergangs ... Und diese Schalen voller Blumenzwiebeln ... Sehen Sie? Tulpenzwiebeln. Kommen Sie.«

Ich zog den Bettkasten hervor.

»Das sind alles Samen. Stiefmütterchen ... Veilchen ... Getigerte Gauklerblume ... Lesen Sie ruhig. Mohn ...«

Als die Hupe ertönte, schraken wir alle drei zusammen.

Es war dunkel geworden. Ich brachte sie zur Haustür, die offen stand, und musste gar nichts sagen, weil sie sie sofort erkannten. Als Senyora Paulina auf Senyoreta Rosamaria zuging, um sie zu umarmen, wich diese ein Stück zurück, und Senyor Andreu, der es bemerkte, packte Senyora Paulina am Arm und zog sie weg. Ich ging. Im Garten war es dunkel und im Wintergarten hell, und so konnte ich sie deutlich vor mir sehen, aber ich verstand nicht, was sie redeten. Ich sah ihre Gesten und ihre Mimik. Nach einer Weile blieben die beiden Alten mit der Senyoreta allein. Sie redeten alle drei, und von Zeit zu Zeit zuckte die Senyoreta mit den Schultern. Sie blieben etwa eine halbe Stunde. Vielleicht ein bisschen länger. Als ich sah, dass die beiden Alten sich erhoben, ging ich zum Zaun. Senyoret Francesc begleitete sie.

»Soll ich Sie wirklich nicht mit dem Wagen fahren? Von hier bis zum Bahnhof sind es nur fünf Minuten.«

»Im Auto wird mir immer schlecht«, sagte sie. »Ich gehe lieber zu Fuß. Wir haben noch jede Menge Zeit.«

Der junge Herr sagte ihnen, sie sollten doch mal wieder vorbeikommen, aber vorher Bescheid sagen. Als sie gegangen waren, wartete ich, bis er im Haus verschwunden war, dann ging ich ihnen nach. Von hinten wirkten sie wie zwei Marionetten. Nach einer Weile hatte ich sie eingeholt und fragte sie, ob sie etwas über Eugeni erfahren hatten, und sie schüttelten die Köpfe. Kaum hatte ich meine Frage gestellt, erlitt Senyora Paulina einen Schwächeanfall: Sie fasste sich an die Brust und wäre zu Boden gestürzt, wenn wir sie nicht gerade noch aufgefangen hätten. Wir brachten sie zu Bergadans' Gasthof, der in der Nähe war, und legten sie dort auf ein Bett. Dann gingen Senyor Andreu und ich nach unten und tranken ein Gläschen, denn das hatten wir nötig.

»Wenn sie sich bis zur Abfahrt des Zuges ausruhen kann, wird ihr das guttun«, sagte Bergadans.

Im Café war niemand, und Bergadans setzte sich zu uns. Ich fragte ihn, woher er die Tapete mit den Sonnenblumen in dem Zimmer hatte, in das wir Senyora Paulina gebracht hatten – im selben Zimmer hatte ich den jungen Herrn in dem Sommer besucht, als er sich in den Kopf gesetzt hatte, nicht mehr zu Hause wohnen zu wollen. Bergadans sagte, er habe das Zimmer gerade vor zwei Wochen neu tapeziert, und die Tapete habe er bei Matias im Dorf gekauft.

»Vielleicht finden Sie dort noch welche, wenn sie Ihnen gefällt.«

Ich sagte ihm, ich wolle mein Wohnzimmer tapezieren, und wenn Matias noch etwas von der Tapete hätte, würde ich sie kaufen. Nicht dass mein Wohnzimmer einen Tapetenwechsel nötig gehabt hätte, aber Sonnenblumen sind immer so fröhlich, und ich wollte diese neue Tapete, auch wenn ich selbst tapezieren musste.

»Geblümte Tapeten … Das sieht immer schön aus«, sagte Senyor Andreu, der den Hut nach hinten geschoben hatte und dessen Wangen wieder etwas Farbe hatten. In einer Hand hielt er ein Glas mit verdünntem Anisschnaps, und durch das Glas hindurch sahen seine Finger noch runder aus.

»Morgen schaue ich mal bei Matias vorbei.«

»Wenn die Sonnenblumen tatsächlich lebensgroß sind, wie Sie sagen …«

»Haben Sie denn nicht gesehen, wie groß sie sind?«, fragte Bergadans, der den Kognak trank wie Wasser.

»Offen gestanden«, sagte Senyor Andreu, »sehe ich gar nichts. Wenn dieser Herr mir jetzt im Hinausgehen sagen würde, dass hinter der Theke ein Maulesel steht …«

»Also, hören Sie mal …« Bergadans stellte das Glas auf die Theke und fuhr mit dem Finger an der Kante entlang. »Hören Sie … ich …«

»Entschuldigen Sie. Sie verstehen schon, nicht wahr? Ich meine, er könnte behaupten, dass hinter der Theke irgendetwas steht. Und ich würde es glauben. Ich bin furchtbar zerstreut, müssen Sie wissen. Als kleiner Junge habe ich mich immer verlaufen.«

»In Barcelona ist das auch verständlich; hier wäre Ihnen das nicht passiert.«

Senyor Andreu hatte seinen Schnaps ausgetrunken und ließ das Glas auf der Theke kreiseln.

»Wollen Sie einen Kognak, während wir hier sitzen und warten?«

»Ich bin nicht daran gewöhnt, und vielleicht würde es mir nicht bekommen.«

»Ich auch nicht«, sagte ich.

»Der Schnaps und ich … Darin war Eugeni wie ich. Er hat niemals Schnaps angerührt. Geraucht hat er schon, das ja.« Senyor Andreu nieste zweimal. »Hoffentlich habe ich mich am Strand nicht erkältet.«

»Haben Sie gebadet?«, fragte Bergadans, der weiterhin fleißig dem Kognak zusprach.

»Ich war nur ein wenig mit den Füßen im Wasser … Wenn man schon mal am Meer ist, muss man das einfach tun …«

»Soll ich Ihnen vielleicht etwas Heißes machen? Das dauert keine fünf Minuten.«

»Nein, danke.«

»Warum machen Sie ihm nicht eine Tasse Lindenblütentee?«, fragte ich. »Selbst gepflückt. Wenn ich Lindenblüten sammle, bringe ich Bergadans immer ein Päckchen vorbei. Für den Winter.«

»Oh«, sagte Bergadans, »er schenkt mir ein Säckchen Lindenblüten, weil er nun mal so ist. Aber ich trinke ihn nie. Die Gäste … ab und zu. Wenn mal ein erkälteter Handelsreisender vorbeikommt …«

»Das nutzt nichts«, sagte Senyor Andreu. »Als wir den großen Kummer hatten, habe ich Paulina immer welchen gemacht, und das war genauso gut, als hätte ich ihr heißes Leitungswasser zu trinken gegeben … Würden Sie mich bitte entschuldigen? Ich gehe mal kurz nach oben und sehe nach, ob sie sich auch erholt. Ich bin gleich wieder zurück …

Ah ja: Und anschließend wollte ich mit Ihnen über die Kanarische Kapuzinerkresse sprechen. Erinnern Sie mich daran?«

Als ich mit Bergadans allein war, erzählte ich ihm grob die ganze Geschichte. Er hörte mir mit offenem Mund zu, und weil er ein gutmütiger Kerl war, sagte er zwei-, dreimal: »Die armen Leute!«

»Wenn sie erst den Zug um halb elf nehmen können, sollten sie hier noch zu Abend essen. Bleiben Sie auch. Ich brate ihnen zwei Spiegeleier mit Schinken. Alles auf meine Rechnung.«

Er schenkte sich noch mehr Kognak ein. Ich weiß nicht, wo er ihn hintrank. Und während er trank, kam Senyor Andreu wieder herunter.

»Sie schläft tief und fest.«

Er sah mich zufrieden an und fügte dann hinzu: »Im Zimmer war es nicht ganz dunkel, deshalb konnte ich die Sonnenblumen sehen, ohne das Licht einzuschalten ...«

Nach einer halben Stunde ging er sie wecken, und als sie herunterkam, war sie ziemlich munter. Sie trank eine Schale Milchkaffee, und als sie sie ausgetrunken hatte, stellte sie fest, dass sie die Tasche mit dem Strickzeug vergessen hatte, und ich ging sie holen. Ich sah mir noch einmal die Sonnenblumen an, und jetzt gefielen sie mir noch besser.

Als ich mit der Strickzeugtasche herunterkam, sagte Senyor Andreu zu mir: »Senyor Bergadans drängt uns, zum Abendessen zu bleiben. Sie leisten uns doch Gesellschaft, oder? Ich sage Ihnen jetzt schon, dass Paulina nichts essen wird: Der Milchkaffee genügt ihr vollauf.«

Ich sagte, wenn ich ihnen nicht lästig fiele ...

»Wo denken Sie hin! Und lassen Sie mich Ihnen dafür

danken, dass Sie so aufmerksam zu uns waren. Sollten Sie eines Tages mal nach Barcelona kommen ...«

Bergadans kam aus der Küche, einen Teller in jeder Hand.

»Auf zum Essen, bevor es kalt wird!«

Am Herd ist Bergadans noch nie ein Zauberkünstler gewesen, aber ein Spiegelei bekommt jeder hin, und der Schinken war gut. Wir aßen in aller Ruhe. Als wir fast alles verzehrt hatten, fragte Senyora Paulina ihren Mann: »Hast du dich etwa erkältet?«

Er wischte sich mit der Serviette die Lippen ab.

»Nein. Warum?«

»Als du das erste Mal nach mir gesehen hast, meinte ich, dich auf der Treppe niesen zu hören.«

»Hast du nicht geschlafen?«

»Nein.«

»Kein bisschen?«

»Ein klein wenig gegen Ende.«

Bergadans wollte kein Geld von ihnen nehmen. Ich brachte sie zum Bahnhof und wollte ihnen die Fahrkarten kaufen, aber Senyor Andreu nahm mich am Arm und sagte, nein, das komme gar nicht infrage. Als der Zug sich in Bewegung setzte, standen sie am Fenster und winkten mit den Taschentüchern, bis ich sie nicht mehr sah.

Am nächsten Tag fand ich die Tapete mit den Sonnenblumen; die letzten Rollen. Matias meinte, das müsste reichen, denn mein Wohnzimmer war klein. Er war sich sogar sicher, dass ich noch etwas übrig behalten würde.

Während er die Rollen zusammenband, zwinkerte er mir zu: »Und wann heiratet Mariona?«

»Wen?«

»Den Maurer.«

Irgendjemand hatte mir zu Beginn des Sommers erzählt, dass Matias ein Auge auf Mariona geworfen hatte, und weil ich das Gefühl hatte, er wolle sie schlechtmachen, schnitt ich ihm gleich das Wort ab.

»An deiner Stelle würde ich ihre Mutter fragen –«

Ich zahlte für die Tapeten und ging.

Auf der Straße musste ich mich an die Hauswand drücken, weil ein Auto kam. Direkt neben mir hielt es an, und Senyor Bellom fragte: »Wohin sind Sie denn so früh am Tag mit dieser Tapete unterwegs? Steigen Sie ein ... Nur keine falsche Scheu.«

Ich hatte ihn seit über einem Monat nicht mehr gesehen, weil er geschäftlich unterwegs gewesen war, und freute mich sehr, ihn zu treffen.

»Was gibt's Neues?«

»Nicht viel.«

Ich erzählte ihm, dass das Gras, das ich in seinem Garten gepflanzt hatte, schon seit Tagen spross und dass seine Rasensprenger alles unter Wasser setzten.

»Ich habe schon alles gesehen. Ich bin seit über einer Stunde unterwegs.«

An der Wegbiegung hupte er wie verrückt.

»Bald kommen die jungen Leute ... Sie müssten jeden Tag da sein. Was sagen Sie zu meinem Haus?«

»Es ist schön.«

»Was soll das heißen, es ist schön ... Es ist das schönste von allen! Ich«, hier senkte er die Stimme, denn Senyor Bellom schrie fast immer, »will es modern haben. Setzen Sie mich in ein Museum, und nach fünf Minuten fange ich an zu schnarchen. So was darf man eigentlich gar nicht sagen. Aber wenn ich diese Pferde sehe und die Generäle mit ihren Umhängen und die sich fläzenden Damen und die geflügelten Jünglinge ... Wer kann denn so was ernst nehmen? Finden Sie nicht auch?«

Er hielt am Zaun und fragte mich, ob ich einen Moment hereinkommen und mir seinen Garten ansehen wolle. Mir war ein bisschen übel, weil ich schlecht geschlafen hatte, und ich sagte ihm, ich könne nicht, weil ich zu viel zu tun hätte, und dass ich ein anderes Mal vorbeikäme. Er sagte, er wolle die Tapete sehen, nahm eine Rolle aus dem Packpapier und rollte sie auf.

»Wie langweilig! Sie bräuchten etwas Lebhafteres. Sehen Sie nicht, wie es in der Welt zugeht? Auf dem Friedhof landen wir noch früh genug ...«

Dann sagte er, dass er bald ein Fest zur Einweihung seines Hauses gäbe.

»Ich will es richtig krachen lassen! Wissen Sie, ich komme von ganz unten, bei uns gab es früher nur Brot und Hering zu essen. Und hier werden Sie Botschafter aus Südamerika sehen, und alle werden sich vor mir verbeugen, weil sie wissen, dass ich sie mit einem einzigen Telefonat ruinieren könnte. Nur eines fehlt mir: meine Frau. Sie können sich nicht vorstellen, wie sehr wir uns geliebt haben ...«

Seine Stimme wurde rau, aber irgendwie hatte ich das Gefühl, dass er Theater spielte.

Im Garten des neuen Hauses war eine ganze Heerschar von Gärtnern zugange: Sie legten ihn nur an; pflegen sollte ihn später Josep vom Friseurladen mit seinem Sohn, der schon neunzehn war. Ich hatte die beiden empfohlen. Am Tag nachdem Senyor Bellom mich im Auto mitgenommen hatte, kamen die ersten Lastwagen. Sechzig Zypressen. Sie pflanzten sie auf der Meerseite. In einer Reihe. Nicht einen Rosenstrauch. Gruppen von Büschen, quer über den Rasen verteilt. Blumen der Saison, völlig willkürlich hier und da verteilt, und an den Pergolen rund um das Haus Valencianischer Jasmin, der mit den großen Blüten. Ich sah mir das Ganze jeden Tag eine Weile von der Terrasse aus an und beobachtete, wie der Garten nach und nach fertig wurde. Zu kahl. Ganze Flächen nur mit Rasen. Hinter den Zypressen ließen sie einen etwa hundert Meter langen und fünf Meter breiten Streifen frei, der sich von der ersten bis zur letzten Zypresse erstreckte. Ein Streifen Erde, vollständig mit Dünger bedeckt, gute, schwarze Erde ... Und eines Tages war er ganz mit Deutschen Schwertlilien bepflanzt. Das sind diese Lilien mit den gazeartigen Blättern in allen Farben ... Damit hatte ich nicht gerechnet, und es ärgerte mich.

Quima sagte mir, sie habe schon seit Tagen bei mir vorbeischauen wollen und nie Zeit dafür gefunden, aber sie wolle mit mir reden. Ich war müde und hatte keine Lust auf lange Gespräche.

»Das ist ja eine schöne Geschichte mit den beiden Alten, die hier vorbeigekommen sind! Was halten Sie denn von der ganzen Sache?«

»Was soll ich davon halten?«

»Anscheinend wären die beiden beinahe die Schwiegereltern der Senyoreta geworden.«

»Wer hat Ihnen denn das erzählt?«

»Tun Sie nicht so unschuldig. Sie wissen doch, wie schnell sich Neuigkeiten in diesem Haus herumsprechen.«

»Sie haben wohl große Lust auf ein Schwätzchen ... und ich so gar nicht ...«

»Diese Alten, die den Nachmittag über bei Ihnen waren ... Über irgendwas müssen Sie doch geredet haben. Und anscheinend waren Sie bis zur Abfahrt des Zuges den ganzen Abend bei Bergadans.«

»Sie waren nur zu Besuch.«

»Nein. Ich habe etwas anderes gehört.«

»Was denn?«

»Wenn Sie nichts sagen, sage ich auch nichts. Ich komme ein anderes Mal wieder. Sie sind mir heute zu brummig.«

»Es gibt Momente, in denen die Geschichten anderer Leute …« Ich wollte sagen: »mich nicht interessieren«, aber dann dachte ich, dass Quima im Grunde genommen eine brave Frau war und es netter wäre, sie nicht anzulügen.

»Hören Sie, wenn Sie möchten, können wir uns ein anderes Mal darüber unterhalten. Aber diese beiden Alten, wie Sie sie nennen, haben viel durchgemacht. Über sie zu reden ist nicht das Gleiche, wie über Miranda zu reden.«

Sie schwieg eine Weile, als sei sie mit ihren Gedanken ganz woanders. Dann sagte sie: »Na schön. Wie Sie wollen.« Und stapfte wütend davon.

In Senyor Belloms Garten wurden noch ein paar Gruppen Pfefferbäume gepflanzt. Und Lorbeerbäume und Mimosen. Als alles fertig war, wurden die Möbel für das Haus angeliefert. Eines Morgens sah ich Senyor Bellom über den Rasen laufen, wobei er den Rasensprengern auswich. Er hielt einen blauen Zettel in der Hand.

»Sehen Sie nur, sie sind schon da! Ein Telegramm aus Barcelona. Morgen kommen sie an!«

Und dann ging er hinunter zum Strand, um es denen zu erzählen, die dort waren. Am Abend lud er sie alle zu sich nach Hause ein, und sie amüsierten sich offenbar prächtig. Er zeigte ihnen die Bilder, die er gekauft hatte und die ihn, wie er sich ausdrückte, drei Stangen Geld gekostet hatten. Sie waren von einem gewissen Miró aus Tarragona, der malte wie ein Kind. Anscheinend hatte er sie auf Mallorca gemalt, und sie waren zu klein ausgefallen. Senyor Bellom hatte ihn besucht, um sie sich in den Maßen malen zu lassen, die er wollte. Und in Öl. Zuerst hatte dieser Miró sich geweigert, mit ihm zu reden. Aber schließlich, mit viel Geduld, hatte er ihn überzeugen können. Anscheinend waren es wirklich verrückte Bilder, und Senyor Bellom wollte sich ausschütten vor Lachen über sie. Jedenfalls gingen sie erst um drei Uhr schlafen. Ich hörte, wie sie über die Buchsbaumhecke sprangen und sich auf der Lindenallee unterhielten. Am nächsten Tag stand ich früh auf, um nach den Rosensträuchern zu sehen, die sich langsam erholten; die Knospen waren schon frei von Blattläusen. Den ganzen Morgen war ich völlig in meine Arbeit vertieft und füllte zwei große Körbe mit welken Rosen und vergilbten Blättern. Um die Mittagszeit kam Senyoret Francesc und sagte, noch in dieser Woche würde das neue Glashaus gebaut. Sie hatten ihm versprochen, bis zum Herbst fertig zu sein, sodass ich die Pflanzen hineinstellen konnte. Ich sagte ihm, er solle sich nicht allzu sehr darauf verlassen, denn versprechen kann man viel, wenn der Tag lang ist. Er tat so, als müsste er lachen, und bevor er ging, fragte er mich, ob ich die jungen Leute von Senyor Bellom gesehen hätte.

»Nein«, sagte ich. »Wenn sie gekommen sind, dann ohne dass ich es bemerkt habe. Ich war den ganzen Morgen mit den Rosen beschäftigt.«

»Er sagte, sie kämen um neun an.«

»Vielleicht sind sie müde und haben sich hingelegt.«

»Vielleicht.«

Als er gegangen war, machte ich mir etwas zu essen. An diesem Tag gab es keine Neuigkeiten bis auf eine: Miranda nahm ein Bad. Und in der Nacht war auf dem Balkon der

Senyoreta niemand zu sehen. Und es war, als wäre die Nachtigall gestorben. Ganz still … Ich dachte, wenn Senyoret Sebastià noch am Leben und hier wäre, wäre uns bestimmt etwas eingefallen, wie wir mit den Deutschen Schwertlilien unseren Spaß haben könnten.

Um sieben Uhr morgens hörte ich Geschrei. Die Tochter von Bellom ritt quer über die Wiese, ihr Vater schrie sich heiser, und der Schwiegersohn war im Schwimmbecken. Von Weitem wirkte er sehr mager, ein bisschen wie Senyoret Sebastià. Senyor Bellom trug kurze mandarinengelbe Hosen und ein Jackett mit Blumenmuster, völlig verrückt. Die Tochter stieg vom Pferd, ließ es herumlaufen und alles zertrampeln, und Guy musste kommen und es holen. Und sie – sie trug einen Badeanzug – stieg aufs Sprungbrett und segelte durch die Luft wie eine Schwalbe. Dann streckte sie den Kopf aus dem Wasser und rief nach Guy, dass er die Pferde nicht in den Stall bringen solle, weil sie nach dem Baden ausreiten würden. Man sah, dass sie sehr jung war. Und plötzlich waren sie verschwunden, und als sie wiederkamen, trugen sie Reitkleidung. Sie hatte eine sehr gute Figur.

Und kaum dass sie weg waren, kamen Senyoreta Eulàlia und Feliu, die als Erste im Haus aufgestanden waren. Ich erzählte ihnen von dem Trubel, den ich im Nachbarhaus beobachtet hatte.

»Der junge Mann sieht nett aus, und das Mädchen reitet ohne Sattel.«

»Wie die Indianer«, sagte Senyoreta Eulàlia und machte böse Augen.

»Vielleicht werden wir jetzt mehr Spaß haben«, murmelte Feliu. Man sah ihm schon lange von Weitem an, dass er sich langweilte.

Senyoreta Eulàlia sagte lachend, dies sei der beste Sommer, den sie in diesem Haus verbracht habe. Und während sie müßig herumstanden, kam Senyor Bellom in seinen mandarinengelben Hosen herüber, nur dass er jetzt statt der geblümten Jacke ein kariertes Hemd und eine Schirmmütze trug. Er kam mit langen Schritten näher, immer um die Rasensprenger herum, die Tag und Nacht in Betrieb waren.

»Passen Sie auf, dass Sie nicht nass werden«, sagte Senyoreta Eulàlia.

»Wasser macht lustig. Und bei dem Wetter trocknet alles gleich wieder. Was machen denn die beiden Künstler? Haben Sie meine Tochter und meinen Schwiegersohn schon gesehen? Übrigens: Sie«, er meinte Feliu, »sind gar nicht gekommen, um sich meine Bilder anzusehen. Wo haben Sie denn gesteckt? Kommen Sie doch gleich mal mit rüber.«

Und die drei gingen zu seinem Haus. Als sie drinnen waren, kamen die Herrschaften mit Senyoreta Maragda, die sehr verschlafen aussah.

»Senyor Bellom hat die Künstler mitgenommen, damit sie sich seine Bilder ansehen.«

»Haben Sie schon die Tochter und den Schwiegersohn gesehen?«, fragte mich Senyoreta Maragda. »Ich weiß nicht, wie viel Uhr es war, als mich ihr Geschrei geweckt hat.«

»Wie sieht die Tochter denn aus?«, fragte mich Senyoret Francesc.

»Ach, wissen Sie«, antwortete ich lachend, »ich verstehe ja nicht viel davon, aber ich fand, sie ist ein feines Mädchen.«

»Also hat Senyor Bellom uns nicht belogen.«

In einer Ecke sah ich etwas Glänzendes auf dem Boden liegen. Es war eine Stricknadel, die Senyora Paulina verloren haben musste. Ich hob sie auf, nahm sie mit nach Hause und legte sie in die Küchenschublade. Dann ging ich, um mir das Glashaus anzusehen und die wenigen Sachen auszuräumen, die ich dort aufbewahrte, weil ich nicht wusste, wo ich sie sonst lassen sollte. Ich räumte alles leer für die Männer, die das neue Glashaus bauen sollten. Dabei hörte ich, dass jemand sich auf der Terrasse angeregt unterhielt. Ich ging näher, aber nicht zu nah heran und tat, als wäre ich vollauf mit meinen Blumen beschäftigt. Es waren Senyor Bellom mit seiner Tochter und seinem Schwiegersohn, Feliu, Senyoreta Eulàlia, Senyoreta Maragda und die Herrschaften. Der ganze Trupp.

Ein paar Tage lang blieb alles ruhig. Die Arbeiter, die das Glashaus bauen sollten, kamen, und die Zeit verging wie im Flug: Ich faulenzte, pflückte hier und da verwelkte Pflanzen ab und schwatzte mit den Arbeitern. In nicht einmal drei Wochen waren sie fertig. Ehe ich mich's versah, setzten sie schon die Glasplatten aufs Dach. Dann gab es ein Abendessen, um Senyor Belloms junge Leute willkommen zu heißen. Ein sehr feines Abendessen. Die Dienstmädchen eilten schick herausgeputzt zwischen Küche und Esszimmer hin und her, und zwei Aushilfskräfte schenkten Wein ein. Wenn sie das nicht taten, standen sie stocksteif hinter dem Tisch.

Der August war vorbei, und niemand redete davon abzureisen. Die Tage gingen ins Land, und der September rückte heran, süß wie Weintrauben. Josep war schon mit Frau und Sohn bei Senyor Bellom eingezogen. Er kam, um mir zu danken, weil ich ihn empfohlen hatte, und sagte, er hätte sich nie vorstellen können, dass so ein kahler Garten mehr Arbeit machte als ein Garten mit Bäumen wie meiner.

»Und was ist mit den Deutschen Schwertlilien?«

»Mir graust jetzt schon davor, sie umsetzen zu müssen.«

»Stellen Sie sich nur vor, sie alle herauszuziehen.«

»Um sie zu lagern und wieder hervorzuholen, bräuchte man einen Lastwagen.«

»Ich an Ihrer Stelle würde sie nächstes Jahr nicht pflanzen.«

»Na ja ... wissen Sie ... gleich am ersten Tag hat Senyor Bellom zu mir gesagt: ›Sehen Sie, Sie bekommen einen fertig gestalteten Garten vorgesetzt. Ihre Aufgabe wird es sein, ihn so zu erhalten, wie Sie ihn vorgefunden haben.‹ Da kann man wohl kaum widersprechen ...«

»Man kann eine Aufgabe so oder so erledigen ... Machen Sie den Streifen schmaler.«

»Wie meinen Sie das?«

»So, wie ich es sage. Machen Sie den Streifen schmaler.«

Senyor Bellom trat aus dem Haus, und als er uns sah, kam er herüber, zwischen den Rasensprengern hin und her hüpfend, die jetzt nur noch tagsüber eingeschaltet waren.

»Ich sehe, Sie sind Freunde ... Das gefällt mir. Josep hält große Stücke auf Sie. Sie können ja Saatgut untereinander austauschen.«

»Haben Sie nicht gesagt, der Garten soll so bleiben, wie er jetzt ist?«

»Man muss ja nicht immer alles wortwörtlich nehmen. Diese Lilien, zum Beispiel ... Ich glaube, die werden immer mehr ... Ich habe Josep schon gesagt, dass ich ihm ein Buch kaufen werde, in dem alle Arten von Schwertlilien verzeichnet sind. Die Schwertlilie ist die Königin unter den Lilien.«

»Die Königin unter den Lilien ist die Madonnenlilie. Dann kommen die Tigerlilie und die Kaiserkrone.«

»Entschuldigen Sie, ich verstehe nicht so viel von Blumen wie Sie. Die Madonnenlilie ist eine wunderbare Lilie, das ist wohl wahr. Aber die Schwertlilie hat eine lange Blütezeit, während die Madonnenlilie ...«

»Wen interessiert schon eine lange Blüte …«

»Ja, natürlich«, warf Josep ein, der wohl gemerkt hatte, dass mir der Kamm schwoll, »Sie verstehen sehr viel von Blumen. Wie sieht die Kaiserkrone denn aus?«

»Das werden Sie mit der Zeit schon noch lernen.«

Senyor Bellom lachte und machte sich zufrieden davon.

Das Gras hatte im Sonnenschein dieselbe Farbe wie der birnenförmige Stein an Senyoreta Rosamarias Halsschmuck. Ich dachte, dass ich nächstes Jahr den ganzen Garten mit Gladiolen bepflanzen würde. Ob es ihnen passte oder nicht.

Quima ließ sich erst am Sonntagnachmittag bei mir blicken. Sie kam mit langem Gesicht und einem Kuchen, den wir zum Kaffee essen konnten, wie sie vorschlug.

»Ich nehme an, Sie wissen es schon.«

»Ich weiß nichts.«

»Sie wissen nichts?«

»Nein.«

»Also wissen Sie nicht, dass Senyor Belloms Schwiegersohn und die Senyoreta …«

»Ich weiß von nichts.«

Sie machte keinen Hehl daraus, dass sie mir kein Wort glaubte.

»Sie wollen mir doch nicht einreden, dass Feliu Ihnen nicht alles erzählt hat!«

»Ich sagte doch schon: Ich weiß von nichts …«

»Bevor ich Ihnen alles erzähle, setzen Sie mal einen Kaffee auf, ich habe nämlich beim Mittagessen keinen getrunken. Sie haben ihn ausgetrunken, und ich war zu faul, noch mal einen nur für mich zu kochen.«

Ich ging in die Küche, um den Spirituskocher anzuzünden. Nach Cecílias Tod hatte ich das Gas abstellen lassen, weil ich Angst hatte, eines Tages zu vergessen, es vor dem Schlafengehen auszuschalten, und mich zu vergiften. Im Winter heizte ich mit dem Backofen. Ich schenkte erst Quima Kaffee ein und dann mir. Durch das Fenster sah ich einen Topf mit Geranien und die Spitzen einiger Zypressen.

»Wissen Sie, wer Senyor Belloms Schwiegersohn ist?«

»Der Ehemann von Senyor Belloms Tochter.«

»Sie sind mir vielleicht ein Witzbold.«

Sie stellte die Tasse ab, strich mit der Hand das Tischtuch glatt und sagte, wobei sie aufmerksam meinen Gesichtsausdruck beobachtete: »Er ist der Sohn von diesen beiden Alten, die hier waren.«

Mir war, als hätte man mir den Boden unter den Füßen weggezogen. Ich wollte es einfach nicht glauben.

»Er ist der Sohn von diesen Alten ... So sagen Sie doch etwas. Hat es Ihnen die Sprache verschlagen?«

»Ich glaube das nicht.«

»Es stimmt aber. Er heißt Eugeni. Und er war mit der Senyoreta verlobt. Es ist wie im Film.«

»Und was sagen sie im Haus dazu?«

»Sie sagen nichts, und das ist noch nie vorgekommen. Ich bin mir sicher, dass Miranda vieles erlauscht hat, aber sie hält den Mund. Ich habe es zuerst von Mariona erfahren. Wenn Sie das Essen gesehen hätten, das zur Ankunft der jungen Leute veranstaltet wurde! Die Senyoreta hat ihr bestes Kleid angezogen. Aber die andere, Maribel ... Sie heißt Maribel und hatte ein Kleid mit Pailletten an, ein schwarzes, enges, und das Haar hat sie offen getragen wie einen Wasserfall. Und einen Solitär, groß wie ein Dessertteller, ich sage Ihnen, die lässt sich nicht die Butter vom Brot nehmen. Und Senyoret Francesc hat das ganze Essen über kerzengerade wie ein Spargel dagesessen ... Wissen Sie etwas über die Alten? Vielleicht wollten sie die Herrschaften informieren … So sagen Sie doch etwas.«

Ich wechselte das Thema, weil ich fand, dass die Angelegenheit auch so schon verzwickt genug war.

»Finden Sie es nicht merkwürdig, dass wir schon September haben und sie immer noch nicht nach Barcelona zurückwollen?«

»Wenn es ihnen hier nicht gefallen würde, wären sie schon abgereist.«

»Ja, natürlich …«

Bis sieben Uhr hatte ich sie am Hals. Drei Stunden lang redete sie über dasselbe. Als sie gegangen war, dachte ich über die ganze Sache nach, ohne zu einem Ergebnis zu kommen.

Schon seit einiger Zeit traf ich mich abends ab und zu mit Toni. Manchmal kam er zu mir, und manchmal besuchte ich ihn in seiner Wohnung. Ich weiß nicht, wohin er an den Abenden ging, an denen wir uns nicht trafen, aber er kam immer sehr spät zurück.

An dem Tag, an dem Quima bei mir gewesen war, kam er, wollte sich aber gar nicht erst setzen, weil er verabredet war, wie er sagte. Er wusste bereits über alles Bescheid.

»Ich bin nur gekommen, um Ihnen zu sagen, dass es hier bald rundgehen wird. Es war schon zu lange zu ruhig. Jetzt hört und sieht man nichts von ihnen, weil sie überlegen müssen, wie sie damit umgehen. Denken Sie an meine Worte, wenn es so weit ist: Wir werden noch unser blaues Wunder erleben.«

Als er weg war, schlenderte ich die Lindenallee hinauf, weil ich dachte, im Gehen könnte ich vielleicht einen klaren Gedanken fassen. Ich traf Feliu, der allein unterwegs war.

»Was geht da vor?«, fragte ich ihn.

»Nur die Ruhe ...«

»Nachdem ich mit den Alten gesprochen habe ...«

»Wer sich um die da im Haus Sorgen macht, ist nicht zu retten. Aber, unter uns gesagt, das Ganze ist in der Tat eine Bombe.«

Er wusste, dass Senyoreta Rosamaria halb mit Eugeni verlobt gewesen war. Und das hatte er von Senyoreta Maragda erfahren, die alle noch aus der Zeit im Carrer de Ríos Rosas kannte. Er wusste, dass sie zusammen ausgegangen waren, dass sie sich von klein auf kannten, dass Eugeni am Tag ihrer Hochzeit zu Senyoreta Rosamaria gegangen war und ihr gesagt hatte, er würde zurückkommen – er wusste alles.

»Und sie, wie hat sie es aufgenommen?«

»Sie? Sie wusste es schon seit Langem.«

»Dass Eugeni der Mann von Senyor Belloms Tochter ist?«

»Von einem Porträt, das ihr Senyor Bellom gezeigt hat. Eulàlia hat es mir erzählt. Sie hat ihn sofort erkannt, Rosamaria, meine ich. Auf den ersten Blick scheint das eine ziemlich verwickelte Geschichte zu sein. Anscheinend hat Senyor Bellom es vermasselt, weil Eugeni ihm erzählt hat, dass er früher einmal gut mit den Bohigas befreundet gewesen sei. Und Eugeni hat seinem Schwiegervater nahegelegt, nichts zu sagen, weil er Rosamaria überraschen wolle. Unter uns gesagt: Man kann Eugeni nur beglückwünschen. Es heißt, als er in Kuba ankam, sei er arm wie eine Kirchenmaus gewesen. Und er musste viel durchmachen, bis er auf einer von Senyor Belloms Plantagen gelandet ist. Dort hat er als Zuckerrohrschneider angefangen. Besser gesagt, als Aufseher über die Zuckerrohrschneider.«

»Ich finde, dafür muss man ihn bewundern.«

»Dafür, dass er eine Tochter aus reichem Hause geheiratet hat?«

»Nein. Ich meine …«

»Wie Maragda sagt: Es hat alles ein gutes Ende genommen. Alle beide sind zu Reichtum gekommen.«

Die Einweihung des Hauses fand am 24. September, dem Tag der Barmherzigen Maria, statt. Es war ein wunderschöner Tag, und die Luft leuchtete. Der Spaß und der Trubel begannen schon vormittags am Strand und am Schwimmbecken: Süßwasser für die einen und Salzwasser für die anderen. Manche Gäste sprachen Spanisch und einige sogar Englisch. Und es gab einen Japaner und eine Japanerin, die ganz normal angezogen waren, ich meine, so wie die anderen. Sie sprangen vom Sprungbrett wie die Grashüpfer. Um die Mittagszeit fuhren dann alle mit ihren Autos davon, um in den umliegenden Dörfern Paella zu essen. Am Nachmittag kamen sie zurück und stürzten sich gleich wieder ins Meer und ins Schwimmbecken. Und alle Rasensprenger liefen auf Hochtouren.

Zum Abendessen machten sie sich fein. Es gab zwei Orchester, und alle tanzten. Viel Fröhlichkeit, viel Lärm, viele bunte Lampions. Sobald es dunkel war, bezog ich Posten neben der Buchsbaumhecke, um nichts zu verpassen. Sie servierten das Abendessen an mehreren kleinen Tischen, die mit merkwürdigen Blumensträußen geschmückt waren, von denen ich aus der Entfernung nicht erkennen konnte, ob sie echt waren. Das Schwimmbecken war von innen beleuchtet, und so etwas hatte ich noch nie gesehen. Senyoreta Rosamaria saß neben Senyor Bellom und Senyoret Francesc an einem anderen Tischchen neben Maribel. Eugeni saß mit einem Herrn mit langem blondem Bart zusammen. Vieles bekam ich nicht mit, vor allem, wenn die Bediensteten hin und her liefen. Ich setzte mich auf die Brüstung zwischen zwei Blumentöpfe, weil sich das Essen in die Länge zog, und lugte vorsichtig hinter den Töpfen hervor, wie im Excelsior, wenn ich zu spät bin und den Platz zugewiesen bekomme, vor dem eine Säule steht. Dann begann der Ball, und das war sehr schön. Alle drehten sich im Kreis um das von innen beleuchtete Schwimmbecken. Sie räumten die Tische weg und ließen nur eine lange Tafel für die Getränke stehen, und diese Japaner führten etwas vor, ich meine, einen besonderen Tanz, aber alle umringten sie, sodass ich nichts sehen konnte.

Um eins gab es dann Feuerwerk. Verglichen mit dem, das die Herrschaften damals veranstaltet hatten und das mir so prächtig erschienen war ... Es war wie aus einer anderen Welt und rauschte und zischte durch die Zweige, es donnerte und regnete Gold ... Zisch! Zisch! Zisch! Überall knallte es. Und die Nacht war pechschwarz, und die Raketen erleuchteten sie, und Blumen zerplatzten, und Diamantenminen flogen durch die Luft. Wie in Potosí. Und das Gras trank alles. Nahm alles auf.

Als der Spaß vorbei war, kehrte die Stille der Nacht zurück, und ich hatte genug von der Musik und den Paaren, die sich im Kreise drehten, und ging schnell ins Bett.

Am nächsten Tag kam Senyoret Francesc am frühen Nachmittag zu mir und sagte, er müsse mich um einen Gefallen bitten. Der Garten von Senyor Bellom war arg in Mitleidenschaft gezogen worden, und sie brauchten helfende Hände, um ihn wieder in Ordnung zu bringen, und ob ich nicht kommen wolle ... Toni hatte mir schon erzählt, dass das Fest bis sechs Uhr morgens gedauert hatte und dass beim Tanzen zwei Paare ins Schwimmbecken gefallen waren, dass die Gäste sehr zufrieden abgereist waren und einige bei Bergadans übernachtet hatten. Und wie immer sollte ich jetzt in Ordnung bringen, was eine Horde Verrückter kaputt gemacht hatte.

Ich ging gleich hinüber. Zum ersten Mal sah ich Eugeni aus der Nähe. Groß und mager, mit flachem Bauch und sehr langen Beinen, ein wenig krumm, als schämte er sich dafür, so groß zu sein. Maribel war fast so groß wie er. Ich ging zu ihnen, wünschte ihnen einen guten Tag und stellte mich vor. Er war freundlich. Aber sie ... Bis heute habe ich ihre Stimme nicht gehört. Sie sprangen ins Schwimmbecken, noch bevor ich richtig ausgeredet hatte. Sie schwammen wie die Frösche, und sie trug ihr Haar offen, und es wogte im Wasser hin und her wie Seegras. Ich entfernte mich langsam und machte mich auf die Suche nach Josep, um mir anzusehen, was zu tun war. Einige der Pflanzen waren niedergetrampelt, und es brauchte keinen Fachmann, um zu sehen, dass manche von ihnen sich nie wieder aufrichten würden. Nach einer Weile kam Senyor Bellom zu uns.

»Ist viel kaputt?«

»Sie sehen ja selbst ... Ich habe Josep schon gesagt, was er tun kann, um einige der Pflanzen zu retten.«

»Meinen Sie nicht, es wäre besser, sie auszutauschen?«

»Wir werden sehen. Auf jeden Fall werde ich retten, was zu retten ist.«

Ich hatte den Eindruck, er hörte mir gar nicht zu. Er sah aus wie eine lebende Leiche.

»Was für ein Fest!«

»Ich habe von dort drüben aus zugesehen.«

Ich zeigte auf die Buchsbaumhecke.

»Warum sind Sie denn nicht rübergekommen?«

»Sie haben manchmal verrückte Ideen ...«

»Was soll das heißen, verrückte Ideen? Bergadans wäre

gekommen, wenn er im Café nicht so viel zu tun gehabt hätte.«

»Bergadans vielleicht ... Aber mich hat keiner eingeladen.«

»Da haben Sie recht ... Sie müssen mich für einen Volltrottel halten.«

Er klopfte mir auf die Schulter.

»Entschuldigen Sie. Ich habe einfach nicht daran gedacht. Aber Sie hätten herüberkommen können! Es sind doch nur drei Schritte. Ich schätze Sie sehr. Sehr.«

Wir waren drei Tage im Garten beschäftigt, Josep, ich und zwei weitere Männer, die unter meiner Anleitung arbeiteten. Mag sein, dass wir nicht sehr eifrig zu Werke gingen. Bevor ich ging, sagte ich Senyor Bellom, er solle den Weg rund um das Schwimmbecken verbreitern, denn dort hatten sie das größte Unheil angerichtet. Und nach einiger Zeit machten sie das auch. Wo ich recht habe, habe ich recht.

Quima ging mir auf die Nerven.

»Worauf warten sie noch mit ihrer Abreise? Ich habe so viel Wäsche zu flicken, und den Sommer über komme ich zu nichts ...«

»Warum fragen Sie sie nicht?«

»Das traue ich mich nicht.«

Um sie aufzumuntern, sagte ich: »Schlafen sie immer noch getrennt?«

Sie warf mir einen finsteren Blick zu. Sie dachte, ich wüsste über alles Bescheid, und das verzieh sie mir nicht.

»Heute habe ich mal keine Lust, darüber zu reden.«

Niemand sagte etwas. Niemand wusste etwas. Sie lebten weiter wie bisher, gingen allerdings seltener im Meer schwimmen. An manchen Tagen war das Wetter schon etwas rauer.

Sie ließen eine Tischtennisplatte bringen, und wenn es regnete, verbrachten sie den ganzen Tag drinnen und spielten. Manchmal ritten sie morgens aus. Toni kam mich öfter besuchen – Bergadans erzählte mir, dass die Geschichte, die er mit einem Mädchen aus dem Dorf gehabt hatte, böse ausgegangen war. Manchmal stank er nach Wein. Und immer war er schlecht gelaunt.

»Die bringen mir noch die Pferde um! Sie sind schon seit Tagen nicht mehr draußen gewesen, und wenn sie dann mal ausreiten, übertreiben sie es und machen mir die Tiere zuschanden.«

»Und warum erzählen Sie das mir? Sagen Sie es ihnen. Was soll ich denn machen?«

»Wenn ich nicht mal Ihnen mein Herz ausschütten darf ...«

Die Schatten der Bäume wurden traurig und lang, die Nachmittage fahl. Irgendwie gefiel es mir, dass sie noch nicht abreisten. Obwohl wir wenig miteinander zu tun hatten – seit sie kaum noch schwimmen gingen, kamen sie seltener in die Nähe meines Hauses –, fühlte ich mich nicht so allein, wenn ich sie nahe wusste. Wenn sie weg gewesen wären, wäre es mir aber auch recht gewesen. Ich schicke mich in alles und bin mit allem zufrieden.

An einem der letzten Tage kam Senyoret Francesc, um das Glashaus anzusehen, und fragte mich, was ich davon hielte. Ich sagte ihm, ich sei zufrieden, ich fände, sie hätten gute Arbeit geleistet und alles sei so, wie die Pflanzen es brauchten. Und für mich sei es viel einfacher, einen Hebel umzulegen, als das Feuer am Laufen zu halten.

»Ich werde langsam alt ...«

»Alt? Sie sind doch noch bei bester Gesundheit! Sie werden uns noch alle begraben.«

»Sie machen wohl Witze …«

Aber was er sagte, freute mich. Manche Dinge hört man einfach gerne. Natürlich sagte er es zum Spaß, aber es war sehr freundlich. Er war, wie er war, trank und faulenzte zu viel, aber zu mir ist er immer sehr freundlich gewesen, das muss ich sagen.

Ich saß gerade beim Mittagessen, als ich durch das Fenster sah, wie jemand über die Buchsbaumhecke sprang. Um diese Uhrzeit fand ich das ungewöhnlich. Als ich erkannte, dass es Josep war, schlug ich die Schlafzimmertür zu, schloss sie ab und steckte den Schlüssel in die Hosentasche. Ich wollte nicht, dass er in meinen Samen herumwühlte. Er fragte mich, ob ich ihm ein Säckchen Lindenblüten abfüllen könne. Und wenn es mir recht wäre, würde er selber die Blüten auflesen, die am Boden lagen. Ich sagte ihm, die Blüten würde ich ihm schon geben, aber ich würde sie selbst aufsammeln. Vielleicht wäre es Senyoret Francesc nicht recht, wenn er sie auflas. Und so verblieben wir. Dass ich sie sammeln würde. Einen Gefallen tat ich ihm gern. Aber zu viel Vertraulichkeit mit gewissen Leuten … nein. Denn dieses Mal hätte er mich noch um Erlaubnis gebeten, aber im nächsten Jahr hätte er die Blüten dann schon eingesammelt, als wäre er bei sich zu Hause. Genau wie die Geschichte mit den Seidenraupen. Einen Sommer lang … ach, woher denn, zwei oder drei Jahre hintereinander … hatte der älteste Sohn von den Boixs am Zaun gestanden.

»Ich möchte Blätter für die Seidenraupen.«

Und dann wollten auf einmal alle Jungen im Dorf Seidenraupen züchten, es war wie eine Epidemie. Und alle kamen zum Zaun, um zu betteln.

»Geben Sie mir Maulbeerblätter für die Raupen …«

Und ich sagte: »Da, nehmt nur, nehmt ...«

Bis sie mir schließlich über den Zaun sprangen und mit Stöcken an die Äste schlugen und ich sie hinauswerfen musste. So ist die Welt. Du gibst jemandem den kleinen Finger, und er nimmt die ganze Hand.

Zum Glück kam mich Mariona besuchen. Ich hatte gerade fertig gegessen und war beim Spülen.

»Musst du nicht bei Tisch bedienen?«

»Miranda schafft das auch allein. Senyoret Francesc ist nicht da. Und Senyoreta Maragda ist gestern abgereist, weil die Saison anfängt und sie das Atelier nicht allein lassen kann. Wir haben uns schon so lange nicht mehr gesehen, Sie und ich ...«

»Und wer ist wohl schuld daran?«

»Ja, ja, Sie haben recht, es ist meine Schuld. Ich habe viel Arbeit.«

»Wann heiratest du denn?«

»Das wird noch dauern.«

»Und wo ist dein Verlobter jetzt?«

»Er baut ein Haus in Sant Gervasi. Im Carrer Elisa, sagt er.«

»Dann pass nur auf, dass er nicht eine andere Mariona findet und du eine alte Jungfer wirst.«

»Das denken Sie man bloß.«

»Ich glaube, du bist zu vertrauensselig.«

»Wenn Sie die Briefe sehen könnten, die er mir schreibt!«

»Ja, ja, glaub nur alles, was in den Briefen steht. Und was ist mit Matias?«

»Welcher Matias?«

»Soweit ich weiß, gibt es im Dorf nur einen.«

»Ich glaube, Sie machen sich lustig.«

»Über Matias?«

»Nein. Über mich.«

»Wenn du wüsstest, wie viel Spaß mir das macht ... Und was gibt es Neues aus dem Haus?«

»Ich weiß nichts ... Es ist so ruhig dort, dass es fast unheimlich ist.«

»Das ist merkwürdig.«

»Ich mag ja lieber ...«

»Wen, mich?«

»Immer müssen Sie Witze machen. Nein, ich meine den jungen Herrn im Haus nebenan. Wissen Sie denn nicht, dass er mit Senyoreta Rosamaria verlobt war, bevor die Senyoret Francesc geheiratet hat?«

»Ja, das ist eine schöne Geschichte. Und dass sie dann ausgerechnet hier gelandet sind ...«

»Das denken Sie man bloß: Das ist kein Zufall. Sie sind gekommen, um in der Nähe der Herrschaften zu sein. Senyor Bellom wollte sich ein Ferienhaus an der Küste bauen und hat Senyoret Eugeni gefragt, der damals schon mit Maribel verlobt war, wo es seiner Meinung nach am schönsten wäre. Und Eugeni hat sich dann für den Ort hier entschieden. Maribel hat er erzählt, Senyoreta Rosamaria und er wären wie Bruder und Schwester. Und jetzt sitzen sie hier alle beieinander. Es heißt, er hätte die Senyoreta seit fast fünf Jahren nicht gesehen. Sie sind anscheinend praktisch zusammen aufgewachsen.«

»Hast du nicht gesagt, du wüsstest von nichts?«

»Ich dachte, das hätte Ihnen Quima alles schon erzählt. Das Ganze war auf jeden Fall eine große Überraschung. Haben Sie Senyoreta Maribel schon einmal gesehen?«

»Und für die im Haus war das eine Überraschung, sagst du?«

»Ja und nein. Ich habe gehört, eines Tages hätte Senyor Bellom in aller Unschuld der Senyoreta ein Bild von seiner Tochter und seinem Schwiegersohn gezeigt. Sie hat nichts gesagt, so ist sie nun mal …«

»Hoffentlich nimmt das alles ein gutes Ende.«

»Ja, hoffentlich.«

»Und wann reist ihr ab? Oder bleiben sie deinetwegen diesmal so lange hier?«

»Das denken Sie man bloß! Sie sind diejenigen, die sich nicht aufraffen können.«

Bevor sie ging, fragte ich sie noch, ob sie den Katechismus kannte.

»Warum?«

»Wegen der Hochzeit, verdammt. Weißt du nicht, dass du ihn da hersagen musst?«

»Das sollen sie mal wagen.«

»Wart's nur ab, am Ende setzen sie dir zur Hochzeit die Eselsmütze auf.«

Lachend ging sie davon. Sie lachte so sehr, dass sie mir nicht einmal Auf Wiedersehen sagte.

Anfang Oktober reisten sie ab, im Regen. Ich half ihnen, das Gepäck im Kofferraum und auf dem Autodach zu verstauen. Feliu verschickte seine Bilder mit der Post, aber Senyoreta Eulàlia nahm ihre mit, weil sie so klein waren. Und bei der Abreise sagten alle: »Bis nächstes Jahr!«

Sie störten mich nicht, und ich freute mich, wenn sie da waren, aber sobald sie abgereist waren, ging ich nach Hause und legte mich ins Bett, weil ich sehr müde war. Als ich wieder aufwachte, schlenderte ich durch den Garten, bis es dunkel war. In Senyor Belloms Haus brannten die Lichter, und der Regen hatte viele Lindenblätter heruntergewaschen.

Ich ging zurück in mein Haus und kramte ein wenig in meinen Samen und den Körben mit den Blumenzwiebeln.

Am nächsten Tag brachte Quima mir die Schlüssel und sagte, alles sei aufgeräumt und Gas- und Stromzähler seien ausgeschaltet; sie blieb nur fünf Minuten, und auch das nur aus Höflichkeit. Bevor sie die Tür hinter sich schloss, sagte sie noch: »Sie sind weggefahren, um zu reifen.«

»Die?«

»Ja. Jetzt werden sie alles verdauen, was ihnen in diesem Sommer widerfahren ist, und nächsten Sommer werden sie besser gewappnet sein.«

»Haben Sie etwa mit Toni geredet?«

»Mit Toni? Wieso?«

Ohne eine Antwort abzuwarten, sagte sie: »Treten Sie mal ein bisschen kürzer«, und ging.

Ja, ich war erschöpft. Ich aß gemütlich zu Mittag und hielt danach ein ausgiebiges Nickerchen. Der Regen trommelte aufs Dach, und ein Tropfen fiel immer wieder auf die Fensterbank: platsch, platsch, platsch. Ich schlief ein wie ein Engel.

Als ich aufwachte, schien bleich die Sonne. Der Garten war voller Blätter, die der Regen abgerissen hatte, und lag schon im Sterben. Ich sah Guy, der die Pferde von Senyor Bellom striegelte. Nach einer Weile trat hinter Guy und den Pferden Senyor Bellom aus dem Haus, winkte mir zu und kam dann in meine Richtung. Ich ging zur Buchsbaumhecke, die wir beide gleichzeitig erreichten.

»Sie sind schon in Barcelona«, erzählte ich ihm.

»Sie waren bei mir, um es mir zu sagen. Und Sie sind den ganzen Winter über allein?«

»Wie immer. Das kennt man bei den Herrschaften ja schon. Sie sind nicht wie Senyora Pepa, die das ganze Jahr über hier gewohnt hat; und auch nicht wie Senyor Rovira, der sich hier verkroch, als er sich alt fühlte.«

»Und das macht Sie nicht traurig?«

»Allmählich gewöhne ich mich daran. Und ich bin ein Gewohnheitstier. Im Winter mache ich es wie die Pflanzen … Ich halte Winterruhe.«

Er erzählte mir, dass sie bleiben würden. Dass das Haus ihnen dreien gut gefiel. Und der Ort. Und das Meer direkt vor der Tür.

»Wir haben beschlossen zu bleiben, und solange die Kinder zufrieden sind … Ich habe schon so viel gesehen in meinem Leben, dass es mir ganz guttut, mich mal einen Winter lang zurückzuziehen.«

Dann traten die jungen Leute in Reitkleidung aus dem Haus, und Eugeni kam zu uns herüber und schüttelte mir die Hand.

Eines Morgens gegen elf war ich gerade draußen beim Glashaus und sammelte Veilchensamen ein, als ich Schritte hörte. Ich drehte mich um: Es war Eugeni. Er begrüßte mich, ging neben mir in die Hocke und sah mir bei meiner Arbeit zu.

»Sie bewahren die Samen auf?«

»Woher wissen Sie, dass ich sie aufbewahren will?«

»Weil ich es sehe.«

»Aber vielleicht sammele ich sie ein, um sie hinterher wegzuwerfen.«

»Nein, Sie bewahren sie auf. Als ich klein war, habe ich auch Veilchensamen gesammelt. So einen Haufen allerdings, wie Sie ihn da beisammenhaben … Soll ich Ihnen helfen?«

Obwohl er groß und mager war, sah er seiner Mutter ähnlich, die klein und eher rundlich war. Er fing an, die Samen aus den Veilchen zu pulen. Plötzlich sah ich seine Mutter vor mir, wie sie da saß und strickte. Es fehlte nur noch, dass er das mit der Nase machte. Und einen Moment lang hielt ich unwillkürlich den Atem an, weil ich sicher war, er würde es tun.

Um die Mittagszeit ging er davon. Am nächsten Tag kam er mit einem Fläschchen Leim und weißem Papier wieder, aus dem er große Umschläge faltete. Die klebte er mit dem Leim zu, und wenn sie getrocknet waren, schrieb er mit einer sehr hübschen milchkaffeebraunen Feder darauf: »Veilchen«, und dann die Farbe: »weiß«, »rosa«, »violett«, »rot«. Das war besser als meine Papierchen. Als er fertig war, ging er und kam mit drei sehr großen Pappkartons wieder, Kleiderschachteln, zwei grauen und einer roten. Während er die Umschläge hineinlegte, sagte er: »Sehen Sie? So sind sie gut verstaut.«

Dann fragte er mich, was ich mir zum Mittagessen machen würde.

»Eintopf mit Reis und ein Omelett mit Wurstscheiben.«

»Blutwurst?«

»Ja, eine ganz leckere. Hier im Dorf machen sie gute Würste. Und wenn es viele Reizker gibt, mache ich mir Reizker mit roher Blutwurst auf dem Grill. Hier draußen. Ich habe einen Grillrost und mache mir ein Feuer.«

Er stand vor mir, das Leimfläschchen in der Hand, als fiele es ihm schwer zu gehen. Schließlich machte er sich auf den Weg Richtung Buchsbaumhecke. Als er schon ein Stück entfernt war, sagte er: »Irgendwann einmal werde ich Sie bitten, mich einzuladen.«

Dann setzte der Dauerregen wieder ein. Ich arbeitete unablässig, schaffte bei mir zu Hause Ordnung und räumte einige Samenpäckchen um. Ein paar lagerte ich unter dem Bett, andere auf dem Tisch. Ich räumte auch meine Schubladen auf, die es dringend nötig hatten. Eines Tages wischte ich mit einem feuchten Tuch die Spiegel ab, die ein wenig trüb und voller Fliegenschiss waren. Der Spiegel neben dem Regal wollte einfach nicht sauber werden. Ich nahm ihn ab, und als ich ihn auf den Tisch legte und putzte, hörte ich ein »Knack«, und er hatte einen Sprung. Während ich ihn noch betrachtete, klopfte es: Es war Eugeni.

»Ich wollte nur mal kurz vorbeischauen. Und ich habe Ihnen eine Flasche Kognak mitgebracht.«

»Den mag ich nicht besonders.«

»Dann trinken Sie ihn, wenn es ordentlich kalt ist.«

»Ich trinke einen Schluck Rum, wenn ich erkältet bin, und auch den nur mit heißem Wasser und Zitrone.«

»Na, dann heben Sie ihn einfach für meinen nächsten Besuch auf.«

Er setzte sich und war so groß, dass seine Knie an die Tischplatte stießen. Auch seine Hände waren mager, mit langen, knochigen Fingern. Sie sahen aus wie Arbeitsgeräte. Ganz ruhig sagte er zu mir: »Wissen Sie, was ich während der Regentage gemacht habe? Ich bin in Ihrem Garten spazieren gegangen.«

Ich sah ihm über die Schulter, durch das Fenster und über die Terrassenbrüstung mit den Geranien hinaus und dachte, dass ich die Töpfe hereinholen musste, bevor der Frost einsetzte. Unterdessen hatte er die Flasche geöffnet, nun ging er in die Küche, holte zwei Gläser und schenkte uns beiden Kognak ein. Er trank das erste Glas in einem Zug aus und goss gleich das nächste hinterher.

»Auf Ihre Gesundheit.«

Von da an schaute er täglich irgendwann einmal bei mir vorbei. Er klebte an mir wie eine Laus. Eines Tages fragte er, nachdem er lange nichts gesagt hatte: »Sind wir Freunde?«

»Wenn Sie wollen ...«

»Also Freunde.«

Er legte die Hände aneinander und rieb sie eine Zeit lang. Dann ging er.

Eine Woche nachdem er das mit der Freundschaft gesagt hatte, schenkte er mir einen weinroten Pullover. Er sagte, ihm sei er zu warm, und wollte, dass ich ihn gleich anzog, um zu sehen, ob er passte. Er war mir ein klein wenig zu lang, aber er kam mir sehr gelegen.

Wenn ich die Bäume beschnitt, hielt er mir die Leiter, und er half mir, das Brennholz hinters Haus zu tragen. Er half mir auch, die dicken Äste zu zersägen, mit denen ich meinen Herd befeuerte. Schließlich fragte ich ihn: »Ärgert Senyoreta Maribel sich nicht, wenn Sie so viel Zeit bei mir verbringen?«

»Bei diesem schlechten Wetter steht sie erst um eins auf.«

Er stellte sich vor den Eukalyptus und starrte in die Krone hinauf.

»Das ist ein schöner Baum.«

»Allerdings.«

»Was glauben Sie, wie alt er ist?«

Ich antwortete ihm nicht; immer wollte er Erklärungen von mir. Stattdessen ging ich ins Haus. Er kam mir hinterher. Ich wollte, dass er meine Samen sah, also ging ich ins Schlafzimmer, wo er noch nie gewesen war. Und schon hatten wir's: Er las alle Schilder durch und nahm jeden Umschlag in die Hand.

»Lupinen … Trompetenblumen … Zwergkapuzinerkresse: immer drei Samen zusammen einpflanzen … Passionsblumen … Ehrenpreis … Japan-Primel … Betonie …«

»Sehen Sie mal unters Bett.«

Ich zog den Bettkasten hervor.

»Was für ein Vorratslager! Aber das liegt ja alles wild durcheinander. Da werde ich wohl ein wenig Ordnung schaffen müssen.«

»Was versteht der Hahn schon vom Eierlegen.«

»Und ich werde Ihnen den Garten umgraben.«

»Das lernt man nicht an einem Tag … Als Erstes bekommt man Blasen an den Händen.«

»Ich verstehe was von Pflanzen … von klein auf.«

Ich brachte es nie übers Herz, ihm zu sagen, dass ich seine Eltern kannte und dass sie einen ganzen Samstagnachmittag lang bei mir zu Hause gewesen waren. Eine Zeit lang dachte ich, er käme zu mir, weil er darauf wartete, dass ich es ihm erzählte … aber da irrte ich mich.

Eines Tages sagte ich zu ihm: »Täusche ich mich, oder gehören Sie zu den Leuten, die immer an früher denken?«

Er dachte eine Weile nach, dann sah er mir ins Gesicht und sagte: »Diese Frage ist nur schwer mit Ja oder Nein zu beantworten. Manchmal ja und manchmal nein … Eigentlich habe ich die Vergangenheit hinter mir gelassen.«

An einem anderen Tag sagte er beiläufig mitten im Gespräch – ich weiß nicht mehr, worüber wir gerade redeten –, dass es manchen Menschen schwerfiel, nicht ständig an ihre Kindheit zurückzudenken.

Und an einem Regentag stellte er sich ans Fenster: »Dieser Garten …«

»Ich sehe schon, er gefällt Ihnen.«

»So einen Garten hätte ich mir gewünscht, als ich klein

war. Nicht dass ich gewusst hätte, dass es einen solchen Garten überhaupt gibt.«

Manchmal strich er mit der Hand über den Stamm der Linde.

»Was haben so viele Schwalben Ende September hier zu suchen?«

Und wir gingen spazieren.

Als ich ihn mit der Katze hereinkommen sah, ahnte ich schon, was jetzt folgen würde. Die Katze war klein und krank und gab alles, was sie fraß, wieder von sich. Ich sagte ihm, ich wolle sie nicht.

»Ich kümmere mich um sie. Sie ist umhergestreunt, und meine Frau kann Katzen nicht ausstehen. Lassen Sie mich das Tier im Glashaus unterbringen. Ich kümmere mich um sie.«

Ich sagte ihm, wenn das so wäre, hätte ich nichts dagegen. Er gab ihr Milch, und von nun an brachte er mir jedes Mal etwas mit, um mich bei Laune zu halten. An dem Tag, an dem wir alle Begonien setzten, sagte er während einer Pause zu mir: »Ich habe schon alles gemacht ... Das glauben Sie mir vielleicht nicht, weil Sie mich nur so kennen, wie ich hier bin. Aber ich habe schon alles gemacht. Sogar ein Fünfzigkilosack erscheint einem leicht, wenn es der erste und man halb verhungert ist. Aber der hundertste ... Und wenn man sich in stinkenden Gassen herumtreibt und die Hunde einem hinterherlaufen und die Kinder einen auslachen ... Es gab Augenblicke, da hätte ich für ein Stück Garten Seele und Beine verkauft ... Das glaubt man jetzt nicht, was?« Und dann sah er mich an und fügte hinzu: »Man lebt nur, bis man zwölf ist. Und ich habe das Gefühl, ich bin nie älter geworden.«

Weihnachten rückte näher. Wie jedes Jahr schickte ich eine Grußkarte mit dem Kind in der Krippe und einer Muttergottes mit glänzender Krone an die Herrschaften. Während ich schrieb, kam Eugeni herein.

»Schön warm haben Sie's hier ... Was machen Sie da?«

»Das ist für die Herrschaften. Wie jedes Jahr.«

Sobald ich die Postkarte unterschrieben hatte, nahm er sie, pustete darauf, damit die Tinte trocknete, und sah sich die Vorderseite an.

»Sie ist sehr hübsch.«

Er drehte sie wieder um, blies noch einmal darauf, weil eine Ecke noch feucht war, und gab sie mir zurück.

»Was wünschen Sie sich zu Weihnachten?«

»Ich weiß nicht.«

»Nur keine Scheu: Wünschen Sie sich, was Sie wollen.«

»Also, wenn man mit so einer Frage überfallen wird ...«

Es war mir schon immer schrecklich unangenehm, um etwas bitten zu müssen. Manchmal, wenn wir Dünger für den Garten brauchten und ich Senyoret Francesc um Geld bitten musste, verging eine Woche, ohne dass ich wusste, wie ich es ihm sagen sollte. Aber ich hatte tatsächlich einen großen Wunsch.

»Ich gebe Ihnen Zeit bis morgen, darüber nachzudenken, und wenn Sie mir morgen nicht sagen, was Sie wollen, kaufe ich Ihnen irgendwas. Und wenn Ihnen das nicht gefällt, ist das Ihr Pech.«

Am nächsten Morgen fand ich die Katze tot, dicht an die Wand gepresst. Weder die Milch noch die Wärme hatten sie retten können. Eugeni begrub sie unter dem Eukalyptusbaum, und während er die Grube aushob, dachte ich, in seinem Kummer hätte er die Sache vielleicht vergessen. Aber ob er nun traurig war oder nicht: Als er fertig war, fing er wieder von dem Geschenk an, und ich sagte ihm, es gäbe da etwas, was ich mir sehr wünschte, aber ich fände es zu teuer und würde mich nicht trauen, ihn darum zu bitten.

»Mal sehen, ob Sie mich in den Ruin treiben. Sagen Sie nur.«

Er sagte mir, er würde sich setzen, weil er das Gefühl hätte, das könnte jetzt noch ein Weilchen dauern. Und dass ich ein sehr seltsamer Mann sei. Das machte mich traurig, ich weiß nicht, warum. Schließlich sagte ich ihm, dass ich furchtbar gern ein kleines Radio hätte, um die Einsamkeit zu vertreiben. Er sagte mir, abgemacht, und das sei gar kein Geschenk, weil er mir eines geben würde, das er noch hatte. Ich fragte ihn, ob es weiß sei. Ich hätte gerne eines in Weiß gehabt, so wie das, was sie in der Küche hatten, aber es stellte sich heraus, dass es nicht weiß war, sondern hellgrau, und ich sagte ihm, das sei auch in Ordnung. Er ging fort, um es zu holen, und kam gleich darauf wieder. Es funktionierte einwandfrei, und während wir Radio hörten, legte er mir die Hand auf die Schulter.

»Ich esse gerne Schnecken. Bei diesem Regen sind die Felder und Wege sicher voll davon.«

Zwei Tage später gingen wir frühmorgens auf Schneckenjagd. Bald hatten wir einen Korb voll. Auf dem Rückweg kamen wir am Friedhof vorbei.

»Ein hübscher Friedhof.«

Wir gingen hinein, um uns die Kreuze anzuschauen. Er wollte sie alle sehen, und ich ging wieder hinaus und setzte mich auf den Eckstein der Mauer, denn Friedhöfe sind nichts für mich. Als er herauskam, sagte er, dieser Friedhof habe eine wunderbare Aussicht. So direkt am Meer. Und voller Eidechsen und Ameisen. Wir schlenderten gemütlich ins Dorf hinunter. Im Excelsior war ein Film mit Revolvern und Pferden angekündigt, einer von denen mit weiten Landschaften, mit Bäumen und Flüssen und verdorrter Prärie. Und ich dachte, dass ich mir am Sonntag einen schönen Nachmittag machen und ihn mir ansehen würde, ganz allein und ungestört.

Ich ließ die Schnecken ein paar Tage lang in einem alten Porzellantopf aushungern, gut zugedeckt, damit sie nicht das Weite suchten, und als sie sauber waren, wusch ich sie in Wasser und Essig. Sieben Mal hintereinander. Und dann kochte ich sie mit einer ordentlichen Portion Fenchel. Als ich Vinaigrette zubereitete, hörte ich ihn kommen, und kaum hatte er die Küche betreten, sagte er, er sei schrecklich hungrig. Er ließ mir kaum Zeit, die Schnecken abzuschütten. Ich stellte sie auf den Tisch, dazu den Topf mit der Vinaigrette und Zahnstocher, um sie aus den Schneckenhäusern herauszuziehen, denn einige hatten sich ganz tief hineinverkrochen. Wir aßen sie ratzeputz auf. Als wir fertig waren, nahmen wir die Teller, warfen die Gehäuse in den Abfall, und dann sagte er, ohne sich zu bedanken: »Ich gehe.«

Ich fragte ihn, wohin er denn so eilig verschwinden müsse.

»Zum Mittagessen, ich werde erwartet.«

Am liebsten hätte ich ihn erwürgt. Ich ließ das schmutzige Geschirr stehen und stellte meinen Stuhl nach draußen, denn die Sonne schien, und ich wollte, dass mein Zorn verrauchte. Nach einer Weile kam Toni vorbei.

»Haben Sie diesen Dummkopf immer noch nicht satt? Er ist doch reich, oder? Dann kann er sich doch wohl selbst beschäftigen. Ich an Ihrer Stelle hätte ihn schon längst zum Teufel gejagt.«

Ich war drauf und dran, ihm zu sagen, er solle sich nicht in Sachen einmischen, die ihn nichts angingen, aber ich hielt mich zurück.

»Man darf das nicht so eng sehen.«

Ich hatte keine Lust, mit Toni zu streiten, weil er an den Tagen, an denen ich viel zu tun hatte oder zu faul war, für mich ins Dorf ging und mir alles brachte, was ich zum Essen brauchte. Und Quima kümmerte sich um meine Wäsche. Das war gut so.

Drei oder vier Tage später war er nachmittags wieder da, und ich sagte ihm gleich, ich könne mich leider nicht um ihn kümmern, weil ich das Haus der Herrschaften lüften müsse. Ich weiß nicht, wie er es anstellte, aber ohne dass er darum gebeten oder ich ein Wort gesagt hätte, stand er neben mir, als ich aufschloss. Wir öffneten überall Fenster und Türen: unten, oben, in der Küche ... Und während alles gut durchlüftet wurde, standen wir auf einem Balkon im ersten Stock. Wir hatten einen wunderbaren Blick auf sein Haus und unseren Garten, bis auf den Teil, in dem mein Häuschen und das Glashaus lagen. Eine ganze Weile blieben wir dort, ohne etwas zu sagen, schauten nur in die Gegend, und als die Sonne allmählich unterging, machten wir alles wieder zu. Er sah sich überall um. Zog eine Schublade auf.

»Das würde Senyoreta Rosamaria aber ganz und gar nicht gefallen.«

»Das war keine Absicht.«

Am Tag vor Weihnachten erhielt ich das Geld, das die Herrschaften mir jedes Jahr schickten, und ein Paket mit Nougat. Und als hätten sie sich verabredet, brachte Eugeni mir ebenfalls Nougat und drückte mir einen Geldschein in die Hand. Ich sagte ihm, das sei zu viel, aber er weigerte sich, ihn zurückzunehmen.

Dann war er ein paar Tage mit Maribel und Senyor Bellom verreist. Als sie an Silvester wiederkamen, hatten sie Gäste, und ich sah sie, wenn überhaupt, nur noch von Weitem. Dieser Januar war furchtbar öde. Toni hatte sich eingeigelt und sah kaum noch nach den Pferden; mit Josep hatte ich nie allzu viel zu tun haben wollen, aber selbst wenn ich es gewollt hätte ... Er verbrachte den ganzen Tag im Dorf, tratschte und drückte sich vor der Arbeit. Schließlich kam Eugeni zu mir und sagte, er würde mit Maribel zum Skilaufen in die Schweiz fahren und sie wären erst Mitte Februar wieder da.

»Würden Sie mir den Schlüssel leihen?«

»Welchen Schlüssel?«

»Den Schlüssel zum Lüften des Hauses.«

Beinahe hätte ich gesagt: »Aber wir haben doch kürzlich erst gelüftet ...«, aber dann sah ich ihn nur an und konnte nichts sagen. Er stand mit dem Rücken zum Licht, mit dieser Angst, ein Stück zu groß geraten zu sein, mit seinen tief in den Höhlen liegenden Augen und den eingefallenen Wangen. Ich gab ihm den Schlüssel. Es dauerte vier Stunden, bis er ihn mir wiederbrachte. Er kam herein, legte ihn auf den Tisch und ging. Erst als er weg war, stand ich auf und sah ihm durch das Fenster nach, wie er über die Buchsbaumhecke sprang, bis ich ihn aus den Augen verlor.

Sie kamen viel später zurück, als Eugeni gesagt hatte, weil sich Maribel beim Skifahren ein Bein gebrochen hatte. Es war zwar schon wieder gut, aber sie brauchte immer noch einen Gehstock. Die Sonne wärmte bereits wieder, und an den Zweigen zeigten sich die ersten Knospen, ein wenig spät vielleicht, denn der Winter war hart gewesen. Senyor Bellom war vor fast einem Monat ohne ein Wort nach Barcelona verschwunden. Eugeni kam mich gleich besuchen und erzählte mir, wie das mit dem Bein passiert war. Ich fragte ihn, warum man überhaupt Ski laufen müsste. Er fragte mich, ob ich wüsste, wann die Herrschaften kämen.

»Uff! Das ist noch eine ganze Weile hin. Normalerweise kommen sie um Sankt Johannis herum.«

Er bat mich wieder um den Schlüssel, und das mit dem Lüften wurde zu einer Unsitte. Ich fragte mich: Was zum Teufel treibt er wohl in dem Haus?, bis ich zuletzt beschloss, es herauszufinden. Er tat nichts. Er hatte alle Türen und Fenster geöffnet, saß auf einem Sofa und rauchte, mitten in einem höllischen Luftzug. Ich sagte ihm, ich sei gekommen, um nachzusehen, ob er noch lebte, und dann machten wir alles wieder zu, gingen hinauf ins Schlafzimmer der Senyoreta und traten hinaus auf den Balkon. Die Lindenallee wurde langsam grün, und man hatte einen guten Blick auf sein Haus. Während wir uns das alles ansahen, fragte er: »Gefällt Ihnen unser Garten?«

»Er ist mir zu kahl.«

»Von hier aus gesehen wirkt er noch kahler.«

Und ich sagte: »Wie ein Affenarsch«, und dann lachten wir beide, und auf dem Weg nach unten erzählte ich ihm von Tití, den er nicht mehr kennengelernt hatte, von den Streichen, die er gespielt, und von den zwei Schachfiguren seines Schwiegervaters, die er versteckt hatte. Er sah aus, als hörte er gar nicht zu, doch plötzlich fragte er: »Und wie ist Tití gestorben?«

»Das weiß man nicht.«

»Wollen Sie damit sagen, dass nicht Sie ihn umgebracht haben?«

Ich schwor ihm, ich hätte ihn nicht umgebracht, ganz im Gegenteil, beim Pflanzen hätte ich immer Angst, auf seine Knochen zu stoßen, weil ich sicher war, dass sie irgendwo hier im Garten lagen. Seit diesem Tag fragte er immer, wenn er zu Besuch kam: »Wer hat den Affen umgebracht?«

Und drei-, viermal bat er mich, ihm eine Schaufel zu überlassen, weil er Lust hätte, nach ihm zu suchen. Anfangs war ich sicher, dass er sich einen Scherz erlaubte, aber eines Tages bemerkte ich seinen glasigen Blick dabei, und da bekam ich ein bisschen Angst.

Im Frühjahr schaute ich bei Matias vorbei und bat ihn, mir jemanden zu schicken, der mir mein Wohnzimmer mit der Sonnenblumentapete tapezierte. Als Eugeni das erfuhr, wurde er ärgerlich und sagte, er hätte mir das Wohnzimmer wunderbar tapezieren können. Wir waren inzwischen so vertraut miteinander, dass er hemmungslos bei mir herumwühlte. Immer wenn ich ihn sah, fragte ich, wie es Maribel ging, und er sagte, gut, und schon bald könne sie den Stock auf den Dachboden verbannen. Eugeni war der einzige Mensch, der wusste, wo bei mir zu Hause alles war: die Bettlaken, die Servietten, die Teller, die Tassen, der alte Koffer mit Cecílias Sachen ... Er kramte in allen meinen Schubladen, sah sich die Gabeln, die Löffel, den Holzlöffel an. Manchmal holte er ihn heraus, nur um mich zu ärgern, und schlug damit auf den Tisch. Eines Tages fand er die Stricknadel.

»Was ist das denn?«

Ich sagte ihm, das wüsste ich nicht, das sei immer schon im Haus gewesen. Und er solle doch bitte so freundlich sein und es wieder dorthin zurücktun, wo er es gefunden habe. Er sagte mir, er hätte angefangen, ein Loch in ein Bein des

Zitronenholztisches zu bohren, und diese Nadel sei bestens dazu geeignet, dass man sie hindurchsteckte.

Ich sagte ihm noch einmal, er solle mir den Gefallen tun und die Nadel in Ruhe lassen, weil sie ein Erinnerungsstück war.

»Im Kurzwarengeschäft kann man solche Nadeln kaufen, wenn Sie so eine Lust haben, Löcher in Tische zu bohren.«

Er betrachtete Cecílias Bild und legte die Nadel zurück in die Schublade.

Mit den Blättern kamen die Blumen und die Vögel. Den lieben langen Tag hörte man den Rasenmäher in Senyor Belloms Garten auf und ab knattern.

»Ich sehe schon, ich werde den ganzen Sommer über nichts anderes tun als Rasen mähen«, sagte Josep zu mir.

Er war verzweifelt, denn wenn er eine Seite kurz geschoren hatte, sah es auf der anderen schon wieder aus wie Kraut und Rüben. Nicht einmal zusammen mit seinem Sohn schaffte er die ganze Arbeit. Schließlich löste er das Problem, indem er einen neuen Rasenmäher kaufte und einen Mann aus dem Dorf anheuerte, der einen Zusatzverdienst gut gebrauchen konnte, weil er ungeplant Familienzuwachs bekommen hatte.

Mein Wohnzimmer war in einem Tag tapeziert. Es sah wüst aus, aber schon am nächsten Tag war alles wieder aufgeräumt. Eugeni kam vorbei, um es zu begutachten. Er sagte mir, über dem Fenster würde die Tapete eine Blase werfen. Und er hatte recht. Er verlangte nie wieder den Schlüssel von mir, um das Haus zu lüften. Senyor Bellom flatterte wieder durch den Garten wie ein Schmetterling, und Maribel bekam man nur selten zu Gesicht.

V

Anfang Juni kam der ganze Trupp. Ich versteckte das Radio im Schrank, weil ich nicht wollte, dass jemand dumme Bemerkungen machte. Ich würde es nur abends hervorholen und in den Nächten, in denen es nicht so heiß war, bei geschlossenem Fenster Radio hören. Am späten Vormittag reisten Senyoreta Rosamaria, Mariona und Miranda im Wagen an. Die anderen kamen wieder übers Meer, zusammen mit dem Wasserskilehrer, aber ohne großes Getöse. Senyoreta Maragda kam allein mit dem Nachmittagszug.

Mariona hatte sich mächtig verändert. Sie war jetzt eine adrette junge Frau im heiratsfähigen Alter. Am Tag nach ihrer Ankunft kam sie mich besuchen, um mir Guten Tag zu sagen, und erzählte mir, dass Mingo schon Maurer war und dass sie eine ganze Schublade voll mit Wäsche hatte, aber noch nicht alles beisammen war und sie vielleicht noch ein Jahr brauchen würde, bis sie heiratete. Und sie gestand mir, dass sie so, wie sie jetzt war, nämlich nur verlobt, eigentlich sehr glücklich sei. Sie erzählte mir auch, Miranda und sie seien jetzt Freundinnen, und auch wenn manche sie nicht leiden könnten, sei Miranda ein liebes Mädchen, das großes Heimweh nach seinem Land hatte. Miranda lernte jetzt auch nähen, hatte aber anscheinend nicht das geringste Talent dazu. An den Sonntagen, an denen Mingo arbeitete – er übernahm kleinere Aufträge, um das Geld für die Möbel schneller zusammenzubekommen –, gingen Miranda und Mariona bummeln, und wenn sie nach Hause zurückkamen, hatten sie wohl immer drei, vier Soldaten im Schlepptau. Ich sagte Mariona, sie müsse höllisch aufpassen, dass Miranda sie nicht vom rechten Pfad abbrachte.

»Keine Sorge. Es ist nur so: Sobald sie einen Mann sieht, spielt sie verrückt, und das merken die Männer. Aber ansonsten ist sie furchtbar nett.«

»Wie war der Winter in der Wohnung?«

»So lala.«

Ich hätte sie gern dazu gebracht, mir zu erzählen, was passiert war, aber da war nichts zu machen. Ich begriff, dass man sich bei Mariona uninteressiert stellen musste, dann erzählte sie einem alles. Wenn man sie direkt nach etwas fragte, blieb sie mucksmäuschenstill.

In dieser Nacht hagelte es heftig. Es klang, als würden mir die Hagelkörner die Decke zum Einstürzen bringen. Ich stand im Dunkeln auf, sah aus dem Fenster und stellte fest, dass sie so groß waren wie Taubeneier. Es hagelte lange und kräftig. Dieser Hagel richtete gewaltigen Schaden an. Äste waren abgeknickt und Blumen zerdrückt. Und die Deutschen Schwertlilien von Senyor Bellom, die gerade in der schönsten Blüte standen, waren völlig hinüber, platter als Grabsteine. Als Senyor Bellom das Elend sah, sagte er, jetzt sei Schluss mit den Lilien, sie könnten sie herausreißen, und wenn ich sie haben wollte, würde er sie mir alle schenken. Und er ließ Beetrosen pflanzen.

Quima brachte es schließlich fertig, Mariona alles aus der Nase zu ziehen. Den Winter über hatte ich sie kaum zu Gesicht bekommen, aber an einem Sonntag kurz vor der

Ankunft der Herrschaften hatte ich sie am Ausgang des Excelsior getroffen und sie auf einen Kaffee bei Bergadans eingeladen. Sie hatte sich sehr gefreut. Sobald sie wieder in der Küche war, lud sie mich zum Vespern ein. Zwei Tage später ging ich hin.

Sie war über alles Gute und Schlechte informiert, das sich in Barcelona ereignet hatte, und erzählte es mir in aller Ausführlichkeit. Sie hatte alles von Mariona erfahren, die vieles gesehen hatte und anderes von Miranda wusste. Ich vermute, die beiden hatten ständig die Ohren an den Türen. Quima erzählte mir, in den ersten Tagen sei alles wie immer gewesen, als wäre nichts passiert, aber nach und nach hätten alle bemerkt, dass Senyoreta Rosamaria sehr niedergeschlagen war ... Offenbar war sie fest davon überzeugt gewesen, dass Eugeni verzweifelt durch die Welt irrte und nur an den Tag dachte, an dem er sie holen käme. Ob sie Ja oder Nein gesagt hätte, hatte wahrscheinlich nicht einmal sie selbst gewusst. Bestimmt hätte sie Nein gesagt. Aber bei der Vorstellung, dass Eugeni sie bis zum Wahnsinn liebte, hatte sie sich wie eine Königin gefühlt. Als sie ihn dann glücklich verheiratet wiedertraf, war das ein harter Schlag für sie gewesen.

»Manche Leute sind eben nie zufrieden.«

Ich konnte mir das, ehrlich gesagt, nicht so richtig vorstellen: »Glauben Sie nicht, dass die Mädchen da etwas falsch verstanden haben?«

»Wer? Mariona und Miranda? Die hören die Flöhe husten.«

Dann erzählte sie mir, als die Herrschaften eines Abends mit Feliu und Senyoreta Maragda in der Oper waren, hätten sie dort nach kurzer Zeit leise miteinander geredet und dann sei Senyoreta Rosamaria aufgestanden und ganz alleine weggegangen.

»Feliu hat sie auf der Straße eingeholt und nach Hause gebracht. Unterwegs hat sie zu ihm gesagt, dass sie ihren Mann nie wiedersehen will.«

»Ich wüsste ja nur zu gern, woher Mariona das alles weiß ...«

»Stellen Sie sich nicht dümmer, als Sie sind. Sie hat gehört, wie sich Feliu und Senyoret Francesc darüber unterhalten haben.«

Während wir redeten, hatte sie Schinken und Salami in kleine Stücke geschnitten, und nun stellte sie einen Teller vor mich hin. Dann füllte sie zwei Gläser mit Wein, gab mir eines und nahm das andere.

»Das kann ja nicht kalt werden, aber trotzdem ist es besser, wenn Sie sich gleich darüber hermachen.«

Ich trank einen Schluck Wein und fragte: »Und wie haben sie das wieder ins Lot gebracht?«

Sie sagte mir, das wisse sie nicht; nachdem die Senyoreta ein paar Tage lang ganz niedergeschlagen gewesen sei, habe sie sich wieder erholt, aber sie sei nicht mehr die Alte gewesen. Wenn sie aufstand, war sie schon schlecht gelaunt, sie hatte zu nichts Lust, alles war ihr zu viel ... Man konnte nichts zu ihr sagen, ohne dass sie widersprach.

»Zuletzt hat Senyoret Francesc zu Feliu gesagt, er würde sie von einem Arzt untersuchen lassen.«

Ich fragte sie, wo sie diesen Schinken herhatte, weil er nicht wie der aus dem Dorf schmeckte, und sie sagte, sie hätten ihn aus Barcelona mitgebracht. Aber da sie nun einmal in Fahrt war, kam sie gleich wieder auf ihre Geschichten zurück: »Eines Nachmittags hat sie mit Mariona geschimpft, warum, weiß ich nicht, das habe ich nicht verstanden, und plötzlich ist sie stocksteif geworden. Sie mussten sie ins Bett legen. Der Arzt hat gesagt, es wäre ein Nervenzusammenbruch, und je eher sie hierherkämen, desto besser.«

Sie schob die Flasche zur Seite, die mitten in der Sonne stand.

»Sie hat ihnen sogar erzählt, ihr Mann wollte sie umbringen. Das hat sie immer zu Senyoreta Maragda gesagt. Als er davon erfuhr, hat er es mit der Angst zu tun gekriegt. Eines Tages hat er vor Feliu zu ihr gesagt, es wäre kaum zu glauben, dass sie nicht merkte, wie schlecht sie alle Welt behandelte. Sie ist in Tränen ausgebrochen und hat gesagt, sie wäre schwer krank.«

Ich dachte bei mir, dass das vielleicht doch alles stimmte. Andererseits: Geschichten, die so von Mund zu Mund gehen …

Sie fingen wieder an auszureiten. Senyoreta Rosamaria war von Kopf bis Fuß schwarz gekleidet: Pullover, Hose und Gamaschen. Senyoreta Maribel hingegen trug wie absichtlich eine Leinenbluse über der Hose und einen Strohhut. Eugeni war im gleichen Stil wie Maribel gekleidet. Und so zogen sie durch die Gegend, die einen herausgeputzt wie die Herren, die anderen wie die Vagabunden. Fletxa wurde ein wenig aufsässig. Obwohl ich nie etwas zu ihm sagte, ruckte er mit dem Kopf, wann immer er mich sah, und hob die Vorderbeine, erst das eine und dann das andere. Manchmal gab ich ihm eine Karotte, auch wenn Toni es mir verboten hatte.

Eines frühen Morgens war ich gerade dabei, die Geranien auf der Aussichtsterrasse zu gießen: Einige Knospen waren schon aufgegangen, die runden Blätter hatten essigfarbene Flecken, und die Blüten waren röter als Blut. Unten am Meer standen Eugeni und Maribel, angezogen wie die Landstreicher. Sie hatten das rote Boot umgedreht und erneuerten den Anstrich in der gleichen Farbe. Es hatte seit zwei Jahren von allen vergessen dort gelegen. Eugeni entdeckte mich gleich: »Man könnte meinen, wir wären zerstritten ... Warum kommen Sie nicht runter und helfen uns?«

Ich sagte ihm, ich hätte viel zu tun. Als ich mich umdrehte, sah ich über die Lindenallee Senyoreta Rosamaria näher kommen, in ein riesiges Handtuch gehüllt.

»Wohin sind Sie denn so früh unterwegs?«

Niemand, nicht einmal Quima, hätte geglaubt, dass es ihr in letzter Zeit schlecht gegangen war. Ohne stehen zu bleiben, sagte sie: »Ich gehe ein bisschen schwimmen, jetzt, wo niemand am Strand ist.«

Ich sagte nichts. In dem Augenblick, als sie den Fuß auf die erste Stufe setzte, zuckte sie ein wenig mit der Schulter, und ich wusste, dass sie sie gesehen hatte. Jetzt war es zu spät, sich zurückzuziehen. Sie plauderte ein wenig mit ihnen, fragte, ob sie helfen solle, und Maribel antwortete in dem seltsamen Katalanisch, das sie sprach und von dem ich glaube, dass es ihr selbst peinlich war, das sei nicht nötig, sie seien sowieso fast fertig.

Weiter sagten sie nichts. Senyoreta Rosamaria stieg ins Wasser, ganz langsam, und kurz darauf war sie untergetaucht. Als sie schon ein paar Minuten lang schwamm, rannte Eugeni ihr hinterher, blieb einen Moment stehen, als ihm das Wasser bis zum Bauch reichte, und schwamm dann ebenfalls drauflos. Er schwamm schnell und hatte sie bald eingeholt. Lange sah man ihre Köpfe nebeneinander, und Senyoreta Maribel malte mit dem Rücken zum Meer weiter. Dann hatte sie wohl genug und ging ins Haus. Und ich ging an meine Arbeit. Ich hatte gerade die Schaufel in die Hand genommen, als Mariona kam.

»Haben Sie es denn noch nicht gehört?«

»Was?«

»Ein Onkel von Mingo ist gestorben und hat ihm ein Häuschen vererbt.«

»Na, da seid ihr doch sicher glücklich.«

»Ich schon. Aber Mingo nicht so sehr, er sagt, das Haus ist in einem üblen Zustand, und da wird er viel Arbeit haben.«

Mir war das mit dem Häuschen völlig egal, aber als ich sah, wie zufrieden sie war, dachte ich, es wäre vielleicht der richtige Augenblick, sie ein bisschen auszufragen. Was Quima mir erzählt hatte, wollte mir einfach nicht aus dem Kopf gehen.

»Hast du nicht gesagt, die Senyoreta wäre diesen Winter krank gewesen?«

»Von wegen!«

»Was meinst du damit: von wegen?«

»Der geht's noch zu gut.«

»Ich glaube, du kannst sie überhaupt nicht leiden.«

Sie entwand sich mir wie ein Aal.

»Und Sie mit Ihren ewigen Fragen: Wie haben Sie denn den Winter verbracht?«

Wenn sie glaubte, mich so zum Reden bringen zu können ...

»Mit einem Fuß oben und dem anderen unten.«

»Jeden Tag machen Sie mehr Witze ... Ich fege Ihnen mal die Terrasse sauber.«

Um sie zum Bleiben zu bewegen, sagte ich ihr, die Terrasse hätte ich schon gefegt, bevor ich die Geranien goss, und das sei nicht mehr nötig.

»Mal sehen, ob sie Sie noch zum Kellner befördern.«

»Möchtest du eine Rose?«

»Am Sonntag müssten Sie mir die geben. Was soll ich denn jetzt damit anfangen?«

Schließlich nahm sie die Rose dann doch mit, und ich

sagte ihr, am Sonntag solle sie wiederkommen und sich noch eine holen. Ich warf einen Blick aufs Meer, aber sie schwammen nicht mehr. Es war das letzte Mal, dass ich sie zusammen sah. Die anderen waren schon ganz vergnügt auf dem Weg hinunter zum Strand.

Als die Farbe trocken war, nahm Eugeni das Boot in Beschlag. An den ersten Tagen nahm er Maribel mit, ganz früh am Morgen, wenn der Himmel noch malvenfarben war. Sie ruderten weit hinaus, bis das Boot nur noch eine schwarze Spitze auf dem Wasser war. Später fuhr er allein. Mit jedem Tag dürrer, mit spitzeren Knien und eingefalleneren Wangen. Er ruderte langsam, und nach und nach wurden das rote Boot und er eins, so wie Senyoreta Rosamaria und ihr Pferd.

Ab und zu spielte er Schach, aber er verlor immer. Am häufigsten spielten Senyoret Francesc und Senyor Bellom. Sie spielten lange, nicht enden wollende Partien. Da sie im Freien spielten, sah ich ihnen manchmal von Weitem zu, während ich so tat, als würde ich arbeiten. Seit dem Winter schien sich Senyor Bellom für nichts mehr zu interessieren. Ich sah ihn kaum, dabei war er früher doch immer zu mir gekommen, um ein Schwätzchen zu halten. An einem Nachmittag, an dem sie lange gespielt hatten, kam es dann zum großen Knall, und schuld daran war Senyoret Francesc. Es wurde allmählich Abend, und alle saßen unter den Magnolienbäumen. Miranda packte die Schachfiguren in die Kiste, weil sie ihr gesagt hatten, sie solle das Tischchen wegbringen. Wie ich sie kenne, trödelte sie herum, um so lange wie möglich dabei zu sein.

Senyor Bellom erzählte von seiner Jugend und seiner toten Frau: dass ihre Haare genau so gewesen waren wie Maribels, dass Maribel ihrer Mutter sehr ähnlich sah und dass ihre Wangenlinie genau die gleiche war, wenn sie den Kopf drehte. Und wie schwer der Weg zum Erfolg in den ersten Jahren gewesen war. Er erzählte, er habe alles Mögliche gemacht, genau wie sein Schwiegersohn.

»Eugeni«, sagte er, wenn ich mich recht erinnere, »hat geschuftet wie ein Sklave, das können Sie mir glauben. Nicht für lange, aber wie ein Sklave. Dann hatte er das Glück, mir zu begegnen ...«

Er sprach leise, nicht wie früher, als er gebrüllt hatte, als wären alle taub. Zuerst, als er von seiner Frau erzählte, sprach er mit trauriger Stimme; dann geriet er in Fahrt. Ich war bei mir zu Hause und bekam nichts davon mit. Ich erfuhr erst hinterher Stück für Stück, was geschehen war. Einiges erzählte mir Quima, anderes schnappte ich auf, und bei ein paar Sachen bin ich mir nicht sicher.

Maribel war nicht dabei. Miranda sagte, Eugeni habe auf der Erde gesessen, ein wenig abseits von den anderen, mit einem Gesicht wie ein tollwütiger Hund. Senyor Bellom redete und redete. Eugeni hatte ihm auf Anhieb gefallen, weil er ein Bursche war, der sich aufs Zupacken verstand. Wenn man Quima glauben darf, sagte er, damals, als Eugeni noch ein Hungerleider war, habe er »zum Fürchten ausgesehen, wie ein Wolf«. Er kam aus Barcelona wie Senyor Bellom, und das gefiel ihm. Also schickte er ihn zum Zuckerrohrschneiden. Offenbar erzählte er das in aufgebrachtem Tonfall, und die anderen schwiegen wie versteinert. Und Quima zufolge, die es wiederum von Miranda wusste, sagte Senyor Bellom daraufhin eine ganze Weile nichts und erklärte dann plötzlich: »Eines Tages war ich so dumm, ihn zum Abendessen einzuladen, und Maribel hat sich vom Fleck weg in ihn verliebt.«

Trotz ihrer Dreistigkeit traute Miranda sich nicht, die

Komödie mit den Schachfiguren noch weiterzutreiben, und ging. So verpasste sie das Beste. Quima erfuhr es durch ein Gespräch vor dem Küchenfenster, das sie von drinnen belauschte. Anscheinend erzählte Senyor Bellom nach der Sache mit dem Abendessen, Maribel sei sehr temperamentvoll, und was sie sich einmal in den Kopf gesetzt habe, könne man ihr um nichts in der Welt wieder ausreden.

»Ich kannte ihn seit vier Monaten«, fügte er hinzu. »Das muss man schon sagen: Lange gefackelt hat er nicht.«

Bei diesem Satz wieherte Senyoret Francesc los und konnte sich gar nicht beruhigen, und Eugeni stand auf und verpasste ihm eine Ohrfeige. Senyoret Francesc rührte sich nicht. Der andere ging in Richtung Lindenallee davon, und als er ein Stück entfernt war, stand Senyoreta Rosamaria auf und wollte ihm nachgehen. Der junge Herr, dessen Wange immer noch rot war, packte sie am Arm und zerrte sie ins Haus. Alles in allem ein Riesentheater.

Quima sagte hochzufrieden zu mir: »Senyor Bellom ist wirklich ein Dummkopf. Aber vielleicht ist bei ihm jetzt endlich der Groschen gefallen.«

Es sah ganz danach aus, als würde es richtig böses Blut geben, aber am nächsten Tag kam Senyor Bellom vormittags herüber und redete eine ganze Weile mit Senyoret Francesc. Mariona hörte das Gespräch, nicht weil sie lauschte, wie sie sagte, sondern weil sie im Esszimmer sauber machte und die Tür nicht richtig zu war. Alles ging gut aus. Senyor Bellom bat um Entschuldigung: dass er ungewollt Dinge gesagt habe, die er nicht hätte sagen sollen, und dass er ganz allein schuld sei an der Szene mit seinem Schwiegersohn. Senyoret Francesc sagte, er solle sich keine Sorgen machen, die ganze Geschichte sei überhaupt nicht wichtig.

Wichtig oder unwichtig … Ich war abgelenkt durch die Geschichte mit Guy. Sie passierte ein paar Tage später. Ich saß gerade beim Mittagessen, als Toni hereinkam. Er machte ein Gesicht wie drei Tage Regenwetter. Als Erstes erzählte er mir, dass er einen Brief von der Leitung der Schule bekommen hatte, auf der sein Sohn war. In dem Brief stand, dass der Junge durchgebrannt war. Sie wussten nicht, wie, nahmen aber an, dass er über die Mauer geklettert war.

»Machen Sie sich keine Sorgen«, sagte ich. »Die werden ihn schon finden.«

»Ehrlich gesagt ist es mir völlig egal, ob sie ihn finden oder nicht. Es wird eines Tages noch ein böses Ende mit ihm nehmen.«

Ich machte die Miene, die man in solchen Fällen macht, und da ich dachte, er hätte mir schon alles erzählt, was er zu erzählen hatte, streckte ich den Arm aus, um die Schublade aufzuziehen und die Gartenschere herauszunehmen. Aber er rührte sich nicht.

»Ich bin nicht deswegen zu Ihnen gekommen. Heute Morgen hat Miranda mir ausgerichtet, dass Senyoret Francesc mich dringend sprechen wollte. Wissen Sie, warum?«

»Nein.«

»Um mir zu sagen, dass ich mich für ein paar Tage um Senyor Belloms Pferde kümmern soll. Und um meine natürlich. Was halten Sie davon?«

»Na ja, was soll ich davon halten? Was ist denn mit Guy?«

»Glauben Sie nicht, dass er mir irgendeine Erklärung gegeben hätte …«

»Aber irgendwas muss ja passiert sein.«

»Und ob was passiert ist! Als ich die Nachricht erhalten hatte, war ich so wütend, dass ich zu Bergadans gegangen bin, um einen zu trinken. Und Bergadans hat mir dann alles erzählt.«

Ich merkte, dass er wollte, dass ich ihm die Würmer aus der Nase zog, also ging ich zu den Fenstern und schloss sie, ohne ein Wort zu sagen.

»Guy ist mit einem Mädchen aus dem Dorf durchgebrannt, mit der Verlobten von Joseps Sohn.«

Gott weiß, dass ich mich nicht am Kummer anderer Leute weide. Aber bei dieser Nachricht musste ich schallend lachen, ich weiß bis heute nicht, warum.

»Lachen Sie nicht, Josep ist heilfroh. Er sagt, sein Sohn wäre zu jung, um seine Zeit mit Liebschaften zu vergeuden.«

Ich hatte Josep schon immer für beschränkt gehalten, aber ich hatte nicht gedacht, dass er so blöd wäre. Schließlich ging es seinem Sohn sicher sehr schlecht.

»Man weiß, wie solche Geschichten ausgehen«, sagte Toni zu mir. »Morgen, spätestens übermorgen, wird das Mädchen in Tränen aufgelöst wieder hier auftauchen, und Guy wird sich in Frankreich als Pferdepfleger verdingen. Ich hab ja immer gesagt, dass er ein ganz schamloser Kerl ist.«

Und dann fing er mir nichts, dir nichts an zu lachen wie verrückt.

Das Wetter war wunderbar, und die Tage vergingen so friedlich, dass es schien, als würde die Ruhe ewig währen. Aber die Stimmung war gedrückt. Eines Morgens unterhielt sich Senyor Bellom unter der Aussichtsterrasse mit Senyoreta Eulàlia. Ich stand oben und hörte, was sie sagten.

»Nächste Woche mache ich Sie miteinander bekannt, Sie wissen schon: Sie zeigen ihm Ihre Bilder, und dann werden wir ja sehen, ob Sie sich einig werden. Ihre Bilder werden von Tag zu Tag schöner.«

In diesem Sommer hatte ich noch kein einziges Bild von Senyoreta Eulàlia gesehen. Sie malte nur in ihrem Schlafzimmer, und es hieß, sie würde sich alles ausdenken. Der Mensch, der nächste Woche kommen sollte, war ein Freund von Senyor Bellom, der für die Zeitung schrieb. Alles ging gut. Senyor Belloms Freund versprach Senyoreta Eulàlia, ihr eine Ausstellung in New York zu verschaffen. Sie fuhren nach Barcelona, sie zeigte ihm alles, was sie gemalt hatte, und er sagte, er würde dafür sorgen, dass sie viel Geld verdiente. Damit herrschte wieder Frieden. Die Schachpartien und die Gespräche am Strand fingen wieder an.

»Sind Sie nicht ein bisschen eifersüchtig auf Senyoreta Eulàlia?«, fragte ich Feliu, als ich ihn zum ersten Mal wiedertraf.

Wir sahen uns nur noch sehr selten. Mit ihm ging es mir wie mit Senyor Bellom: Anfangs waren wir dicke Freunde gewesen und hatten ganz offen über alles geredet. Dann war es fast, als hätten sie mich vergessen ... Doch genau wie Senyor Bellom war auch Feliu im Vergleich zu früher sehr niedergeschlagen.

Er stieß ein kurzes Lachen aus, aber für mich hörte es sich nicht so an, als käme es von Herzen.

»Kein bisschen. Ich freue mich sehr, dass sie Unterstützung bekommt.«

»Und Sie? Malen Sie dieses Jahr gar nicht?«

Er sagte, diesen Sommer sei er nur zur Erholung hier.

»Wenn ich wieder in Barcelona bin, werde ich ein sechs Meter langes Bild malen. Die Leinwand steht schon bereit. Es wird das letzte Mal sein, dass ich das Meer male. Ohne Sand und ohne Himmel. Nur das Wasser.«

Dann sagte er, dass er noch nicht wüsste, was er danach machen würde. Er wirkte ein wenig verloren.

»Irgendeinen Weg werde ich finden. Im Augenblick denke ich noch nicht darüber nach.«

Er tat mir leid, ohne dass ich gewusst hätte, warum.

Als ich eines Abends nach Hause kam, saß Eugeni in meinem Wohnzimmer.

»Darf ich Ihnen zum Abendessen Gesellschaft leisten?«

Er hatte zwei Päckchen dabei, eines mit Fleisch und ein anderes mit Gebäck.

»Wie Sie wollen … aber …«

»Sagen Sie Ja.«

Ich sah ihn an. Sein Mundwinkel zitterte.

Wir schmausten wie die Könige. Er machte wieder seinen Scherz über Tití und fragte mich, ob wir mal wieder zusammen Schnecken essen würden.

»Ich habe noch etwas von Ihrem Kognak«, sagte ich.

Ich stellte die Flasche auf den Tisch. Sie war noch mehr als halb voll. Als ich mit der vollen, heißen Kaffeekanne zurückkam, hielt er mir die Tasse hin und sagte: »Sie und ich, wir verschwinden zusammen nach Amerika. Da wird es uns gut gehen, Sie werden schon sehen. Wir sagen keinem was, nehmen Abschied auf Französisch.«

»Ehrlich gesagt bleibe ich lieber hier.«

Ich sah die Flasche an. Während ich den Kaffee gemacht hatte, hatte er vier Fingerbreit getrunken.

»Wissen Sie, was die jetzt gerade tun?«

»Wer?«

»Die da oben. Ich meine, die von hier und mein Schwiegervater. Sie wissen doch, dass ich einen Schwiegervater habe, oder? Also: Mein Schwiegervater sitzt in einem seiner Kuhfellsessel. Die sind mit dem Fell einer Kuh bezogen, die er persönlich ausgesucht hat, als sie noch lebte … Er hat mit dem Finger auf sie gezeigt, als sie an ihm vorüberzog, und gesagt: Die da. Und nachdem er die vorbeiziehende Kuh ausgesucht hatte, hat er gesagt: Jetzt bringt mir einen Schwiegersohn, damit ich meine Tochter verheiraten kann und sie keine alte Jungfer wird. Wir werden einen Schwiegersohn extra für meine Tochter anfertigen lassen: nicht zu dick und nicht zu dünn. Wenn er zu groß ist, stutzen wir ihn zurecht. Ist er zu dick, sägen wir ihn auf allen Seiten ab, bis er genau die richtigen Maße hat. Ist er zu dünn, mästen wir ihn mit Bohnen wie die Truthähne und sperren ihn in den Käfig, bis er schön fett ist ... Und die hier im Haus ... Francesc liegt unter den Magnolienbäumen, raucht eine spannenlange Zigarre und sagt: Meine Frau ist meine Frau, und ich habe sie mir ausgesucht, weil sie die richtige Haut hat; den Typ Haut, den es braucht, um die Brillanten, die ich ihr kaufe, erstrahlen zu lassen ... Und dann stößt er eine Rauchwolke aus, dass es den armen Magnolienbäumen übel wird, die doch gar nichts dafür können ... Und wissen Sie, was seine Freunde sagen? Wir sehen zu, dass wir uns bei den Bohigas einen möglichst netten Sommer machen. Und wissen Sie, was sie sagt? ...«

Dann schwieg er und trank einen kräftigen Schluck Kognak.

»Solange die Toten auf dem Friedhof nur dafür sorgen, dass die Schnecken schön fett werden. Ihnen wünsche ich Glück. Nehmen Sie!«

Er gab mir eine winzige Münze, auf deren einer Seite ein Halbmond zu sehen war. Er sagte, sie sei türkisch.

»Verlieren Sie sie nicht. Es ist eine Glücksmünze. Was nun: Gehen wir nach Amerika? Dort gibt es alles ... Und Pflanzen ... Sie wüssten gar nicht, wohin damit ... Was machen wir? Gehen wir hin oder nicht?«

Er trank den Kognak aus, dann ging er in mein Schlafzimmer, ohne um Erlaubnis zu bitten, und legte sich ins Bett. Als ich mit dem Geschirrspülen fertig war, hörte ich ihn schnarchen. Ich stieg zur Dachterrasse hinauf. Es war die erste Nacht in diesem Sommer, in der ich dort schlief, und die erste Nacht, in der die Nachtigall sang.

Es war eine dunkle Nacht; am Morgen hingen Nebelschleier über dem ganzen Meer. Ich ging hinunter, um zu sehen, was Eugeni machte, aber er war nicht mehr da.

Am nächsten Tag kam er wieder.

»Gestern bin ich ziemlich spät hier weggegangen. Ich war noch auf der Dachterrasse, um Ihnen eine gute Nacht zu wünschen, aber Sie haben geschlafen wie ein Toter ... Wissen Sie, dass es auf dem Balkon der Bohigas einen Geist gibt?«

Er strich sich mit der Hand über den Mundwinkel und fragte: »Haben Sie die Nachtigall gehört?«

»Es war die erste Nacht, in der sie gesungen hat.«

»Wissen Sie, wo sie singt?«

»Ja. Gleich hier auf dem Felsen, verborgen im Geißblatt. Sie ist schon ihr ganzes Leben lang gekommen. Das heißt ... das da muss der Enkel oder Urenkel der ersten Nachtigall sein, die ich dort hinten habe singen hören. Das wird von den Alten an die Jungen weitergegeben ...«

Es verging etwa eine Woche, bis er wiederkam. Er fragte mich, ob ich die Münze noch hätte, die er mir geschenkt hatte, weil es sehr schlimm wäre, wenn ich sie verlieren würde.

»Wissen Sie, wo ich schlafe?«

»Nein.«

»Auf meiner Terrasse. Wenn ich das Licht ausmache, sehe ich zwischen den Säulen hindurch Ihren ganzen Garten und das ganze Haus von ihnen ... alles ...«

Ein paar Nächte lang spazierte ich wieder durch den Garten. Die Senyoreta stand stundenlang auf dem Balkon. Sicher wusste sie nicht, dass er sie von gegenüber im Dunkeln beobachtete. Eines Nachts traf ich ihn. Als er mich sah, packte er mich am Arm und zog mich zur Aussichtsterrasse.

»Leise ... Dort drüben wollte ich Ihnen nichts sagen, weil jemand auf dem Balkon stand.«

Wir spazierten eine Zeit lang die Lindenallee auf und ab, ohne ein Wort zu sagen. Manchmal hörten wir zwischen den Blättern einen Vogel auffliegen.

»Wir machen ihnen Angst.«

»Gehen Sie schlafen, es ist sehr spät ...«

Er sagte, nun hätte er Lust zu baden, und ging hinunter an den Strand. Ich ging ins Bett. Ich schlief sehr schlecht. Obwohl das alles schon lange her ist, muss ich, wenn ich nicht einschlafen kann, noch heute an die auffliegenden Vögel zwischen den Zweigen und an Eugenis leise Stimme denken: »Wir machen ihnen Angst ...«

Während ich Toni zusah, wie er die Pferde fütterte, erzählte er mir, in den nächsten Tagen würde sein Sohn ankommen. Sie hatten ihn halb verhungert auf dem Montjuïc aufgegriffen.

»Sie haben ihn aus der Schule geworfen, und meine Cousine will ihn nicht haben. Wenn ich mir überlege, was für Hoffnungen ich mir gemacht habe ...«

Er kümmerte sich noch immer um Senyor Belloms Pferde. Eigentlich war er hochzufrieden darüber, aber das hätte er im Leben nicht zugegeben. Ich nehme an, dass Senyor Bellom ihn sehr gut behandelte.

Als ich gehen wollte, hielt er mich zurück.

»Finden Sie nicht auch, es wäre nur natürlich, dass Senyoret Francesc mir erlaubt, den Jungen bei mir zu behalten? Ich habe Angst, wenn ich ihn im Dorf unterbringe, wird er mir Schande machen …«

Ich sagte ihm, er solle mit dem jungen Herrn darüber sprechen.

»Ich habe ihn gerade eben noch gesehen, aber ich glaube, er war schlecht gelaunt. Kennen Sie den mit den Skiern?«

Er meinte den Wasserskilehrer. Der war seit zwei oder drei Jahren zum ersten Mal wieder dabei, und ich glaube, wir hatten nie auch nur ein Wort miteinander gewechselt. Ich musste daran denken, wie ich mir mit Senyoret Sebastià den Spaß gemacht hatte, sein Bett am Seil nach draußen zu ziehen. Er war ein stiller Bursche, sehr jung, ein Verwandter von Senyoreta Maragda, der den ganzen Morgen auf dem Rücken am Strand lag und sich nachmittags im Zimmer einschloss, um zu lernen, weil er Rechtsanwalt werden wollte. Anfangs waren sie ganz verrückt nach Wasserski gewesen, aber bald hatten sie genug gehabt.

»Warum fragen Sie mich?«

»Er hat heute Morgen Llucifer mitgenommen, und weil ich dachte, dass er nur eine Aushilfskraft ist, habe ich ihm gesagt, er soll gefälligst die Pferde nicht anfassen. Er ist gegangen, ohne ein Wort zu sagen, und kurz darauf kam Senyoret Francesc zu mir und meinte, ich solle seinen Freunden gegenüber in Zukunft etwas weniger unverschämt sein. Glauben Sie nicht, ich sollte lieber warten?«

Ich wusste nicht, was ich darauf sagen sollte, und so sagte ich, ja.

Am Nachmittag, als ich gerade anfing, mir Gedanken darum zu machen, was ich mir zum Abendessen kochen wollte, stand plötzlich Senyor Bellom vor meiner Tür.

»Ich hatte Lust auf einen Plausch mit Ihnen«, sagte er.

Ich bat ihn herein. Als er das tapezierte Wohnzimmer sah, lachte er.

»Ich weiß noch, wie ich Sie an dem Tag, an dem Sie die Tapete gekauft haben, im Wagen mitgenommen habe«, sagte er.

Ich fragte ihn, ob er eine Tasse Kaffee wolle.

»Kaffee, sagen Sie? Nein, nein, danke. Als junger Mann habe ich den kannenweise getrunken. Jetzt heißt es: Aufgepasst, Bellom! Haben Sie nie Ihren eigenen Schatten betrachtet? Wenn ich mit zwanzig durch die Straßen gelaufen bin und die Sonne meinen Schatten an die Wände warf, sah ich ihn beim Gehen immer an und sagte: Du bist Bellom, du bist Bellom, du bist Bellom. Manchmal hat man ja solche Macken. Und jetzt sage ich mir beim Kaffee immer: Aufgepasst, Bellom, aufgepasst, Bellom. Wenn ich jetzt Kaffee trinken würde, hätte ich erstens keinen Appetit mehr aufs Abendessen, und zweitens könnte ich die ganze Nacht kein Auge zutun. Ich will aber zu Abend essen können, weil ich hungrig bin, und schlafen können, weil ich müde bin. Danke.«

Und er sah mich an.

Als er damit fertig war, nahm er einen Korb voller Blumenzwiebeln, der auf einem Stuhl stand, und stellte ihn auf die Erde.

»Wenn Sie gestatten, setze ich mich.«

Es war ein alter Stuhl, dessen eines Bein wackelte. Ich wollte ihm gerade sagen, er solle aufpassen, da beugte er sich nach vorn, legte die Handflächen auf die Tischplatte, hob den Kopf und sagte: »Ich mache mir Sorgen.«

»Sie?«

»Ja, ich. Meine Tochter will weg von hier. Sie sagt, sie hätte Lust auf eine lange Reise ... Das ist kompletter Blödsinn.

Hier sind wir im Himmel. Dieses Dorf macht einen froh. Das Meer ist wie für uns gemacht. In fünf Minuten – sozusagen – ist man in Barcelona. Und sie will hier weg.«

»Lassen Sie sie gehen.«

Er sah mich an, als sähe er mich zum ersten Mal.

»Ich und Ratschläge … Aber lassen Sie uns offen reden. Eugeni will hier nicht weg. Eugeni will nicht abreisen. Und wissen Sie, was? Ich glaube, meiner Tochter geht es hier nicht gut. Sie ist ein liebes Mädchen … aber etwas stimmt nicht. Zuerst war sie begeistert: das Meer, die Pferde … Alles gefiel ihr. Hören Sie mal, ganz im Vertrauen: Was ist los zwischen Ihren Herrschaften?«

Ich sagte ihm, das sei schwer zu erklären, weil allmählich niemand mehr schlau daraus würde.

»Ja, ja, das verstehe ich … Aber reden Sie nur freiheraus. Die beiden kommen nicht miteinander aus, nicht wahr? Ich glaube, das hat inzwischen jeder gemerkt.«

»Sie kennen die Leute aus diesem Haus nicht besonders gut. Sie sind ein wenig … wie soll ich sagen … Aber es wird nicht mehr lange dauern, dann bekommt Eugeni ebenfalls Lust, die Koffer zu packen, und dann können Sie mit Ihrer Tochter verreisen und mal was anderes sehen. Sie haben einfach alle zu viel Geld … Nehmen Sie mir die Bemerkung nicht übel. Es besteht kein Grund zur Sorge, glauben Sie mir.«

»Wissen Sie, dass Sie klüger sind, als ich dachte?«

»Als ich klein war, habe ich mich vor eine Blume gesetzt und darauf gewartet, dass sie aufging.«

Er schlug zwei-, dreimal mit der flachen Hand auf den Tisch.

»Na schön …« Und im Aufstehen fügte er hinzu: »Sie haben mich aufgemuntert. Jetzt sehe ich alles ein bisschen anders. Ich komme bald noch mal vorbei, wenn ich mehr Ruhe habe, und dann reden wir ein bisschen über alles. Sehr schön, hören Sie? Sehr schön.«

Ich begleitete ihn bis zur Terrasse. Mit der Hand in der Tasche spielte ich mit der Glücksmünze, die Eugeni mir gegeben hatte. Senyor Bellom stieg über die Buchsbaumhecke, und bevor er ging, sagte er noch: »Ich habe gesehen, dass Sie Deutsche Schwertlilien gepflanzt haben.«

»Nein, das sind Gladiolen.«

Wir lachten, obwohl weder ihm noch mir besonders danach zumute war. Vielleicht stimmte es, dass er die Sache nun ein wenig anders sah, aber er sah immer noch nicht klar. Ich schon.

An meiner Haustür erwartete mich Toni.

»Was wollte denn Senyor Bellom?«

Wahrscheinlich dachte er, nun hätten wir ein Gesprächsthema für den Rest des Abends.

»Den Mond«, sagte ich.

Ich ließ ihn gar nicht erst herein.

Er war so gelb, dass einem angst werden konnte. Als er hereinkam, war es, als hätte er schon seit Stunden gewartet ... Ich weiß nicht, wie ich es ausdrücken soll ... als wäre er gar nicht neu hier angekommen, sondern nur einen Moment hinausgegangen, um nach dem Wetter zu sehen, und dann wieder reingekommen. Es dämmerte, und ich hatte mich gerade angezogen. Er sah sich schweigend überall um. Zuletzt zeichnete er mit dem Finger das Muster der Sonnenblumentapete nach und fragte: »Wieso sind Sie so still?«

Ich sah ihn an. Er setzte sich mir gegenüber, rückte den Stuhl näher und beugte sich zu mir vor. Dann packte er mich bei den Schultern. Ich roch den Tabak in seinem Atem, und ein Hauch seines Körpergeruchs wehte mich an, ein Geruch nach Fieber.

»Kann ich Sie um einen Gefallen bitten?«

»Ist es ein Gefallen, den man erfüllen kann?«

»Ja, es ist ein Gefallen, den man erfüllen kann.«

Er ließ meine Schultern los, stand auf und begann, mit der Faust der einen Hand in die Fläche der anderen zu schlagen, mit dem Rücken zu mir.

»Ich würde gern ...«

Er ging zur Tür, sah einen Moment lang hinaus und drehte sich dann wieder zu mir um.

»Lachen Sie nicht, hören Sie? Ich bitte Sie nur, nicht zu lachen. Sie brauchen mir nicht zu antworten, wenn Sie nicht wollen. Tun Sie einfach so, als hätten Sie mich nicht gehört. Aber lachen Sie nicht.«

»Ich werde nicht lachen«, sagte ich.

»Das Schlimme ist, dass Sie mich nicht kennen.«

Er wurde immer aufgeregter, und seine Augen sanken immer tiefer in die Höhlen. Er druckste herum, bis er endlich damit herausrückte, dass er mit der Senyoreta reden wollte, hier in meinem Haus, nur ganz kurz.

»Nur ganz kurz. Nicht länger, als es braucht, ein paar Worte zu wechseln ...«

Als ich es ihm zusagte, umarmte er mich so heftig, dass ich mich fühlte, als hätte man mich in einen eisernen Reif gezwängt. Und dann fing er an zu reden und zu reden ... Von den Schnecken und vom Radio und dass es falsch von mir war, es zu verstecken. Und er lachte völlig grundlos. Als er ging, klopfte er mir so fest auf die Schulter, dass ich ins Wanken geriet.

»Ich will sehen, ob ich sie knacken kann.«

Es dauerte drei Tage, bis er wiederkam. Er war schrecklich nervös.

»Sobald sie kommt, verschwinden Sie ...«

Ich sagte ihm, wenn er wollte, würde ich auch vorher gehen, und er überlegte eine Weile und sagte dann, nein. Es war fast Mitternacht. Ich zündete den Spirituskocher an und kochte einen Kaffee, weil ich nicht wusste, was ich ihm sonst anbieten sollte. Als ich ihm die Tasse hinstellte, sagte er, er wolle keinen, dabei hatte er Ja gesagt, als ich gesagt hatte, ich würde welchen kochen. Er saß auf einem Stuhl; erst hatte er die Ellbogen auf die Knie gestützt und den Kopf zwischen den Händen, dann legte er die Fäuste auf die Schenkel. Beim leisesten Rascheln des Windes in den Blättern hob er den Kopf, als würde er hochgezogen.

»Wann kommt sie?«

»Um zwei.«

»Um zwei? Es ist noch nicht mal eins ...«

»Unterhalten wir uns«, sagte er.

Ich erzählte ihm, dass Fletxa sich immer sehr freute, wenn ich ihm Karotten gab, und dass wir gute Freunde geworden waren, aber dass ich das Pferd eigentlich nicht mochte. Es war zu herrschaftlich.

»Das einzige Tier, das ich wirklich geliebt habe, war ein Löwe; ein Löwenjunges.«

Ich erzählte ihm, dass wir hier vor einigen Jahren einen Löwen in einem Käfig gehabt hatten und dass er Miranda gekratzt hatte.

Er hörte mir nicht zu. Er lauschte nur auf das, was sich draußen tat. Ich fragte ihn, ob er Lust hätte, ein bisschen rauszugehen.

»Ja. Aber lassen Sie uns in der Nähe bleiben.«

Wir gingen hinaus, und ich sagte zu ihm, wir könnten die Lindenallee hinaufgehen, denn von dort würde sie kommen, und bestimmt würde sie es nicht wagen, den Weg über das Glashaus zu nehmen, weil sie dann am Stall und an Tonis Wohnung vorbeimüsste. Er wollte nicht. Die Nacht duftete nach Geißblatt. Auf einmal packte er mich am Arm, und als er wieder losließ, sagte er, er hätte geglaubt, einen Schatten zu sehen. Die Nachtigall begann zu schlagen, und in ihrem Gesang lag eine tiefe Verzweiflung. Es war kurz vor zwei.

»Sie ist bestimmt schon unterwegs.«

Er sah ständig auf die Uhr, hielt sie ans Ohr, um zu hören, ob sie ging.

»Früher, wenn wir uns um eine bestimmte Uhrzeit verabredet haben ... Sie ist bestimmt schon unterwegs. Sie gehen, und wenn sie wieder weg ist, hole ich Sie. Wir treffen uns bei der Terrasse.«

Es wurde drei. Dann vier. Am Himmel zeigte sich ein Streifen, der langsam heller wurde. Als er um fünf ging, sah er aus, als hätte man ihn frisch vom Friedhof geholt.

Ich rechnete jeden Moment damit, dass er wiederauftauchte, aber er kam nicht mehr. Der Sommer ging zu Ende, und Senyor Bellom gab ein weiteres Fest. Ich weiß nicht, warum.

»Um die Freundschaft zu pflegen«, sagten sie. Es gab große Vorbereitungen. Der Rasen wurde gemäht. Damit er nicht so kahl aussah, setzten sie schnell ein paar Grünpflanzen. Josep lief den ganzen Tag mit einem Buch über Pflanzen herum, und abends las er mit seinem Sohn darin. Ich sagte ihm, er solle es besser wegwerfen, und anstatt so spät ins Bett zu gehen, würde es ihm mehr nützen, früh aufzustehen und sich die echten Blumen anzusehen.

Der Valencianische Jasmin hatte seit Mai ununterbrochen geblüht; die Blüten waren weiß und hübsch, aber das Grün der Blätter war schon ein wenig gelb. Sie pflanzten Bougainvilleen, junge, saftige Pflanzen, deren Blüten glühten wie das Abendrot. Eine der Zypressen sah schlimm aus. Der Winter war ihr nicht bekommen. Und die Beetrosen, die sie anstelle der Deutschen Schwertlilien gepflanzt hatten, waren schon von Blattläusen befallen. Am Abend vor dem Fest ließ mich Senyoret Francesc all unsere Gladiolen einsammeln und trug mir auf, sie zu Senyor Bellom zu bringen, weil sie dort zu wenig Blumen hatten. Eine Woche zuvor waren Senyoreta Rosamaria und Senyoreta Eulàlia nach Barcelona gefahren, um sich Kleider zu kaufen. Sie sagten, diesmal gäbe es kein Feuerwerk, weil viele ältere Damen dabei waren und sie befürchteten, die Knallerei würde sie erschrecken. Aber es wurde viel Musik für die jungen Leute und viel zu trinken für die Herren geben.

Ich ging zum Eingang, um zuzusehen, wie die Wagen vorfuhren. Die richtig feinen, voll mit schmuckbehangenen Damen und reichen Herren. Es tat mir weh, an die Gladiolen und ihr trauriges Ende zu denken: Das ganze Beet war leer gefegt. Aber wer zahlt, bestimmt.

Sobald es aussah, als wäre der Besucherstrom versiegt, ging ich nach Hause zum Abendessen. Danach sah ich ihnen von der Aussichtsterrasse aus beim Tanzen zu. Als ich plötzlich Schritte hörte, wäre ich fast umgefallen. Neben mir stand die Senyoreta.

»Gehen Sie nicht tanzen?«

Sie sagte, sie fühlte sich nicht wohl und ihr Mann hätte sie nach Hause geschickt.

»Senyor Bellom lässt mich bei den anderen entschuldigen. Bei so vielen Gästen kommt es auf einen mehr oder weniger auch nicht an …«

Sie lachte kurz auf, dann sagte sie mir, bevor ich die Gladiolen abgeschnitten hätte, habe sie sich noch alle angesehen, und ihr Mann sei sehr zufrieden gewesen, dass er vor Senyor Bellom so gut dastehen würde.

»Ihnen hat das sicher wehgetan. Sie waren wunderschön.«

Wir standen eine Weile stumm nebeneinander, und schließlich sagte sie, es sei ihr zu feucht. Sie beugte sich über die Brüstung, um aufs Meer hinunterzusehen, das wegen der vielen Lichter kaum zu erkennen war. Es war ganz ruhig, und ich erklärte ihr, dass der Mond es einschläferte. Und dann gingen wir beide unserer Wege. Zu Hause holte ich das Radio hervor, stellte es neben mein Bett und ließ mich bis um eins berieseln.

»Heute werden wir was erleben.«

Das war Mariona, die gekommen war, um die Terrasse zu fegen und mir einen guten Tag zu wünschen. Ich saß gerade beim Frühstück.

»Ist denn gestern beim Fest etwas passiert?«

»Ich weiß es nicht. Aber heute Nacht muss sich das rote Boot losgerissen haben. Es treibt mitten auf dem Meer wie ein Holzschuh.«

»Hast du es ihnen schon gesagt?«

»Das denken Sie man bloß! Am Ende sagen sie noch, ich hätte es losgebunden. Wissen Sie, was? Miranda, die den ganzen Abend bei Tisch bedient hat, sagt, die Gäste hätten ganze Arme voll Gladiolen mit nach Hause genommen. Sie haben sie aus den Vasen geholt. Sie hätten ihnen nicht erlauben dürfen, sie mitzunehmen.«

»Die Herrschaften haben mir gesagt, ich müsste sie alle abschneiden. Glaub bloß nicht, dass mir das nicht leidtut ...«

Später fuhren Feliu und der Wasserskilehrer mit dem

Motorboot hinaus, um das Ruderboot zurückzuholen. Sie schleppten es hinter sich her. Erst am Abend kam das Gerede auf, dass Eugeni verschwunden war. Jeder meinte, etwas dazu sagen zu müssen, aber was wirklich passiert war, erriet keiner. Senyoreta Maragda sagte, sicher wolle er ihnen einen Streich spielen und werde wiederauftauchen, wenn sie es am wenigsten erwarteten. Senyor Bellom kam völlig verzweifelt zu uns herübergelaufen und erzählte, dass Maribel bäuchlings im Bett lag und weinte und weinte.

Am Abend kamen sie zu den Herrschaften herüber, um nicht allein zu sein.

»Wenn ein Unglück passiert wäre, hätten wir das schon erfahren«, sagte Senyor Bellom.

»Beruhigen Sie sich«, sagte Senyoret Francesc. »Sicher hatte er gestern genug von dem Fest und ist in irgendein Dorf hier in der Umgebung gefahren. Wahrscheinlich schläft er sich in einem Gasthaus aus.«

Sie saßen alle im Speisezimmer, und Miranda servierte Kaffee. Senyor Bellom hob die Hand an den Mund und kniff sich langsam in die Lippe.

»Wenn er in einem Gasthaus übernachten würde ... wäre alles in Ordnung. Aber der Wagen steht in der Garage. Und warum glauben Sie, dass er in einem Gasthaus übernachten sollte?«

»Ich weiß nicht ...«

Später erzählte mir Mariona, dass Senyoreta Rosamaria ganz ruhig gewesen war. Sie hatte gehört, wie sie zu Senyoreta Maragda gesagt hatte: »Jeder soll tun, was ihm beliebt. Jeder ... Ich habe gelernt, ganz ungerührt zu bleiben.«

Schließlich hatte Senyor Bellom das Warten satt und sagte, man müsse die Polizei benachrichtigen. Senyoret Francesc war der Meinung, man sollte noch nichts unternehmen, und überzeugte Senyor Bellom mehr oder weniger mit den Worten, dass man die schlechten Nachrichten immer gleich erfuhr. Senyor Bellom nickte, dann sprang er plötzlich auf: »Da stimmt etwas nicht! Da stimmt etwas ganz und gar nicht! Da ist was Schreckliches passiert …«

Sie flößten ihm einen Kognak ein. Seine Tochter war im Sessel halb eingedöst. Nach zwei oder drei Stunden fanden sie dann, dass sie vielleicht doch besser daran getan hätten, zur Polizei zu gehen, weil die ganze Sache allmählich wirklich beunruhigend wurde. Aber sie unternahmen nichts.

Am nächsten Tag fanden sie Eugeni. Gar nicht weit entfernt. Am Strand. Mit zerschlagenem Gesicht, weil die Wellen ihn die ganze Nacht lang gegen die Felsen gespült hatten. Ich ging hin, um ihn mir anzusehen, wie er da ausgestreckt im Sand lag, bevor sie ihn abtransportierten, und ich nahm meine Mütze ab und bekreuzigte mich. Sie begruben ihn auf dem Dorffriedhof, wie einen guten Christen, weil sie sagten, er sei verunglückt.

»Glauben Sie, dass er verunglückt ist?«, fragte mich Quima. »Nein, oder? Ich auch nicht. Er schwamm wie ein Aal …«

Aber sie ließen keinen Zweifel daran zu, dass es ein Unfall gewesen war, und trugen ihn, umrahmt von Fenchelblüten, zum Friedhof, und der Pfarrer war dabei, und ein Kreuz wurde aufgestellt. Den Schmerz, der im Haus von Senyor Bellom herrschte, kann man nicht beschreiben. Drei, vier Tage lang bekamen wir sie nicht zu Gesicht. Aber bevor die Woche zu Ende ging, kam Senyor Bellom mich besuchen, am Boden zerstört, und setzte sich in meinen Schaukelstuhl, und ich traute mich nicht, etwas zu ihm zu sagen. Er begann, sachte zu schaukeln, und so saß er eine halbe Stunde, als wäre er nicht von dieser Welt, und als er anfing zu reden, sagte er zwischendrin, dass er Angst hätte; dass es so aussah, wenn es auch nicht sicher war, als ob Maribel schwanger wäre. In dieser Zeit fing er mit dem Trinken an. Maribel sah ich manchmal zum Friedhof gehen.

Die Herrschaften kehrten nach Barcelona zurück, und Senyoreta Eulàlia fuhr nach New York, um ihre Bilder auszustellen. Vor ihrer Abreise kam Senyoret Francesc noch zu mir und trug mir auf, das rote Boot klein zu hacken und zu verbrennen.

Es war ein milder Winter. Toni hatte seinen Jungen bei sich wohnen, weil er sich zuletzt doch getraut hatte, die Herrschaften zu fragen. Ich mochte den Jungen überhaupt nicht leiden, er war einer von der Sorte, bei denen man immer fürchten muss, dass sie einem in den Rücken fallen. Eines Tages erzählte mir Quima, als sie mir die Wäsche brachte, Senyor Bellom torkele manchmal durchs Dorf, dass es eine Schande war, und lasse sich bei Bergadans volllaufen. Ich dachte lange nach, dann ging ich zu Bergadans und sagte ihm, er solle aufhören.

»Was meinen Sie damit, ich soll aufhören?«

Ich sagte ihm, damit meinte ich, dass er Senyor Bellom nicht mehr nachschenken solle, wenn er merkte, dass er betrunken war. Aber Bergadans wandte völlig zu Recht ein: »Das ist eine Einmischung in private Angelegenheiten, und Senyor Bellom ist nun mal Senyor Bellom. Hätten Sie den Mut, ihm zu sagen, dass Sie ihm nichts mehr einschenken? Ich nicht. Wenn er nicht hier trinkt, trinkt er zu Hause, und das ist noch schlimmer. Hier hat er wenigstens ein bisschen Unterhaltung.«

Von da an passte ich ihn scheinbar zufällig hin und wieder vor Bergadans ab und brachte ihn nach Hause. Er ließ sich führen wie ein Kind, und wir verstanden uns prächtig.

Er hörte auf alles, was ich ihm sagte. Eines Tages gab er mir die Hand, bevor er ins Haus ging, und sagte: »Ich bin einsam.«

Und dann ging er mit gesenktem Kopf hinein. Aber ich hatte etwas anderes auf dem Herzen, und als er mir einmal einigermaßen ruhig erschien, fragte ich ihn: »Wissen Sie, ob Eugeni seine Eltern besucht hat, als er wieder hier war?«

Er sah mich überrascht an.

»Seine Eltern? Wo sind seine Eltern?«

Ich erzählte ihm, wie sie letzten Sommer kurz vor Eugenis und Maribels Ankunft hier gewesen waren und, weil die Herrschaften nicht da waren, den ganzen Nachmittag mit mir verbracht hatten. Und dass sie mit Senyoreta Rosamaria sprechen wollten, weil sie nichts von ihrem Sohn wussten.

»Erinnern Sie sich noch an den Tag, als ich die Sonnenblumentapete gekauft habe? Am Tag zuvor waren sie hier. An Mariä Himmelfahrt.«

Wir standen vor seinem Zaun, und er bat mich herein. Der Garten sah recht kümmerlich aus, und ich dachte, dass Josep seine Arbeit zu sehr schleifen ließ. Senyor Bellom führte mich in einen großen Salon, dessen eine Wand ganz verglast war und aufs Meer hinausging. Eine Zeit lang sagte er nichts, ging nur auf und ab. Innerhalb kürzester Zeit hatte er sich sehr verändert; sein Gesicht war röter geworden, und unter den zusammengewachsenen Brauen hatten seine Augen einen kränklichen Glanz.

Plötzlich fing er an zu erzählen: »Es ist seltsam … Eugeni und ich waren ganz unterschiedlich, aber er hatte etwas von mir. Wenig, aber da war etwas. Wenn ich an ihn denke, sehe ich ein bisschen mich selbst, wie ich als junger Mann war. Ein verkleinertes Abbild natürlich, denn ich habe schon damals gerne zugelangt. Und zwar kräftig … Auch ich bin von zu Hause fortgegangen. Nicht wegen irgendeiner Dummheit wie er … Ich kenne die Geschichte ganz genau … Die Leute können ja den Mund nicht halten … Mich hat es nach Argentinien verschlagen. Meine Mutter war sehr jung Witwe geworden und musste daraufhin als Hausangestellte arbeiten. Mich hat sie zu einem Bäcker in die Lehre gesteckt. Alles wäre anders gekommen, wenn meine Mutter nicht wieder geheiratet hätte. Vielleicht hätte ich heute eine Bäckerei in Gràcia.«

Er holte tief Atem, ganz langsam, als bekäme er nicht genug Luft. Manchmal geriet er ins Stocken. Er stand am Fenster und sah aufs Meer hinaus. Als ob ich nicht da wäre.

»Aber sie hat den Besitzer eines Lebensmittelladens geheiratet, einen brutalen Kerl, und da haben sie mich aus der Bäckerei geholt und zum Verkaufen in den Laden gestellt. Den ganzen Tag habe ich Tüten mit Lebensmitteln ausgeteilt, Säcke mit Bohnen und Kartoffeln abgeladen. Zu essen gab es wenig, Schlaf noch weniger, dafür aber jede Menge Prügel. Bis ich genug hatte und meine Mutter auch.«

Ich verstand nicht, was mit ihm los war und warum er mir das alles erzählte, und dachte: Wenn Quima ihn hören könnte! Aber er machte mir auch ein wenig Angst. Es war, als würde er mit sich selbst reden und ich ihn hinter einer Tür belauschen.

»Meine Mutter hat mir dann geraten zu gehen. Sie sagte, überall wäre es besser als zu Hause. Er wollte mich nicht gehen lassen, und es ging ewig hin und her, wir hatten viel Streit, viel Ärger und schlimme Zeiten, aber schließlich hat er gesagt, wir sollten machen, was wir wollen, und hat mich sogar einigen Freunden empfohlen, Katalanen, die ein Milchgeschäft in Buenos Aires hatten. Als ich dort ankam, mit einem kleinen Bündel auf dem Rücken und ein paar Peseten in der Tasche, waren diese Katalanen wer weiß wohin verschwunden. Da stand ich nun, allein mit meinem Bündel und den paar Peseten, mitten auf der Straße unter einer Laterne. Ich erzähle Ihnen besser nicht, wie ich aus dieser Lage wieder herausgekommen bin. Schließlich bin ich auf einer Hacienda gelandet, wo es viele Pferde gab. Ich habe die Ställe ausgemistet. Gefällt es Ihnen?«

Er drehte sich um, als ich es am wenigsten erwartete, und kam direkt auf mich zu.

»Nehmen Sie doch Platz.«

Ich setzte mich in einen hellbraunen Sessel mit einem großen weißen Fleck auf der Rückenlehne. Der Sessel aus Kuhfell, dachte ich. Er blieb vor mir stehen.

»Wissen Sie, warum ich Sie mag? Ich mag Sie seit dem ersten Tag, an dem wir uns gesehen haben. Sie werden sich sicher nicht mehr daran erinnern. Das ist Jahre her, zu der Zeit, als ich ein Grundstück für mein Sommerhaus suchte. Eugeni hatte gesagt, ich solle es hier kaufen, weil er hier Freunde hätte. An dem Tag, an dem ich kam, um mir das Ganze anzusehen, standen Sie am Zaun und haben Blumen betrachtet. Es hat lange gedauert, bis Sie bemerkt haben, dass ich neben Ihnen stand. Sie waren so sehr in den Anblick der Blumen versunken, dass ich gleich dachte: ›Das ist ein guter Mann.‹«

Ich erinnerte mich sehr wohl an den ersten Tag, an dem ich ihn gesehen hatte. Aber ich sagte nichts. Er fing wieder an, auf und ab zu gehen.

»Ich bin anders als Sie … Ich hätte nicht lange für reiche Leute arbeiten können … Ich hätte ihnen das Haus angezündet oder was weiß ich. Die Leute hier halten mich für einen Weichling … In der Küche, in der wir das Essen für alle Arbeiter der Hacienda zubereiteten, gab es eine Schwarze namens Lilit. Mit der habe ich mich eingelassen. Sie war eine herzensgute Frau, und ich war bis über beide Ohren in sie verliebt. Das glauben Sie mir wohl nicht, was? Sie wurde dann von einem Pferd totgetreten. Ich war wie gelähmt und habe lange Zeit nur für die Arbeit gelebt. Im Haus wohnte ein Mädchen, die Tochter des Hacienda-Besitzers, ein hübsches Ding, das Klavierspielen und Singen lernte. Ihr Vater war ein Furcht einflößender Mann. Ein baumlanger Kerl, der sein Vermögen auf übelste Weise gemacht hatte. In seiner Jugend war er Messerstecher gewesen. Bald nahm er mich aus dem Stall und ließ mich die Pferde weiden. Ich weiß nicht, warum er Vertrauen zu mir fasste. Ich habe oft gedacht, dass er schon damals beschloss, mich mit seiner Tochter zu verheiraten. Die wuchs in der Zwischenzeit heran; sie war süß wie ein Baiser und trug immer ein weißes Satinband im Haar. Ich war ein kräftiger, gut aussehender Bursche. Schließlich fragte mich ihr Vater – sicher, weil er wollte, dass etwas passiert –, ob ich sie nicht auf ihren Ausritten begleiten wolle. Ich sagte ihm, das täte ich mit Vergnügen. Wir ritten also aus – und ehe ich wusste, wie mir geschah, war ich verheiratet. Ich habe länger gebraucht als Eugeni, und genutzt hat es mir nichts. Als ihr Vater starb, stellte sich heraus, dass er völlig verschuldet war. Mit dem, was ich vor den Gläubigern beiseitebringen konnte, ging ich dann nach Kuba.«

Ich wagte kaum zu atmen. Ich hatte Angst, der Kummer und der viele Alkohol hätten ihn ein bisschen verrückt gemacht. Am liebsten wäre ich davongelaufen. Er blieb an der Tür stehen, als wüsste er nicht, was tun, und kam zu mir zurück, einen Sessel hinter sich herziehend.

»Eine ganze Nacht lang habe ich überlegt, ob ich sie in

Argentinien zurücklassen sollte oder nicht. Natürlich, ohne ihr etwas zu sagen. Und dann habe ich sie doch mitgenommen, warum, weiß ich bis heute nicht. Sie trug schon lange keine Bänder mehr im Haar oder brachte die Gäste mit ihrem Klavierspiel zum Gähnen. Sie schlief mit allen Freunden und Bekannten. Was habe ich später für eine Komödie gespielt, wenn ich von ihr gesprochen habe! Und denken Sie nur: Sie hieß Zoila. In Kuba bin ich dann gleich aufs Ganze gegangen. Ich habe viele Leute geknechtet und es schnell zu Reichtum gebracht. Maribel hat lange auf sich warten lassen. Senyora Bellom, die nicht mehr die Frischeste war und ziemlich harte Knochen hatte, ist bei der Geburt gestorben. Und wie das so ist im Leben: Ich habe geweint wie ein Kind.«

Er kniff sich ein paarmal mit ruhiger Hand in die Lippe, dann fuhr er fort: »Maribel ist mein Ein und Alles. Ich ließ zu, dass sie Eugeni heiratete, weil mir klar war, dass ich sie sonst verlieren würde. Eugeni! Anfangs war ich ihm gegenüber noch nachsichtig. Aber später ... Unzählige Male hätte ich ihm die Visage poliert, wenn sie nicht gewesen wäre ...«

Es wurde spät, aber ich saß da wie versteinert.

Plötzlich schien er aufzuwachen.

»Und wie kommt es, dass ich Ihnen das alles erzähle?«

Ich wollte etwas sagen, aber er ließ mich nicht zu Wort kommen: »Ich weiß schon; wegen seiner Eltern. Meine Mutter ist tot. Sie war seit zehn Jahren tot, als ich es erfuhr. Wenn Sie mich fragen würden, warum ich ihr nie geschrieben habe, wüsste ich nicht, was ich Ihnen antworten soll. Rätselhaft. Aber ich habe sie sehr geliebt, das kann ich Ihnen versichern.«

Er stand auf.

»Wissen Sie, was? Jetzt habe ich auf einmal Lust, mich

um Eugenis Eltern zu kümmern. Wenn ich Sie recht verstanden habe, sind es sehr arme Leute. Sie wissen doch sicher, wo sie wohnen.«

Ich sagte ihm, dass sie mir den Namen ihrer Straße genannt hatten und dass es deshalb sicher nicht schwer sein würde, sie zu finden.

»Wenn ich Sie darum bitte, würden Sie dann in meinem Namen zu ihnen gehen?«

Ich sagte Ja. Er nahm mich beim Arm und brachte mich zur Tür.

»Gehen Sie, es ist schon spät. Morgen komme ich zu Ihnen, und dann reden wir weiter.«

Im Hinausgehen sah ich die Bilder von diesen seltsamen Figuren und hätte mich fast totgelacht.

Am nächsten Tag kam er gegen Nachmittag und erwischte mich beim Radiohören.

»Das war Eugenis Radio.«

»Er hat es mir geschenkt.«

»Wissen Sie, dass es das Erste war, was er sich in Amerika gekauft hat? Ich habe schon bemerkt, dass Eugeni und Sie befreundet waren. Denken Sie nicht, dass ich hinter dem Mond lebe … Bitte sehr.«

Er legte einen dicken Umschlag auf den Tisch.

»Einstweilen gebe ich ihnen das hier. Sagen Sie ihnen, dass ich ihnen jeden Monat Geld zukommen lassen werde.«

Er fragte mich, wie ich nach Barcelona kommen wollte. Ich sagte ihm, ich würde den ersten Zug nehmen.

»Nehmen Sie meinen Wagen. Toni kann Sie fahren.«

Im Carrer de Ríos Rosas angekommen, fingen wir bei den niedrigen Hausnummern an. Als wir die Hälfte der Straße hinter uns hatten, zeigte uns eine mit Körben beladene Frau das Haus. Ich stieg aus dem Wagen und sagte Toni, er habe jetzt frei und solle mich nach zwei Stunden wieder abholen.

Es war ein schmales, zweigeschossiges Häuschen, dessen Holztür mit einem Lanzettengitter verschlossen war. Zu beiden Seiten der Tür war je ein Fenster, und auf jeder Fensterbank standen Töpfe mit Cattleya-Geranien und staubigem Zierspargel. Die Wandfarbe war verblichen, der Verputz warf Blasen, und wo die Blasen aufgeplatzt waren, kam das blanke Mauerwerk zum Vorschein.

Ich klopfte, und es dauerte lange, bis jemand öffnete. Dann ging die Tür mit einem Mal einen Fingerbreit auf, und ich hörte Senyor Andreus Stimme.

»Sie wünschen?«

Er erkannte mich nicht wieder. Ich sagte ihm, ich sei der Gärtner der Bohigas. Da schwang die Tür ganz auf, und ich konnte ihn sehen. Er hielt einen Schlüsselbund in der Hand und fand den Schlüssel für das Gittertor nicht.

»Einen Moment, bitte ... Diese Schlüssel ... Der, den man sucht, versteckt sich immer.«

Schließlich gelang es ihm aufzuschließen, und er ließ mich ein. Der Mann zerging förmlich vor Freundlichkeit. In der Garderobe gab es einen Schirmständer aus angelaufenem Messing und einen halb blinden Spiegel, der mich an den erinnerte, den wir zu Hause hatten, als ich klein war und ein Kreuz am Gaumen hatte. Wir gingen einen schmalen Flur entlang, dessen Bodenfliesen lose waren.

»Paulina! Paulina! Was für eine Freude ... Jemand von den Bohigas. Besuch ...«

Neben Senyora Paulina saß eine sehr dicke Frau. Als sie

mich sah, stand sie auf und verabschiedete sich. Senyor Andreu begleitete sie hinaus und kam gleich darauf zurück.

»Wir haben oft an Sie gedacht. Und an diesen Garten ... Was für ein Nachmittag! Und all die Umstände, die wir Senyor Bergadans gemacht haben ...«

Der Esszimmertisch war rund. Aus einem Wandschrank, der unten Holztüren und oben Glastüren hatte, drang Kräuterduft.

»Wie geht es Senyor Bergadans?«

Ich sagte, es ginge ihm sehr gut und er ließe ihnen viele Grüße ausrichten – was nicht stimmte. Senyor Andreu erkundigte sich nach Senyoreta Rosamaria. Senyora Paulina sagte kein Wort. Ich erzählte ihnen, sie hätten einen schönen Sommer gehabt und der Garten habe am Ende der Saison noch einmal himmlisch geblüht.

Senyora Paulina hob den Kopf.

»Jetzt kommt er herunter«, sagte sie.

Wir verstummten. Jemand kam die Treppe im Haus herunter.

»Sag nichts von dem Kabel, das du flicken musstest. Tu einfach so, als hättest du es vergessen.«

»Senyor Maurici!«, rief Senyor Andreu. »Senyor Maurici!«

Ein gut fünfzigjähriger Mann betrat den Raum. Er war weder groß noch klein, glatt rasiert und hatte pechschwarzes Haar, das aussah, als hätte er es gefärbt oder trüge eine Perücke. Er war gut gekleidet: sorgfältig gebügelte Hosen, doppelreihiges Sakko, alles in Hellgrau. Die Aufschläge voller Flecken. Spazierstock. Ein Spazierstock aus dunklem Holz mit einer abgenutzten Metallspitze.

Als Senyor Andreu bemerkte, dass Senyor Maurici mich musterte, sagte er händereibend: »Das ist der Herr mit dem Garten; wissen Sie noch, wie wir von ihm geredet haben?«

Er sah mich an und sagte: »Senyor Maurici.«

Wir schüttelten einander die Hände, aber Senyor Maurici sah dabei Senyora Paulina an.

»Die Kerzen, die ich in meiner Nachttischschublade aufbewahre«, sagte er zu ihr, »sind abgezählt, und außerdem habe ich ihre Anzahl hier notiert.«

Er klopfte auf die Tasche seines Sakkos.

»Machen Sie sich keine Sorgen«, sagte Senyor Andreu.

Dann wandte er sich an mich: »Senyor Maurici«, erklärte er, »ist ein großer Künstler.«

»Ich sage das nur, damit Sie es wissen.«

»Schon gut, schon gut.«

Er klopfte zwei-, dreimal mit der Spitze seines Stocks auf die Erde, als wollte er gehen.

Senyor Andreu hielt ihn zurück.

»Wissen Sie, was schön wäre? Wenn Sie dem Herrn hier eines Ihrer Zauberkunststücke zeigen könnten.«

Er drehte sich zu mir um und erklärte: »Ob Sie's glauben oder nicht: Er ist ein begehrter Zauberkünstler. Wenn es nicht zu spät ist, Senyor Maurici, würden wir gerne eines Ihrer Kunststücke zu sehen bekommen, nicht wahr, Paulina?«

Senyora Paulina sagte nichts. Sie saß stocksteif und mit verschlossener Miene vor der Glastür.

»Es ist schon ein bisschen spät ... Aber wenn Sie wollen, mache ich die Nummer mit den Taschentüchern.«

»Nein«, entgegnete Senyor Andreu, »die ist hübsch, aber die können zu viele Leute.«

Er sah mich lachend an und sagte: »Er steckt sich rote Seidentaschentücher in ein Ohr und zieht sie aus dem anderen wieder heraus. So viele Sie nur wollen.«

Dann wandte er sich wieder an Senyor Maurici und bat

ihn, den Trick mit dem Ring und dem Spazierstock vorzuführen.

Senyor Maurici zog einen Ehering vom Finger und gab ihn mir. »Betrachten Sie ihn genau. Er ist aus Gold und völlig intakt.«

Dann streckte er mir den Spazierstock mit der Spitze voran entgegen. »Stecken Sie den Ring auf den Stock. Haben Sie ein sauberes Taschentuch?«

Ich gab ihm ein Taschentuch, und er ließ mich den Stock am Ende greifen.

»Sehen Sie genau hin. Der Ring kann an meinem Ende nicht vom Stock rutschen, weil er zu eng ist. Wenn er herunterrutschen könnte, dann nur an Ihrem Ende. Senyor Andreu: Wären Sie so freundlich, das Tuch über den Ring zu decken?«

Senyor Andreu legte das Taschentuch über den Ring, wie Senyor Maurici ihn geheißen hatte. Einen Augenblick später sagte Senyor Maurici zu ihm, nun könne er es wieder wegziehen.

Der Ring war verschwunden.

»Was sagen Sie dazu?«

Ohne dass ich mitbekommen hätte, wie, stand Senyor Maurici plötzlich direkt neben mir. Er hob den Arm an mein Ohr und sagte in besorgtem Ton: »Sie müssen wir gut im Auge behalten … Senyor Andreu: Auf diesen Herrn müssen wir ein waches Auge haben. Sehen Sie nur, wo er meinen Ehering versteckt hatte.«

Und er zog den Ring hinter meinem Ohr hervor.

Nun mischte sich Senyora Paulina ein. »Sie sind vielleicht schon zu alt …«

Senyor Maurici verabschiedete sich hastig und verschwand.

»Du hättest nichts sagen sollen, Frau.«

Sie rümpfte die Nase. »Zeig ihm lieber das Haus.« Sie sah mich direkt an und sagte: »Mein Mann macht Senyor Maurici Komplimente, dabei sollten wir ihn noch heute rauswerfen.«

»Hören Sie nicht auf sie; immer muss sie übertreiben.«

»Ich übertreibe kein bisschen. Das ist eine lange Geschichte ... Unter den vielen Untaten, die dieser Herr so treibt, ist eine besonders schlimm: Nachts schneidet er uns die Stromkabel durch. Wir haben zwei Zimmer an ihn vermietet: die beiden vorderen. Er hat zwei Balkone, die auf die Straße hinausgehen. Wir haben die hinteren Balkone.«

»Wir haben die hinteren Balkone für uns behalten wegen der Sonne. Das hast du schon vergessen. Die vorderen Balkone sind eiskalt, und darüber hat er sich anfangs auch immer beschwert.«

»Er hat zwei Balkone, die auf die Straße gehen. Er zahlt weniger, als er woanders zahlen müsste, weil mein Mann so gutmütig ist.«

»Du wirst ihn noch glauben machen, dass Senyor Maurici uns ausnutzt. Wir haben ihm schon zwei Mal die Miete erhöht.«

»Und jedes Mal ist er wütend geworden, und jedes Mal hat er sich etwas ausgedacht, um uns zu ärgern. Eines Tages habe ich mit ihm geschimpft, weil er zu viel Strom verbraucht hat. Wissen Sie, er kommt immer später von seinen Theatern heim, und es ist ihm ganz gleich, ob er eine Stunde früher oder später schlafen geht. Um zwei Uhr morgens fängt er an zu üben und seine Hosen zu bügeln. Er hat ein Zimmer für seine Tricks, das ist vollgestopft mit allem möglichen Krimskrams ... Bis ich ihm eines Tages den Strom abgestellt habe. Dann habe ich gehört, wie er vorsichtig raufgeschlichen und dabei überall angestoßen ist. Aber am nächsten Tag hat er wohl gemerkt, was los war, und bevor er die Treppe hochging, hat er den Strom wieder angestellt.«

»Er kann doch nicht im Dunkeln ins Bett gehen ...«

»Ich hatte ihm eine Kerze gekauft.«

»Nein, die Kerze habe ich ihm gekauft.«

»Ich habe ihm gesagt, dass ich ab jetzt jeden Abend um zehn den Strom abschalte und dass er ihn nicht wieder einschalten soll.«

»Und weil sie dann angefangen hat, wegen der Kerzen mit ihm herumzunörgeln, kauft er sie sich jetzt selbst.«

»Ich habe Andreu gebeten, zur Elektrizitätsgesellschaft zu gehen und die Erlaubnis einzuholen, einen abschließbaren Stromkasten anzubringen. Zum Glück ist der Stromableser ein Freund von uns. Ich habe den Kasten anfertigen lassen, und von da an konnte Senyor Maurici seinen Taschenspielertrick nicht mehr machen, wenn er nach Hause kam. Seitdem schneidet er uns ab und zu das Stromkabel durch. Wenn er denkt, dass wir fest schlafen, kommt er aus seinem Zimmer ...«

Senyor Andreu nahm mich beim Arm und sagte: »Kommen Sie mit, ich zeige Ihnen meine Pflanzen.«

Er öffnete die Glastür und ließ mir den Vortritt.

»Glauben Sie kein Wort von dem, was sie sagt.«

Er drückte meinen Arm.

»Man muss sie in Ruhe lassen. Sie ist es, die die Kabel durchschneidet. Früher war Senyor Maurici der Größte. Jedem hat sie ständig von ihm erzählt. Was für ein unverschämtes Glück wir mit ihm gehabt hätten. Ein wohlerzogener Mensch, der niemanden störte. Sie hat ihm eine Hundert-Watt-Birne eingeschraubt. Und auf einmal war Schluss mit den Lobgesängen. Jetzt hat sie ihn fürchterlich auf dem

Kieker. Sie haben es ja gesehen: Er ist ein friedfertiger Mann. Und um mich gegen ihn aufzubringen, hat sie damit angefangen, die Kabel durchzuschneiden. Sie steigt auf Tische und Stühle dafür. Ich höre sie immer, wenn sie aufsteht, um ihr Unwesen zu treiben, weil ich einen leichten Schlaf habe. Eines Tages wird sie sich noch umbringen dabei. Sie will, dass ich ihn rauswerfe.«

Wir waren fast in der Mitte des Gartens angelangt, der zwischen zwei hohen Mauern eingezwängt war. Er ließ meinen Arm los und blieb stehen.

»Sehen Sie nur, wie hübsch meine Mandarinenbäume sind ...«

Ich fand sie eher kümmerlich: Sie bekamen zu wenig Sonne. Aber ich sagte nichts. Er fuhr fort: »Jetzt hat sie sich wegen Eugeni beruhigt. Letztes Jahr, als wir Rosamaria besuchen wollten, war sie außer sich. Sie glaubte, unser Junge könnte jeden Augenblick wiederauftauchen. Wir hätten sie auch irgendwann im Winter besuchen können, wenn sie hier in Barcelona sind, aber nein: Wir mussten diese Reise machen. Inzwischen hat sie sich damit abgefunden. Manchmal kommt es mir vor, als würde sie kaum noch an ihn denken. Es gibt doch keine Neuigkeiten von unserem Jungen, oder? Natürlich nicht.«

Fast hätte ich ihm alles erzählt, was passiert war, aber er hatte die Frage mit so ängstlicher Stimme gestellt, dass ich den Mut nicht hatte. Ich dachte: Nachher, wenn wir wieder im Haus sind.

Der Garten war schmal und ziemlich lang. Vom Haus bis zur Hälfte des Gartens hatten sie Blumen gepflanzt, danach Obst und Gemüse. Die Rosenbüsche waren kahl. Sie rankten sich auf beiden Seiten an den Wänden hoch. Der Boden sah karg aus.

»Zum Glück haben wir dieses Fleckchen Erde. Mit dem, was uns Senyor Maurici zahlt, meiner Rente und dem Gemüsegarten und den Hühnern ... Hören Sie mal, wenn Sie irgendwann daran denken, könnten Sie mir dann ein Beutelchen mit Samen von der Kanarischen Kapuzinerkresse mitbringen?«

Ich sagte ihm, es täte mir sehr leid, aber die hätte ich nicht und könnte ihm deshalb keine schicken.

»Doch, Sie haben welche. Unter dem Fenster Ihres Hauses. Als wir bei Ihnen waren, wuchs da Kanarische Kapuzinerkresse.«

»Sie sind zerstreut, da haben Sie wohl nicht richtig hingesehen«, sagte ich.

»Ja, manchmal bin ich zerstreut, aber nicht immer. Und ich habe die Blütenkelche gesehen, und bei so was bin ich nie zerstreut, denn blaue Blüten mag ich sehr, und ich wollte im Sommer welche oben auf dem Hühnerstall anpflanzen.«

»Das sehen Sie's: Kanarische Kapuzinerkresse blüht gelb, und Sie erzählen mir was von blauen Blüten. Deshalb haben wir aneinander vorbeigeredet.«

Er widersprach mir und erzählte, er hätte in einem Buch gesehen, dass es eine Zwergkapuzinerkresse gäbe und dass die Kapuzinerkresse ohne Namen, einfach nur die Kapuzinerkresse, gelbe Blüten hätte, dunkelgelbe, dass aber die Kresse, die er wollte, blau blühte, dass es die wäre, die die Weichenwärter pflanzten, die Kanarische Kapuzinerkresse. Um des lieben Friedens willen sagte ich, vielleicht habe er recht.

»Drehen Sie sich mal um. Sehen Sie? Die Wohnung neben unserem Haus, die mit der Galerie mit den roten und blauen Glasscheiben ... Das ist die Wohnung, in der Rosamaria mit ihrer Tante gelebt hat. Die Dachterrassen grenzen aneinander, und Rosamaria ist oft auf unsere Dachterrasse gestiegen, um mit Eugeni zu spielen. Sollen wir reingehen?«

Wir trafen Senyora Paulina in Gesellschaft einer anderen Nachbarin an. Sobald sie uns sah, fragte sie: »Sie bleiben doch zum Mittagessen, oder?«

Ich sagte ihr, das ginge nicht, weil der Freund, der mich hergefahren hatte, mich abholen würde.

Senyor Andreu zog mich am Arm.

»Das kriegen wir schon hin. Jetzt kommen Sie mit, ich zeige Ihnen den oberen Teil.«

Wir stiegen hinauf in den ersten Stock, und er zeigte ihn mir. Dann gingen wir auf die Dachterrasse.

»Sehen Sie? Wie ich Ihnen gesagt habe: Die ganze Brüstung entlang habe ich Blumenkästen mit Cattleya-Geranien und Dreimasterblumen. Wenn ich sie nicht ständig zurückschneiden würde, würden sie bis nach unten wachsen. Auf der Gartenseite ist es genauso.«

Wir beugten uns ein wenig über die Brüstung, um auf die Straße hinunterzusehen, und dann sahen wir in den Garten hinab. Auf dieser Seite konnten wir uns wegen der Blumenkästen nicht über die Brüstung lehnen.

»Und das war Eugenis Studierzimmer.«

Er schloss auf, öffnete eine quietschende, von der Sonne ausgebleichte und ausgetrocknete Tür. Wir traten ein. Es war ein Kämmerchen mit einem Schrägdach und einem kleinen Fenster, das auf den Garten hinausging. Darin standen eine schmale Pritsche, ein heller Holztisch, ein Stuhl und ein paar leere Regale. An einem Kabel hing eine Glühbirne.

»Hier hat er sich wohlgefühlt.«

An den getünchten Wänden waren Feuchtigkeitsflecken. Ich berührte einen, und meine Finger wurden staubig.

»Die kommen vom Regen, Sie kennen das ja.«

Ich berührte den Wasserfleck wieder, dann strich ich mit der Hand darüber.

»Fassen Sie ihn nicht an, es ist besser, wenn Sie ihn nicht anfassen. Hier hat ihn niemand gestört. Denn Paulina ist eine von den Frauen, die ständig Nachbarinnen zu Besuch haben. Vor allem, seit ich nachts als Wachmann in einem Lagerhaus gearbeitet habe, denn da hat sie sich einsam gefühlt. Ich habe tagsüber geschlafen. Unser Haus ist für jedermann offen. Aber sagen Sie selbst: Wie hätten wir ohne unsere Nachbarn unseren großen Kummer ertragen können?«

Wir gingen wieder hinaus auf die Dachterrasse.

»Sehen Sie da unten, hinter dieser Mauer? Schon wieder ein neues Haus; sie legen gerade die Fundamente. Dieses Haus wird unserem Garten endgültig den Garaus machen. Sie hätten kommen sollen, als es den Carrer Balmes noch nicht gab … Da war ein Wasserlauf, die Riera de Sant Gervasi … ein schmaler Weg … der Hain des Marquis von Casa Brusi … Bei starkem Regen schwoll der Wasserlauf an, und ich bin mit Eugeni hingegangen, um ihn mir anzuschauen. Manchmal kam Rosamaria mit. Ich hatte ein Kind an jeder Seite, hielt sie an der Hand, und wir haben zugesehen, wie das Wasser eilig dahinströmte.«

Plötzlich wandte er sich zu mir um, die Augen leicht zusammengekniffen, als täte ihm das Sonnenlicht weh.

»Hören Sie: Warum sind Sie gekommen?«

»Wir müssen reden«, sagte ich.

Er tat, als hätte er mich nicht gehört. Er ging zu den Waschbecken, die an der Außenwand des Kämmerchens standen.

»Sehen Sie? Das sind die Becken, in denen Paulina immer die Kinder gebadet hat. Jetzt sagt sie, sie hätte sie in einem Zuber gebadet, wissen Sie noch? Ihr Gedächtnis lässt nach.

Sie hat sie hier gebadet, in den Waschbecken auf der Dachterrasse, die für den Winter gedacht sind, weil man die Sonne beim Waschen im Rücken stehen hat. Rosamaria hat so gerne mit Matsch gespielt, sie haben immer gesagt, sie backen Kuchen, und wenn sie dann vom Spielen ganz verdreckt waren, hat Paulina sie mit Wasser gewaschen, das von der Sonne lauwarm war, und dann hat sie Rosamaria nach Hause geschickt, über die Brüstung hinüber ... Sie wollen nicht vielleicht ein Buch?«

Er führte mich wieder in das Kämmerchen. In einer Ecke stand eine Truhe. Er hob den Deckel.

»Die meisten sind ziemlich zerknickt. Ist keines dabei, das Ihnen gefällt? Wir müssen sie nicht ein Leben lang aufheben.«

Während wir hinuntergingen, sagte er: »Wenn Sie wegen dem gekommen sind, was ich denke, sagen Sie es ihr nicht gleich. Warten Sie, bis sie von selbst darauf kommt. Wie ich.«

»Hat Ihnen das Haus gefallen?«, fragte mich Senyora Paulina und machte wieder das mit der Nase. »Früher hatten wir einen schönen Ausblick, aber jetzt ... Sie engen uns von allen Seiten ein.«

Sie stand mitten im Esszimmer, als hätte sie auf uns gewartet.

»Sie bleiben natürlich zum Essen. Sagen Sie nicht Nein, das ist schon entschieden. Um wie viel Uhr soll das Auto kommen?«

Ich sagte ihr, das sei noch eine gute Stunde hin.

»Wenn Ihr Freund will, kann er auch bleiben. Sie haben es doch sicher nicht eilig.«

Senyor Andreu war bei der Glastür stehen geblieben und sah in den Garten hinaus. Er wirkte sehr niedergeschlagen.

»Willst du ihm nicht die Schubladen zeigen?«, sagte er, als koste ihn das gewaltige Anstrengung.

»Kommen Sie, kommen Sie ... Ich habe nur darauf gewartet, dass mein Mann Sie gehen lässt.«

Wir betraten ein dunkles Zimmer. Sie schaltete das Licht ein. Die Birne gab ein gelbes, kränkliches Licht und sah aus, als würde sie jeden Augenblick den Geist aufgeben. Als Erstes sah ich die Kommode. Auf ihr stand ein Glaskasten mit einem Gnadenbild der Muttergottes in einem weißen Seidenkleid, das mit goldenen Rosen bestickt war, und zu ihren Füßen knieten in Pluderhosen – die eine rot, die andere violett – die beiden Sklaven. Dem einen waren die Ketten abgefallen; der andere hatte sie an den Rock der Muttergottes gebunden. Senyora Paulina zog mit großer Mühe eine der Schubladen auf. Sie erklärte, dass sie immer hängen blieben, weil der Fußboden so schief war.

»Was sagen Sie zu diesen Schätzen?«

Die Schublade war voller Pullover und Strümpfe. Sie schob sie wieder zu, und als ich ihr helfen wollte, weil ich merkte, dass sie es kaum schaffte, schlug sie mir zornig auf die Hand und sagte, wenn ich mich einmischte, würde sie sie nie wieder zubekommen. Sie zog die Schublade darunter auf. Auch die war randvoll.

»Die Strümpfe mache ich ein bisschen größer«, sagte sie und lachte ein wenig, »denn ehrlich gesagt weiß ich nicht mehr, welche Schuhgröße er hat.«

Und genau wie ihr Mann, mit den gleichen Worten und der gleichen Stimme, fragte sie mich: »Es gibt doch keine Neuigkeiten von unserem Jungen, oder?«

Ohne mir Zeit zum Antworten zu lassen, fuhr sie fort: »Andreu sagt, dass es unserem Jungen gut geht, denn wenn es ihm schlecht ginge, würde er schreiben. Ich glaube das nicht.«

Sie schwieg einen Moment.

»Ich habe Senyora Maragda, die Schneiderin, schon lange nicht mehr gesehen ... Ich weiß, dass sie jeden Sommer zu ihnen fährt ... In den ersten Jahren hat sie uns immer besucht, und wir haben über Eugeni gesprochen. Dann war sie verschwunden. Auf Dauer wird es jedem zu viel. Warum schreibt unser Junge nicht?«

»Weil er nicht gleich geschrieben hat, war es ihm später sicher zu peinlich.«

»Er hätte uns irgendetwas schreiben können ...«

Sie sah mich mit erhobenem Kopf und geradem Blick an und sagte: »Ich bin mir sicher, dass ich nie wieder von ihm hören werde.«

Wir gingen zurück ins Esszimmer. Senyor Andreu stand immer noch an der Glastür und sah hinaus. Wir nahmen alle drei am Tisch Platz. Ich dachte, dass es höchste Zeit wurde, ihnen zu erklären, warum ich gekommen war. Ich zog den Umschlag aus der Tasche und gab ihn Senyor Andreu.

»Darin ist etwas für Sie.«

»Etwas?«, fragte sie mit ganz dünner Stimme.

Senyor Andreu öffnete den Umschlag. Seine Hände zitterten.

»Wer gibt uns das?«, fragte sie.

Ich antwortete, das dürfe ich nicht sagen. Da schluchzte Senyora Paulina völlig außer sich drauflos; wir bekamen kein Wort aus ihr heraus. Schließlich blickte sie zwischen uns beiden hin und her und sagte: »Eugeni ist tot. Als ich Sie gesehen habe, habe ich schon angefangen zu zittern. Rosamaria hat Sie geschickt.«

Senyor Andreu sah mich mit starrem Blick an: »Ich verstehe das nicht. So geht das doch nicht. Ich werde Sie nicht bedrängen und bitten, es mir zu sagen, wenn man Sie angewiesen hat, uns nichts zu sagen … Aber so geht das doch nicht.«

»Es ist Rosamaria … Es ist Rosamaria …«, beharrte sie.

»Wenn es Rosamaria ist, sollten wir uns bei ihr bedanken.«

Ich weiß nicht mehr, wie es mir gelang, ihnen auszureden, zu Senyoreta Rosamaria zu fahren.

»Vielleicht will sie nicht, dass Francesc es erfährt«, sagte Senyora Paulina in einem Ton, als würde ihr langsam einiges klar.

Ich stand auf und trat an die Glastür, um in den Garten hinauszusehen, mit dem Rücken zu ihnen.

»Er ist bei einem Unfall gestorben. Vor langer Zeit. Noch bevor Sie zu den Bohigas gefahren sind.«

Ich weiß nicht, wo ich das hernahm und warum ich es ihnen erzählte. Aber ich konnte nicht aufhören.

»Bis jetzt wusste niemand davon. Derjenige, der mir das hier für Sie gegeben hat, will Ihnen helfen. Weder Senyoreta Rosamaria noch Senyoret Francesc wissen davon. Er wird Ihnen jeden Monat einen Betrag zukommen lassen. Sie müssen nicht mehr leiden.«

Ich drehte mich wieder zum Esszimmer um. Sie saßen still da. Sie hielt den Kopf gesenkt, ihre Lippen bewegten sich leise. Senyor Andreu blickte sie an, aber es war, als ob er sie nicht sähe. Eine Zeit lang sagten sie nichts. Schließlich ging ich auf den Tisch zu.

»Nein, nein … Gehen Sie nicht«, sagte Senyora Paulina, als wäre sie soeben aufgewacht. »Es war doch abgemacht, dass Sie zum Essen bleiben. Sie können uns jetzt nicht allein lassen.«

Sie stand auf und ging rasch zur Tür.

»Wo geht sie hin?«

»Seien Sie still. Lassen Sie sie nur machen.«

Sie kam mit zwei Nachbarinnen zurück, und sie gingen in den Garten. Senyor Andreu erklärte mir, sie würden jetzt das Huhn holen.

Kurz darauf klingelte es. Ich ging an die Tür: Es war Toni mit dem Wagen. Ich erklärte ihm, was los war, und bat ihn, mich am Spätnachmittag abzuholen. Er maulte ein bisschen und sagte, es gefiele ihm gar nicht, seinen Jungen so lange allein zu lassen. Aber er ging.

Ich kehrte ins Esszimmer zurück. Senyor Andreu hatte sich nicht von seinem Stuhl gerührt. Als ich hereinkam, sagte er, er könne kaum den Sommer und meine Samen erwarten, um zu sehen, wie sich die blaue Kapuzinerkresse auf dem Hühnerstall hin und her wiegte. Als die Nachbarinnen mit dem gerupften Huhn zurückkamen, fragte mich Senyor Andreu, ob ich nicht mit ihm einen Wermut trinken gehen wolle. Ich sagte ihm, dass ich sonst nie Wermut trank, aber dieses eine Mal ... Wir gingen in die nächste Bar. Senyor Andreu trank in kleinen Schlucken und schwieg. Nach einer Weile stellte er das Glas auf den Tisch und sagte: »Ich glaube, das Beste wird sein, ich kaufe Staatsanleihen.«

Er spießte eine Olive auf und betrachtete sie von allen Seiten, bevor er hineinbiss.

»Wissen Sie, ob die vier Prozent bringen?«

»Das weiß ich nicht.«

»Wenn sie viereinhalb bringen würden ... Ich bin mir beinahe sicher, dass es mehr als vier Prozent sind ... Glauben Sie nicht, dass Staatsanleihen das Sicherste sind?«

Er spießte eine weitere Olive mit dem Zahnstocher auf und ließ sie kreiseln: »Sieht aus wie eine Ballerina.«

Er aß sie langsam.

»Ich könnte auch das Haus losschlagen und ein besseres kaufen, eines mit mehr Sonne, aber Paulina würde es keine drei Tage überleben, wenn ich sie aus ihrem Viertel herausreißen würde.«

Er trank das Glas leer.

»Ich glaube, der Wermut ist mir zu Kopf gestiegen.«

»Mir auch.«

»Man muss bedenken: Wenn wir das Haus verkaufen würden, würden wir die Nachbarn verlieren. Und mit wem sollte Paulina dann über unseren Jungen reden? Wissen Sie, was ich mit dem Haus machen werde? Als Erstes lasse ich es streichen. Im Frühjahr.«

Er kaufte zwei Flaschen Wein, und wir traten auf die Straße hinaus. Es war ein trockener, weißer Tag.

»Wir gehen oben rum, über den kleinen Platz mit den Bäumen.«

Auf dem Platz blieb er stehen.

»Sehen Sie diese Pfefferbäume? Unter denen haben Eugeni und Rosamaria immer Mann und Frau gespielt ...«

Als wir zurückkamen, war der Tisch gedeckt, und Senyora Paulina fragte uns, wo wir so lange gesteckt hatten. Senyor Andreu machte sich Sorgen wegen des Geldes.

»Das Beste wären Staatsanleihen, findest du nicht?«

»Enriqueta hätte sich beinahe welche gekauft und hat es dann doch bleiben lassen.«

Als das Huhn fertig war, fragte sie mich, welchen Teil ich lieber mochte: oben oder unten. Und weil ich nicht wählen wollte, gab sie mir alles.

»Haben Sie das Geld sicher verwahrt?«, fragte ich Senyor

Andreu. »Passen Sie auf, dass Senyor Maurici nicht einen seiner Zaubertricks anwendet.«

Aber die beiden sahen so bedrückt aus, dass ich meine Worte sofort bereute.

Beim Kaffee ging Senyora Paulina zu einem kleinen Sekretär, der in einer Ecke neben der Küchentür stand, und kam mit einem weinroten, mit goldenen Lettern geprägten Buch zurück. Sie legte es vor mich auf den Tisch.

»Das ist diese Geschichte, die wir uns immer zusammen angesehen haben, als sie klein waren. Ich wollte es Ihnen zeigen, weil ich Ihnen doch davon erzählt hatte.«

Dann ging sie hinaus und kam mit einem Paket wieder.

»Und das sind ein paar Strümpfe. Ich möchte, dass Sie sie mitnehmen.«

Da fiel mir die Stricknadel wieder ein. Bevor ich zu Hause aufgebrochen war, hatte ich sie in die Innentasche meines Jacketts gesteckt.

»Die hätte ich fast vergessen. Hier. Die ist Ihnen auf unserer Terrasse runtergefallen.«

Sie nahm sie mit Bedacht.

»Ich glaube, ich habe sie weggeworfen. Sie passt nicht zu den anderen. Aber danke, dass Sie sie aufgehoben haben.«

Und sie brach in Tränen aus.

Als Toni mich abholen kam, brachten mich beide bis an die Tür. Im Flur blieb Senyor Andreu stehen und schob mit dem Fuß eine Fliese hin und her.

»Als sie klein waren, haben Eugeni und Rosamaria mit einem Stück Eisen Hebel gespielt und die Fliesen gelockert. Wie haben wir sie deshalb ausgeschimpft …«

Draußen lehnten sie sich an die Wagentür.

»Grüßen Sie alle von uns. Im Sommer, wenn sie wiederkommen, grüßen Sie sie herzlich.«

An der Ecke drehte ich mich um, um durch die Fensterscheibe nach ihnen zu sehen, aber sie waren schon hineingegangen.

Senyor Bellom wartete auf uns. Ich sagte ihm, es sei alles erledigt.

»Eine Angelegenheit weniger ... Meine Tochter will jetzt nach Kalifornien. Ich habe ihr gesagt, sie soll machen, was sie will. Ich hätte sie lieber bei mir, aber wenn es ihr hier so schlecht geht ...«

Er kniff sich in die Lippe.

»Haben Sie viel über Eugeni gesprochen?«

Ich erzählte ihm alles von Anfang bis Ende.

Als er merkte, dass ich fertig war, stand er auf.

»Sie glauben es vielleicht nicht ... aber heute Morgen, als ich gesehen habe, wie Sie mit Toni weggefahren sind, war ich so erleichtert ... Wissen Sie, was mir die ganze Zeit durch den Kopf gegangen ist? Eugenis zerschlagenes Gesicht. Das hat mich nicht schlafen lassen.«

VI

Der nächste Sommer war der letzte. Ein hässlicher, verregneter Sommer. Es wurde kalt, dann heiß, dann wieder kalt. In einer Nacht Ende Juni musste ich mir den Pullover überziehen, den Eugeni mir geschenkt hatte.

Sie kamen nach Sankt Johannis. Anscheinend hatte Senyoreta Rosamaria den ganzen Winter über kaum die Wohnung verlassen. Im Frühling war sie dann etwas aufgelebt, aber sie klagte immer noch über Müdigkeit. Bei Senyoreta Eulàlia lief alles gut. Mit der Ausstellung in New York hatte sie Geld verdient, und um zu uns zu kommen, hatte sie sich ein kirschrotes Auto zugelegt. Feliu hatte in Barcelona eine Ausstellung gehabt, aber niemand verlor ein Wort darüber. Quima berichtete mir, dass Senyoreta Maragda und Senyoreta Rosamaria darüber redeten, eine Gesellschaft zu gründen, ein bedeutendes Modehaus. Aber sie redeten nur.

Mariona traf ich am Tag ihrer Ankunft auf der Straße. Ich kam von Bergadans, den ich besucht hatte, weil er krank war, und sie hatte sich ein Paar Bastschuhe gekauft. Sie ging vor mir her, und ich holte auf, bis ich mit ihr auf einer Höhe war.

»Ich nehme an, Mingo ist schon davongeflogen.«

»Von wegen davongeflogen: Am ersten Sonntag im August heiraten wir.«

»Was wünschst du dir denn als Geschenk von mir?«

Sie blieb auf der Stelle stehen, dachte eine ganze Weile nach, und offenbar fiel ihr nichts ein, denn sie sagte mir, ich sollte ihr schenken, was ich wollte. Als wir am Zaun standen, fragte ich sie, ob sie aufhören würde zu arbeiten.

»Erst mal nicht. Ich habe mit Mingo darüber geredet, und wir haben ausgemacht, dass ich erst aufhöre, wenn das erste Kind unterwegs ist.«

»Lass dir damit ruhig ein bisschen Zeit, denn hinterher hat man nichts als Ärger.«

Sie lachte und lehnte sich ans Tor. Es sah aus, als hätte sie keine Eile, schon hineinzugehen.

»Was halten Sie eigentlich von Mingo?«

»Wie meinst du das?«

»Ich meine, ob Sie ihn für einen anständigen Kerl halten.«

»Ach, Mädchen …«

»Jeder sagt mir dasselbe: Ach, Mädchen …«

»Aber siehst du denn nicht, dass du praktisch morgen heiratest? Das hättest du mich mal früher fragen sollen.«

Sie lachte wieder.

»Ich bin fest entschlossen. Ich habe nur gefragt, weil ich wissen will, was die anderen denken.«

»Ich sehe schon, du sagst nicht mehr ›Das denken Sie man bloß‹.«

»Nein. Mingo mag das nicht. Er sagt, das klingt bäurisch.«

Plötzlich fiel ihr ein, dass Miranda sie zum Silberpolieren erwartete, und sie ließ mich stehen, bevor ich noch etwas sagen konnte. Ich ging quer durch den Garten, ganz langsam, und betrachtete die Bäume und die Äste, die sich gegen den Himmel abzeichneten.

Senyor Bellom ließ sich kaum noch blicken. Er war lange Zeit verreist gewesen, und wenn er zu Hause war, schloss er sich ein. Eines Tages sagte Quima zu mir: »Anscheinend lässt er sich nicht mehr so volllaufen. Jedenfalls nicht bei Bergadans.«

Ich hatte keine Lust, über dieses leidige Thema zu reden, und so antwortete ich ihr nicht. Sie tat, als hätte sie es nicht gemerkt, und fuhr fort: »Senyoreta Rosamaria war noch nicht ein Mal unten am Strand … aber das haben Sie sicher auch schon bemerkt.«

Ich wurde sie einfach nicht los. Ein anderes Mal erzählte sie mir, dass Maribel in Amerika war und ihrem Vater jede Woche schrieb. Das wusste sie vom Briefträger. Ich erwiderte, dass mich solche Sachen nicht die Bohne interessierten. Sie wurde tomatenrot.

»Sie haben sich in letzter Zeit aber auch gewaltig verändert! Das muss das Alter sein. Sie haben an nichts mehr Freude.«

Ich dachte bei mir, dass sie damit vielleicht sogar recht hatte.

Trotz des schlechten Wetters waren meine Sommerrosen die schönsten, die ich je gehabt hatte. Dann machte ein Platzregen sie fast alle kaputt. Zum Zeitvertreib pflanzte ich am Eingang einen Ring aus Greiskraut und einen anderen aus Vanilla hamata und füllte beide mit Feuerbegonien. Wenn ich viele Stunden hintereinander arbeiten musste, nahm ich immer das Radio mit und ließ es laufen.

Quima merkte es als Erste.

»Sie haben ja sogar ein Radio.«

Sie nahm es in die Hand und betrachtete es von allen Seiten.

»Ich habe es geschenkt bekommen.«

»Von den Herrschaften?«

Ich zögerte mit der Antwort, weil ich nicht wollte, dass sie es wusste. Aber schließlich sagte ich: »Von Eugeni.«

Sie schüttelte einen Moment lang wortlos den Kopf.

»Der arme Eugeni ... Keiner denkt mehr an ihn.«

»Glauben Sie?«

»Maribel war ein paarmal auf dem Friedhof, und das war's.«

Sie machte Anstalten zu gehen, kam dann aber noch einmal zurück.

»Glauben Sie mir: An Eugeni denkt niemand mehr. Und selbst wenn sie sich an ihn erinnern sollten: Können Sie mir sagen, woran?«

Eines Tages beschloss ich, das Geißblatt, das zu sehr ins Kraut geschossen war, in Ordnung zu bringen. Den ganzen Morgen war ich damit beschäftigt: Ich steckte ein paar Pflöcke so in die Erde, dass sie hinter den Pflanzen verborgen waren, band das Geißblatt daran fest, und am Ende sah alles sehr schön aus. Als ich fast fertig war, sah ich Feliu und Senyoreta Eulàlia auf dem Weg, der am Glashaus vorbeiführte, in Richtung Strand gehen. Sie kamen, um mir Guten Tag zu sagen, und waren sehr freundlich. Sie war glücklich, man konnte die Freude in ihren Augen sehen.

»Ich habe schon gehört, dass Ihre Ausstellung ein voller Erfolg war.«

Feliu sagte: »Sie hat alles verkauft, und dann war sie traurig, weil sie wohl Sachen verkauft hat, die sie eigentlich lieber behalten hätte.«

»Und das Bild mit den Sankt-Josefs-Tränen?«

»Das war das allererste.«

Als ich schon nicht mehr wusste, was ich noch sagen sollte, fiel mir etwas ein, was mir Feliu im Sommer zuvor gesagt hatte.

»Und was ist mit dem fünf Meter großen Bild? Haben Sie das schon gemalt?«

Er sah mich leicht verwundert an, als wüsste er nicht, wovon ich redete.

»Ein fünf Meter großes Bild?«

Ich dachte: Vielleicht hast du das bloß geträumt, aber mit einem Mal musste es ihm eingefallen sein, denn er lachte verstohlen.

»Was für ein Gedächtnis Sie haben! Ihnen darf man auch gar nichts erzählen.« Er trat gegen einen Stein.

Ich bin mir sicher, dass ich mich an das Gespräch gar nicht mehr erinnern würde, wenn er nicht gesagt hätte, als sie schon im Aufbruch waren: »Haben Sie acht auf Miranda. Vor allem auf sie.«

Marionas Hochzeit wurde ein glänzendes Fest. Das Innere der Dorfkirche erstrahlte, und es war übervoll. Senyoreta Rosamaria stand noch vor Ende der Messe auf und ging. Es hieß, sie fühle sich nicht wohl. Senyoret Francesc rührte sich nicht. Miranda flennte die ganze Zeit. Als die Messe vorbei war, hatte Senyoreta Eulàlia rote Augen. Das verstehe ich bis heute nicht. Mir war eher zum Lachen zumute.

Vierzehn Tage nach der Hochzeit kam Mariona zurück. Sie sagte, dass Mingo in Esplugues arbeitete und dass sie mit den Herrschaften ausgemacht hätte, sie nicht einfach mitten in der Sommerfrische sitzen zu lassen. Quima wurde wütend. Sie hatte Mariona immer sehr gemocht, aber seit sie aus ihren Flitterwochen zurück war, konnte sie sie nicht mehr leiden.

Dafür unterhielt sich Toni viel mit mir über Mariona. Wir waren zusammen zur Hochzeit gegangen. Eines Abends kam er auf einen Kaffee zu mir. Seit er seinen Jungen bei sich hatte, war er nicht mehr oft vorbeigekommen.

»So ein Mädel wie Mariona wäre die Richtige für mich gewesen. Wenn ich mir überlege, wie viele Sommer ich sie sozusagen direkt vor der Nase hatte … Aber sie war zu jung für mich, finden Sie nicht auch?«

Sein Sohn machte ihm täglich mehr Kummer. Er war ein paarmal weggelaufen, aber immer nach drei, vier Tagen zurückgekehrt, stinkend wie ein Fuchs und halb verhungert.

»Wenn er wenigstens nicht zurückkommen würde! Er könnte doch nach Amerika gehen und ein Vermögen machen wie Senyor Bellom …«

Um dessen Pferde kümmerte er sich nicht mehr. Zu Beginn des Sommers waren ein paar Herrschaften aus Barcelona angereist und hatten sie mitgenommen. Wir hörten nie wieder von ihnen. Da Senyor Bellom ihn gut bezahlt hatte, war seine Laune nun noch schwärzer als zuvor.

Als ich am nächsten Morgen aus dem Haus ging, holte er gerade Llucifer aus dem Stall. Er sah mich und rief mir zu: »Ich konnte die ganze Nacht nicht schlafen! Ich weiß nicht, was ich tun soll.«

Ich musste an den Tag denken, an dem er mit den Pferden hier angekommen war. Klein und sehr von sich eingenommen.

»Ich werfe mein Geld für einen Esel aus dem Fenster … Was würden Sie tun? Vielleicht sollte ich ihn irgendwo in die Lehre geben … Aber wenn ich ihn nach Barcelona schicke, wo soll er dann leben? Meine Cousine will ihn nicht haben. Und das völlig zu Recht. Und hier im Dorf würden sie ihn mir höchstens zur Zwiebelernte anstellen …«

»Warum lassen Sie ihn nicht Pferdepfleger werden?«

»Ein Pferdepfleger in der Familie ist genug. Mehr als genug.«

»Warten Sie noch ein Jahr ... Vielleicht kriegt er noch die Kurve.«

»Es ist nicht einfach. Er erinnert mich an seinen Großvater mütterlicherseits. Da besteht wenig Hoffnung.«

Er begann, Llucifer zu striegeln, der ganz zahm geworden war, und es war unglaublich, wie viel Staub dabei aufflog.

Dieser Sommer wollte und wollte nicht vergehen. Es war, als wäre er hängen geblieben. Und das Wetter spielte weiterhin verrückt. Ende August setzte Dauerregen ein. Es regnete geschlagene zwei Wochen lang. Die Erde konnte das Wasser kaum fassen, und ich bekam Angst, mein ganzer Garten würde mir verfaulen. Sie zogen sich ins Haus zurück. Vielleicht um zu sehen, ob ihnen dies die Langweile vertrieb, fuhr Feliu eines Tages nach Barcelona und brachte einen Freund mit, der Filme machte. Es war, als hätte er ihnen Glück gebracht, denn am nächsten Tag hörte es auf zu regnen. Der Bursche war um die dreißig, klein und wurde am Hinterkopf schon kahl. Er hatte blaue, hervorquellende Augen und war furchtbar fahrig.

Er hieß Humbert und rauchte unablässig. Zwei, drei Tage lang tat er nichts anderes, als am Strand spazieren zu gehen und sich den Garten anzusehen. Quima behauptete, dass er Miranda vom ersten Tag an schöne Augen gemacht habe.

»Seit Neuestem ist sie ganz tugendhaft. Was halten Sie davon? Gestern habe ich gehört, wie sie zu ihm gesagt hat, wenn er sie nicht in Ruhe ließe, würde sie es den Herrschaften erzählen. Es geschehen noch Zeichen und Wunder ...«

Als er fand, nun hätte er genug nachgedacht, begann Humbert mit den Vorbereitungen. Zuerst ließ er mich eine Menge Töpfe woanders hinstellen. Weil sie da, wo sie standen, hässlich aussahen, wie er sagte. Danach erklärte er uns lang und breit, was wir zu tun hätten. Aber das Wetter war so schön, dass Feliu sagte, es sei besser, es auszunutzen und gleich loszulegen, ohne vorher noch große Reden zu schwingen. Also mussten die Herrschaften unter einem der Magnolienbäume frühstücken, und die Mädchen mussten sie bedienen. Miranda machte es auf Anhieb gut, aber Mariona stellte sich sehr ungeschickt an. Sie konnte einfach nicht vergessen, dass sie gefilmt wurde, und war steif wie ein Stock. Zuerst lachte Humbert sich halb tot, aber mit der Zeit wurde er ärgerlich.

»Dieses Mädchen ist ziemlich beschränkt«, sagte er, nachdem er sie ein halbes Dutzend Mal hatte auf- und abtreten lassen.

Mich brachte er nicht aus der Ruhe, denn ich bin sehr geduldig. Ich sollte auf einem Beet aus Helios-Stiefmütterchen knien und so tun, als würde ich arbeiten.

»Das dürfte Ihnen eigentlich nicht besonders schwerfallen«, sagte er zu mir, »denn Sie tun ja sicher nichts anderes.«

Und er lachte wie irre. Ich ärgerte mich schrecklich, dass ein Hornochse wie er so mit mir redete, aber dann dachte ich, dass es besser war, wenn das Ganze friedlich vonstattenging. Er erklärte mir, ich müsste mich ganz natürlich bewegen und dürfte nicht übertreiben.

Aber nie war er mit dem zufrieden, was ich tat. Ich drehte mich zu sehr zur Seite, ich bückte mich zu schnell ... Gerade als ich ihn stehen lassen wollte, fing es dann an zu regnen, und wir mussten aufhören.

Nachmittags ging ich mit dem Regenmantel hinaus. Sie

standen alle am Hauseingang unter der Markise, ganz trübsinnig, betrachteten den Himmel und sagten, vielleicht morgen oder übermorgen ...

Quima war zu Tode beleidigt, weil sie in dem Film nicht vorkam.

»Immer laden sie irgendwelche Dummköpfe ein, die nur Arbeit machen ... Dieser Hungerleider sitzt ihnen wie eine Laus im Pelz. Er läuft herum wie ein Landstreicher. Und wissen Sie, wie er schläft? Verkehrt herum. Mit dem Kopf am Fußende. Mariona, die für sein Zimmer zuständig ist, konnte es sich nicht verkneifen, ihn zu fragen, warum er so schläft. Jeden Morgen findet sie die Bettdecke falsch herum aufgeschlagen und das Kopfkissen am Fußende. Er hat ihr gesagt, wenn er mit dem Kopf in die Richtung schläft, in der die Sonne aufgeht, tut er die ganze Nacht kein Auge zu. Haben Sie so was schon mal gehört? Und er schlingt wie ein Wolf. Er frühstückt immer im Bett und lässt sich vier Spiegeleier raufbringen.«

Zwei Tage lang regnete es, und als es aufhörte, drehten sie den Teil mit den Pferden. Toni musste vor Senyoreta Rosamaria aufmarschieren und Fletxa an einem Seil hinter sich herziehen. Beim ersten Mal lachten wir sehr, weil Toni, der keine große Lust dazu hatte, das Pferd an einem zu langen Seil festgebunden hatte und es aussah, als würden sie einen dieser Filme zum Lachen drehen. Ich saß ein wenig abseits auf einem umgedrehten Blumentopf, und als Fletxa mich sah, wandte er ihnen ganz langsam den Rücken zu, kam zu mir und ruckte mit dem Kopf.

Dass Humbert an diesem Tag nicht der Schlag traf, grenzt an ein Wunder. Zuletzt bekamen sie es mehr oder weniger so hin, wie sie wollten, und den Rest des Nachmittags filmten sie auf der Lindenallee die Pferde mit den Damen obendrauf.

Am nächsten Tag gingen sie an den Strand und drehten den Rest des Films ganz allein.

Eine Woche später kam die erste schlechte Nachricht. Ich hatte schon zu Abend gegessen, als Toni bei mir auftauchte.

»Ich gehe.«

»Sie?«

»Sie haben mich entlassen.«

»Und wieso haben sie Sie entlassen?«

»Sie verkaufen die Pferde. Sie haben mich gefragt, ob ich das übernehmen will; ich soll ein paar Anzeigen in die Zeitung setzen oder meine Bekannten anschreiben …«

»Und das ist alles?«

»Genügt das etwa nicht? Sie zahlen mir drei Monate, und dann kann ich zusehen, wo ich eine neue Arbeit herbekomme. Glauben Sie bloß nicht, die hätten große Umstände gemacht.«

»Fletxa wird auch verkauft?«

»Habe ich nicht gesagt, dass sie die Pferde verkaufen? Alle beide.«

Ich war besorgt, und die ganze folgende Nacht grübelte ich nach. Als Humbert am nächsten Tag sagte, dass er mich filmen wollte, sagte ich ihm, ich fühlte mich nicht wohl. Nach dem Mittagessen schaute ich bei Quima vorbei.

»Suchen Sie etwas?«

Da waren wieder die Vase mit der Petersilie, das weiße Radio und dieser köstliche Essensduft.

»Sicher fühlen Sie sich einsam«, sagte Mariona. »Ich weiß nicht, wie man so allein zwischen Samen und Blumenzwiebeln leben kann.«

Sie schenkten mir Kaffee ein, und wir plauderten eine ganze Weile. Ich ging ein paar Tage hintereinander hin. Als ich schließlich einsah, dass Quima mir nichts erzählen würde, sagte ich: »Wussten Sie schon, dass sie die Pferde verkaufen?«

Quima war gerade dabei, einen wunderhübschen Teller so sorgfältig abzutrocknen, als hätte man ihn ihrer persönlichen Obhut anvertraut, aber nun hätte sie ihn beinahe fallen lassen. Sie reagierte genau wie ich: Als Erstes fragte sie, ob sie das Pferd der Senyoreta nicht behalten würden.

»Sie behalten keines. Toni haben sie schon entlassen.«

»Wenn sie mich entlassen würden«, sagte Quima, »täte mir das kein bisschen leid. Wenn ich in den Sommermonaten hier für sie koche, dann nur, um ihnen einen Gefallen zu tun. Zu Hause hätte ich meine Ruhe. Bei meiner Küche sind die Fenster nicht so hoch oben wie hier: Sie ist im Erdgeschoss.«

Und weil ein Unglück selten allein kommt, lief Tonis Sohn wieder einmal davon und kehrte mit einem Loch im Kopf zurück.

Drei oder vier Herrschaften kamen, um sich die Pferde anzusehen. Toni begleitete sie zum Stall, zog ein Heft aus der Tasche und las vor, was er sich notiert hatte. Sie untersuchten die Pferde von Kopf bis Fuß, stellten ein paar Fragen, kratzten sich im Nacken und fuhren wieder weg, ohne eine Entscheidung getroffen zu haben. Aber eines Tages kam einer, der wusste, was er wollte: ein Pferd für seinen Sohn. Er entschied sich für Llucifer. Gleich am nächsten Tag kamen sie mit einem Lastwagen, um ihn abzuholen, und das Pferd wurde so nervös, dass sie es kaum in den Wagen brachten. Ein Freund von Toni nahm Fletxa. Humbert fotografierte sie noch, bevor sie weggebracht wurden, und ich bat ihn um ein Bild von jedem Pferd, als Erinnerung. Ich fragte ihn, was sie kosteten, aber er wollte kein Geld dafür haben.

Eines Abends, als Toni und ich uns unter dem Eukalyptusbaum unterhielten, kam sein Sohn mit verbundenem Kopf vorbei.

»Da sehen Sie ihn«, sagte Toni, »ich habe immer noch nicht herausgefunden, was passiert ist.«

Er lachte lustlos, und ich fragte ihn, wann er gehen würde.

»Ich werde hier noch ein paar Tage herumhängen ... Nächste Woche will ich mir in Barcelona eine Wohnung suchen.«

»Und die Möbel?«

»Die habe ich eingelagert, das kostet mich ein Vermögen. Meine Zeit hier war ein schlechtes Geschäft.«

»Das ist doch schon viel wert, wenn Sie Möbel haben ...«

Ich hatte es nur gut gemeint, aber er nahm mir meine Bemerkung sehr übel.

Humbert machte Aufnahmen vom Meer mit den Schaumbläschen der Gischt auf den Wellen und von allem, was er unter dem Sand fand. Viele kostbare Stunden vergeudete er damit. Eines Morgens kletterte er auf die Felsen und fotografierte die Pinien, die dort oben standen.

Die Nächte waren ruhig. Manchmal überkam mich eine quälende Unruhe und trieb mich hinaus, aber es passierte nichts. Im Garten war irgendetwas anders, ohne dass ich genau hätte sagen können, was. Ich fing an, mich alt zu fühlen. Es gab Pflanzen, die ich schon vor einiger Zeit hätte austauschen können, aber mir fehlte der Antrieb dazu. Ich sagte mir: Das machst du morgen. Und dann fand ich irgendwie nie die Zeit, es zu tun. Ich hatte nur Lust, nicht zu denken und auf das Rascheln der Blätter zu lauschen und vor allem auf das Geräusch, das der Regen auf meinem Dach machte, wenn ich im Bett lag. Und sie? Man hätte nicht sagen können, dass sie gelangweilt wirkten, nachdem ihre Begeisterung über den Film und die Bilder verflogen war; es war eher so, als wären sie nicht da. Wenn ich über die Aussichtsterrasse spazierte, musste ich oft an Senyoret Sebastià denken und daran, wie sehr wir in der Nacht gelacht hatten, als wir die Schlafenden fotografierten. Ja, damals hatte hier noch Fröhlichkeit geherrscht. Neben Senyoret Sebastià wirkte der arme Humbert, der ein netterer Mensch war, als ich anfangs gedacht hatte, wie ein Totengräber. Man merkte schon, dass es so nicht lange weitergehen konnte.

An einem dieser Tage kam mich Mariona besuchen.

»Ich vermisse Mingo und will so nicht weitermachen. Eines Tages fällt er noch vom Gerüst, und bis ich es erfahre, ist er tot.«

Sie erzählte mir, dass Senyoreta Maragda und Senyoreta Rosamaria viel gestritten hatten. Ich fragte, was mit ihnen los sei.

»Ich weiß es nicht. Die Einzige, die es weiß, ist Miranda, aber die ist ganz komisch geworden und wollte mir nichts erzählen. Senyoreta Maragda ist schon abgereist. Heute Morgen hat Senyoreta Eulàlia sie mit ihrem Auto nach Barcelona gefahren. Ich glaube, die sehen wir nicht wieder.«

Mit Senyoreta Maragda hatte ich keinen näheren Umgang gehabt: Ich glaube, wir hatten nie miteinander gesprochen. Trotzdem tat es mir leid, dass sie gegangen war.

Am Abend kam Mariona zurück.

Ich sah sofort, dass etwas nicht stimmte. Sie blieb mitten in meinem Wohnzimmer stehen, dann ging sie ans Fenster und schaute hinaus ... Hätte sie es an dem Tag, als sie gefilmt wurde, so gut gemacht, wäre Humbert hochzufrieden gewesen.

»Wo kommst du denn um diese Uhrzeit her?«

Sie setzte sich an den Tisch.

»Ich weiß, dass es spät ist, aber wenn ich nicht zu Ihnen gekommen wäre, hätte ich nicht schlafen können.«

»Stimmt etwas mit dir und Mingo nicht?«

Statt einer Antwort sagte sie: »Heute Nachmittag habe ich Senyoreta Maragdas Zimmer aufgeräumt. Ich hatte das vorher nicht gemacht, weil sie ja schon abgereist ist und es deshalb nicht eilig war. In der Nachttischschublade habe ich dieses Büchlein gefunden.«

Aus ihrer Schürzentasche zog sie ein kleines dickes, in schwarzes Wachstuch gebundenes Buch.

»Ich wollte es wirklich nicht tun, aber dann habe ich einige Stellen gelesen. Es tut mir sehr leid.«

Ich hätte gerngehabt, dass sie zur Sache kam.

»Hör mal, Mariona, es ist spät, und ich bin sehr müde. Warum kommst du nicht morgen, tagsüber, und erzählst mir alles ganz genau?«

Sie stand auf, setzte sich aber gleich wieder.

»Nein. Ich kann nicht gehen. Ich hätte es ja Quima erzählt, aber die redet kaum noch mit mir, seit ich wieder zurück bin. Und Miranda geht das nichts an. Deshalb bin ich zu Ihnen gekommen. Ich habe Sie immer gemocht, und ich glaube, Sie mögen mich auch.«

»Aber wenn du nichts erzählst ...«

»Ich weiß nicht, wie ich anfangen soll.«

Es dauerte ein bisschen, aber schließlich rückte sie mit der Sprache heraus. In dem Büchlein stand viel über Senyoreta Rosamaria, und Mariona war sich sicher, dass es von Eugeni war.

»Ich weiß nicht, was ich tun soll. Ich kann es ja nicht Senyoreta Rosamaria geben ... Und es ist mir peinlich, es aufzuheben und Senyoreta Maragda zu geben, wenn wir zurück in Barcelona sind. Sie würde denken, ich hätte es gelesen. Was soll ich Ihrer Meinung nach tun?«

Ich streckte den Arm aus, und sie gab es mir.

»Sie kennen doch Eugenis Eltern ... Vielleicht wäre es das Beste, die bekämen es.«

»Ja, vielleicht ...«

Ich schlug das Büchlein auf. Eugeni hatte alles niedergeschrieben, was er erlebt hatte. Im ersten Eintrag, den ich las, erzählte er von dem Streit, den er mit Francesc auf der Straße gehabt hatte. Ich blätterte zurück. Er schrieb, wie er sich ganz allmählich verliebt hatte. In den Sommernächten trafen sie sich im Carrer d'Elisa und gingen Hand in Hand zu dem kleinen Platz, und dort blieben sie unter den Pfefferbäumen stehen. Als sie vierzehn waren, kam sie, wenn sie sich mal zwei, drei Tage nicht gesehen hatten, zu ihm nach Hause, um Blumen zu pflücken. Wenn seine Eltern sie zum Mittagessen einluden, starrte er sie lange mit verzückten Augen an. Er erklärte ihr die Schulübungen und half ihr bei den Hausaufgaben. Sie suchte im Schulgarten vierblättrige Kleeblätter für ihn und steckte sie ihm, wenn sie zum Lernen zu ihm kam, ins Geschichtsbuch.

In dem Buch war viel von einem Kleid die Rede, das sie in einem Sommer trug. Und plötzlich musste ich wieder an die Kleider meiner Cecília denken. Die rosmarinblütenfarbenen Kleider. So etwas gab es nicht noch einmal, aber ich dachte, dass die beiden sich genauso geliebt hatten wie meine Cecília und ich. An einem Tag hatte es heftig geregnet, und Eugeni hatte in der Nacht das Wasser durchs Bachbett rauschen hören; am nächsten Morgen erzählte ihm Rosamaria, dass sie die ganze Nacht an ihn gedacht hatte. Dann stand in dem Büchlein etwas über Francesc, anscheinend hatten sie miteinander über ihn gelacht. Sie mochte ihn nicht, weil er reich war und zu sehr angab. Und der arme Eugeni schrieb in seinem Büchlein, dass sie in seinen Augen so schön wurde wie ein Engel.

Mariona stand auf und sah aus dem Fenster.

»Wird es nicht ein bisschen spät für dich?«

Sie sagte, nein, und setzte sich wieder hin. Ich las weiter. Einige Seiten übersprang ich, weil ich zum Ende kommen wollte. Ich dachte an Cecília, die so jung gestorben war.

Eines Tages bekam Rosamaria Angst. Sie war gerade achtzehn geworden. Sie fürchtete, ihr ganzes Leben lang nähen zu müssen, bis zu ihrem Tod. Das erzählte sie Eugeni, als sie ihn in seinem Kämmerchen auf der Dachterrasse besuchte. Stundenlang lagen sie auf dem Bett, küssten sich und wurden dabei immer trauriger. In einer Sommernacht, als Eugeni sie gar nicht erwartete, kam sie über die Brüstung geklettert. Sie wollte ihm erklären, warum sie manchmal mit Francesc spazieren fuhr. Sie sagte ihm, sie liebe nur ihn, mit Francesc sei sie nur befreundet, mehr nicht, und dann fing sie an, ihn zu küssen, und blieb die ganze Nacht. Am Morgen, als er wieder allein war, zerriss ihn die Reue. Eine Zeit lang waren sie halb tot vor Angst, dass sie von einem einzigen Mal ein Kind davongetragen hatte. Aber es war nichts, und sie badete an den Tagen, an denen ihr unwohl war … Als die Angst vorbei war, wandte sie sich ganz und gar Francesc zu; still und leise … Bis es schließlich die Nachbarn merkten, aber da war die Sache schon sehr weit gediehen, und sie waren bereits ein Paar. Eugeni wurde fast wahnsinnig, konnte aber nichts dagegen tun.

Ich schlug das Büchlein zu und legte es auf den Tisch. Mariona fragte mich: »Warum hatte es wohl Senyoreta Maragda?«

Mir fiel ein, dass mir Senyora Paulina erzählt hatte, als Eugeni ihnen weggelaufen war, sei Senyoreta Maragda oft bei ihnen gewesen, um ihnen Gesellschaft zu leisten. Eines Tages musste Senyora Paulina ihr wohl das Büchlein gegeben und nicht weiter daran gedacht haben. Was ich nicht verstand, war, wieso Senyoreta Maragda es in ihrer Nachttischschublade hatte liegen lassen.

Vielleicht war es auch besser, das nicht zu verstehen.

»Was meinen Sie, was kann ich tun? Senyoreta Maragda und Senyoreta Rosamaria können sich überhaupt nicht leiden. Das weiß ich, denn als ich zu Senyoreta Maragda ging, um Nähen zu lernen, hat ein Mädchen, das dort arbeitete, erzählt, dass Senyoreta Maragda gerne Senyoret Francesc geheiratet hätte.«

Ich sah sie eine lange Weile an. Sie war weiß wie ein Blatt Papier und schaute ängstlich drein.

»Mach dir keine Sorgen. Das bringen wir gleich in Ordnung.«

Ich ging nach draußen und riss ganz langsam die Seiten aus dem Heft. Als sie alle auf der Erde lagen, zündete ich sie an. Mariona sah mir von der Tür aus zu.

Ich hatte Angst, der Wachstucheinband würde beim Verbrennen zu sehr stinken, also zerriss ich ihn in kleine Fetzen und verstreute sie hinter dem Geißblatt.

Als Quima mir am Sonntag die Wäsche brachte, konnte sie kaum sprechen. Ich dachte, sie sei krank. Ihr Gesicht war kirschrot, und sie keuchte, als wäre sie gerannt.

»Senyor Bellom heiratet!«

Man konnte eine Ader an ihrem Hals pochen sehen, und ich fürchtete fast, die Ader würde platzen und Quima würde vor mir tot umfallen. Ich wusste nicht, was ich tun sollte.

»Setzen Sie sich und beruhigen Sie sich.«

Allmählich gingen mir all diese Geschichten auf die Nerven. Ich fand, wenn Senyor Bellom heiraten wollte, stand es ihm frei, das zu tun, und das Ganze war die Aufregung nicht wert. Ich sagte Quima, wie ich es sah. Aber als sie mir erzählte, dass Senyor Bellom Miranda heiraten würde, blieb mir der Mund offen stehen.

»Und woher wissen Sie das?«

»Bergadans hat es mir eben gerade erzählt.«

»Und was hat Bergadans damit zu tun?«

Sie erzählte mir, dass Bergadans auf dem Laufenden war, weil Senyor Bellom schon länger etwas mit Miranda hatte, und dass die beiden viele Sonntagnachmittage in seinem Gasthof verbracht hatten.

»Bergadans baut sich gerade am Dorfrand ein Häuschen, und jeder denkt sich seinen Teil dabei.«

Dann lachte sie plötzlich wie eine Irre, so laut, dass man es bestimmt im ganzen Dorf hören konnte.

»Miranda! Was sagen Sie dazu! Anscheinend mag Senyor Bellom die gut Gebräunten.«

Ich musste an Lilit denken, sagte aber nichts. Quima konnte es immer noch nicht fassen: »Eben noch hätte mich fast der Schlag getroffen, aber jetzt finde ich, das ist eine Riesengaudi.«

Im Haus war niemand, da die Herrschaften und Humbert auf dem Friedhof waren, um die Grabkreuze zu fotografieren. Quima ging kurz darauf. Ich hatte so große Lust, über die Sache zu reden, dass ich überall herumlief, bis ich Toni gefunden hatte. Er nahm die Neuigkeiten ganz gelassen auf: »Was soll ich dazu sagen? Mir hat Miranda nie etwas Böses getan. Schön für sie, dass sie Glück gehabt hat.«

Noch am selben Tag zog Miranda mit ihrem Koffer bei Senyor Bellom ein. Ich hätte sonst was dafür gezahlt, die Gesichter der Herrschaften zu sehen, als sie sie verabschiedeten. Mariona erzählte mir, dass Miranda sehr fröhlich gewesen war, als sie ging.

»Die wird sich's gut gehen lassen. Senyor Bellom hat ihr versprochen, mit ihr nach Brasilien zu fahren und dafür zu sorgen, dass das ganze Land ihr gehorcht wie einer Königin.«

Ein paar Tage später kamen beide zu mir, als ich bei der Buchsbaumhecke stand. Ich lud sie zu mir ins Haus ein. Sie sagte nichts, sondern betrachtete die ganze Zeit nur die Sonnenblumen an der Wand. Er sagte mir, er wisse schon, dass die Nachricht von seiner Vermählung eingeschlagen habe wie eine Bombe, aber das sei ihm völlig egal. Er sei an einem Punkt in seinem Leben angelangt, an dem er nur noch an sich selbst denken wollte.

»Wenn ich nicht darauf achte, dass es mir gut geht, werden die anderen es gewiss nicht tun.«

Er bat mich, zur Hochzeit zu kommen. Ich hatte keine Lust dazu, aber er beharrte so sehr darauf, dass ich schließlich zusagte. Ich sagte Miranda, wenn Senyoret Francesc mir erlauben würde, ein paar weiße Blumen abzuschneiden, würde ich ihr einen Brautstrauß binden. Ich glaube, das freute sie.

Die Hochzeit wurde mit großem Pomp gefeiert. Die Herrschaften waren auch dabei und hatten sich mächtig in Schale geworfen. Miranda war ganz in Weiß. Sie hielt meinen Blumenstrauß aus Stockrosen. Das sind plumpe Blumen, aber ich dachte, dass Miranda sowieso nicht an Feinheiten gewöhnt war und ein bisschen Gewicht ihr nicht schaden würde. Ein Kleid aus schimmernder Seide, eine lange Schleppe und ein Schleier aus Spitze. Das Fest war wie die Feste, die sie in den Jahren zuvor gefeiert hatten, nur dass weniger Gäste da waren und ich es aus der Nähe ansehen durfte.

Die arme Mariona, die ebenfalls eingeladen war, hielt es nicht aus, als sie sah, wie viel zu tun war, und half beim Servieren. Der Ball dauerte bis zum Morgengrauen. Die Herrschaften gingen früh. Ich blieb die ganze Zeit, weil ich Mariona nicht allein lassen wollte. Schließlich sagte ich ihr, sie solle endlich Schluss machen, und sie hörte auf mich. Im Hinausgehen sagte sie zu mir: »Was wohl Mingo macht? Finden Sie nicht auch, dass das kein Zustand ist, wenn der eine hier lebt und der andere dort?«

Senyor Bellom und Miranda gingen auf Hochzeitsreise, und das Haus war wie ein Friedhof. Josep schritt unter den Zypressen auf und ab und las in seinem Buch über Blumen, das ihn ganz gefangen genommen hatte.

Ich brachte Toni noch zum Bahnhof. Er hatte eine Wohnung in Barcelona gefunden. Die Wohnung eines Mannes, der alleine gelebt hatte und an Altersschwäche gestorben war. Er sagte mir, selbst wenn er eine Arbeit außerhalb von Barcelona fände, würde er niemals wieder aus der Wohnung ausziehen, weil er zu viel Angst ausgestanden hatte, überhaupt keine zu finden. Sein Sohn ging uns in einigem Abstand hinterher, als würde er uns gar nicht kennen. So spazierten wir gemütlich dahin, redeten über die Hochzeit, und als wir vor dem Bahnhof standen und ich ihm gerade zum Abschied die Hand geben wollte, sagte er: »Wissen Sie, was ich am stärksten in Erinnerung behalten werde? Den Sommer mit dem Affen. War das nicht ein Riesenspaß?«

Und er verschwand im Bahnhof. Ich betrachtete ihn von hinten, einen Koffer in jeder Hand, und weiß Gott, er war wirklich klein.

Weil ich auf dem Heimweg bei Bergadans vorbeikam, ging ich hinein, um ihm Guten Tag zu sagen. Er zeigte mir eine Postkarte, die er gerade erst von Senyor Bellom bekommen hatte: Darauf war ein gewaltiger Fluss zu sehen. Ich trank ein Gläschen Anisschnaps, weil mir so seltsam eng in der Brust war, und ging gleich darauf. Unterwegs dachte ich über das nach, was Toni zu mir gesagt hatte; gerade eine Stunde zuvor, als ich auf ihn wartete, um ihn zu begleiten, war mir aufgefallen, dass man am Stamm des Klebsamens noch ein bisschen Farbe erkennen konnte, wo Tití sie verschmiert hatte.

Ein paar Tage später tauchte Senyoret Francesc bei mir auf, geschniegelt und gebügelt, und sagte: »Ich wollte nur kurz vorbeischauen ... Ich fahre für eine Woche nach Barcelona. Ich muss Ihnen mitteilen, dass ich beschlossen habe, das Haus zu verkaufen.«

Er sagte, er habe an mich gedacht und würde mir von dem Tag an, an dem sie gingen, ein ganzes Jahresgehalt zahlen: ab Ende September. Er habe mehrere Anzeigen aufgegeben, und wenn die nichts brächten, werde er einen Makler mit dem Verkauf beauftragen, aber er würde das Haus lieber direkt über eine Anzeige verkaufen, denn so könnte er mir die drei Prozent Courtage für den Verkauf geben. Er zog einen Füllfederhalter hervor, rechnete hin und her und sagte schließlich: »Sehen Sie? Wenn ich es direkt verkaufen kann, gehört das hier Ihnen.«

Es war eine ganz hübsche Summe. Ich bedankte mich herzlich bei ihm, konnte mich aber nicht aufraffen, ihn zur Tür zu bringen, denn nun war ich nicht nur arbeitslos, ich hatte die beiden auch wirklich gerngehabt.

Mariona sagte: »Morgen fahren wir.«

Senyoret Francesc hatte mir schon erklärt, dass die Möbel nach ihrer Abreise abgeholt würden, und mich gebeten, mich um alles zu kümmern. Es war spät, und ein leichter Nieselregen fiel. Einer von diesen Regen zwischen Sommer und Herbst, wenn man das Gefühl hat, dass alles endet: fein, kaum mehr als ein Nebel. In der Nacht konnte ich nicht schlafen, und so stand ich um Mitternacht auf. Ich ging zur Lindenallee, eine Hand in der Hosentasche, und strich mit den Fingern über die Münze mit dem Halbmond. Da sah ich einen hauchzarten Schatten lautlos durch den Garten gehen. Sie kam barfuß die Lindenallee herunter. Bei der Aussichtsterrasse angelangt, blieb sie einen Augenblick stehen, hängte ein kleines weißes Handtuch über die Brüstung und ging hinunter zum Strand. Ich lief hin, um zu sehen, was sie tat. Sie stand da, das Gesicht dem Meer zugewandt, so still, dass sie nicht aus Fleisch und Blut zu sein schien. Die Wolken waren dünner geworden und ließen ein wenig Mondschein hindurch. Sie drehte sich um, und ich versteckte mich hinter einem Blumentopf wie in der Nacht mit Senyoret Francesc und Miranda. Es regnete. Und sie stand hoch aufgerichtet im Sand, zur Salzsäule erstarrt. Als ich gerade dachte, nun sei es allmählich genug, stieg sie langsam ins Wasser und schwamm los. Ich weiß nicht, ob sie weit hinausschwamm oder in Ufernähe blieb, denn jetzt war alles wieder dunkel, und man konnte nichts erkennen: nur die weite, tintenschwarze Fläche und das Kommen und Gehen der Wellen. Auf, auf ... wir kommen, wir gehen ... Und da kam mir ein seltsamer Gedanke: dass sie hinausschwamm, um Eugeni an der Stelle zu treffen, an der er gestorben war; dass sie ihm gewissermaßen Auf Wiedersehen sagen wollte. Ich lauschte auf den gewaltigen Atem des Wassers, und schließlich sah ich sie herauskommen und erschöpft in den Sand sinken. Nach einer Weile hörte ich hinter mir Schritte. Es war Senyoret Francesc. Er legte einen Finger an die Lippen, um mir zu bedeuten, ich solle leise sein, und ich trat ein Stück beiseite. Sie stieg zur Aussichtsterrasse hinauf, und er hüllte sie in das Handtuch.

»Siehst du nicht, dass du dich erkältest?«

Er nahm sie in die Arme und legte seine Wange an die ihre. Ich hörte, wie er sagte: »Wo willst du denn hin mit diesem kalten Gesicht?«

Und so gingen sie weg, hinauf zu den Bäumen. Ich blieb und lauschte dem Meer, und mir war, als hörte ich ihn noch sagen: »Sie bewahren die Samen auf? Als ich klein war, habe ich auch Veilchensamen gesammelt ... Soll ich Ihnen helfen?«

Am nächsten Morgen reisten Senyoreta Eulàlia und Feliu mit Mariona in aller Frühe ab. Alle drei im roten Auto. Sie waren guter Dinge und sagten, sie würden mich mal besuchen kommen und mir Postkarten schicken; und wenn sie im Ausland waren, dann welche aus dem Ausland.

Die Herrschaften brachen nachmittags auf. Quima und ich, die Einzigen, die blieben, warteten an der Einfahrt auf sie. Ich hatte einen Blumenstrauß für Senyoreta Rosamaria gebunden, hinter dem sie fast verschwand. Sie legten ihn ins Auto. Dann hielt Senyoreta Rosamaria mir die Hand hin, und in dem Moment, als ich einschlagen wollte, bemerkte ich, dass ich in dieser Hand die Münze hielt.

»Entschuldigen Sie«, sagte ich und steckte die Hand wieder in die Hosentasche.

»Was haben Sie denn da?«, fragte sie.

»Ach … nichts … Es heißt, sie bringt Glück.«

Fast hätte ich gefragt, ob sie sie wolle, aber dann sagte ich nichts. Sie stiegen in den Wagen, und wir blieben am Tor stehen, bis sie hinter der Kurve verschwunden waren.

Schon bald kehrten Senyor Bellom und Miranda von ihrer Hochzeitsreise zurück. Zwei Wochen später – die Möbel der Herrschaften wurden gerade abgeholt – kam Josep und sagte, Senyor Bellom wolle mich sprechen.

Er saß ganz still in einem dieser großen Sessel, das Gesicht dem Fenster zugewandt. Ich glaube, er hatte ein wenig abgenommen.

»Ich habe erfahren, dass die Bohigas das Haus verkaufen. Was wird aus Ihnen? Ich meine: Wovon wollen Sie jetzt leben?«

Ich erzählte ihm alles, wie es war: »Sehen Sie, ich bekomme einen ganzen Jahreslohn, und wenn sie das Haus ohne Makler loswerden, noch drei Prozent vom Erlös. Quima hat mir gesagt, wenn die neuen Besitzer mich nicht wollen, darf ich umsonst bei ihr zu Hause wohnen, wenn ich mich dafür ein bisschen um ihren Gemüsegarten kümmere. Mein Essen würde ich natürlich zahlen.«

Er sah mich sehr ruhig an, streckte die Beine aus und sagte: »Nun, wenn dem so ist … Aber falls Sie etwas brauchen … Ich habe immer Arbeit für Sie. Die Arbeit, die Sie Ihrer Meinung nach noch tun können. Kleinigkeiten: eine

Auswahl der Samen treffen, meine Blumenzwiebeln sortieren ... Und wenn Ihnen das zu viel wird, schmeißen Sie es hin und kommen mich jedes Jahr in der Vorweihnachtszeit besuchen, um mir ein frohes Fest zu wünschen. Das mag ich sehr, dass man mir ein frohes Fest wünscht. Sind wir uns einig?«

Danach sprachen wir über alles Mögliche: über Brasilien und die Pflanzen, die dort wachsen, und über ein Hotel in Rio, in dem man beim Essen ganze Schwärme von Flamingos beobachten kann, das sind rosafarbene und sehr friedliche Tiere, die kommen, um zu sehen, was man macht ... über die endlosen Strände. Dann standen wir auf und gingen hinaus.

Wir machten uns ganz langsam auf den Weg Richtung Buchsbaumhecke. Das Gras zwischen den flachen Steinen war goldgelb.

»Wenn diese Zypressen ausgewachsen sind, liegen Sie und ich schon seit Jahren darunter.«

»Senyor Bellom, ich weiß nicht, wie ich Ihnen danken soll ...«

Er hob eine Hand, um mich zu unterbrechen.

»Sehen Sie nur, wie glatt der Rücken des Meeres heute ist ...«

»Ich muss mich bei Ihnen bedanken, und Sie lassen mich nicht. Aber wissen Sie, was? Hier trägt man mich nur mit den Füßen zuerst raus. Vielleicht behält der Käufer des Hauses mich ja ... wie Senyoret Francesc. Ich werde ihm sagen, dass ich zupacken kann wie ein Junger ... nur mit mehr Erfahrung. Sie wissen alles, was passiert ist, und Sie wissen, dass meine Cecília gestorben ist. So ist das Leben. Aber solange ich hier bin, ist sie noch nicht ganz tot. Glauben Sie mir: Es stimmt; sie ist dann nicht ganz tot. Ich bin seit dem

Militärdienst in diesem Haus, das habe ich Ihnen ja schon erzählt. Tag um Tag ... Sehen Sie sich den Garten an. Dies ist die beste Tageszeit, um seine Kraft zu spüren und seinen Duft zu riechen. Sehen Sie sich die Linde an. Sehen Sie, wie die Blätter zittern und uns lauschen? Sie lachen ... Wenn Sie eines Nachts unter den Bäumen spazieren gehen, werden Sie schon hören, was Ihnen dieser Garten alles zu erzählen hat ...«

Wir gingen dort auseinander, am Fuß der Aussichtsterrasse, und das war, wenn man so will, das Ende der Geschichte.

Genf, 1.–17. September 1959;
Dezember 1966

Nachwort
von
Roger Willemsen

Und jetzt? Wohin geht man, wenn man einen Roman von Mercè Rodoreda ausgelesen hat? Man verweilt, schwärmt, möchte aus seiner Sphäre nicht entlassen werden – denn er ist nicht ausgelesen. Er steht noch im Raum. Wie nach einer Begegnung mit Charme fühlt es sich an. Ein Wohlwollen ist da, eine Lebensfreundlichkeit bleibt zurück, die sich gegen alle ebenfalls aus den Seiten dieses Buches aufsteigende Erkenntnistrauer durchsetzt. Seine Bitterstoffe teilen sich dem Aroma mit, und so wird es am Ende kompakt, stark und unverwechselbar sein. Wer nicht davon lassen kann wie ich, beginnt nach dem Umblättern der letzten Seite gleich wieder mit der ersten.

Das ging mir bei Rodoredas *Auf der Plaça del Diamant* so, diesem 1962 veröffentlichten, berühmtesten aller Romane der katalanischen Literatur, und es ging mir wieder so beim *Garten über dem Meer,* der hier zum ersten Mal in deutscher Übersetzung vorgelegt wird. Am Ende des Manuskripts verzeichnete die Autorin wie üblich minutiös, als müsse sie ein Dokument beglaubigen, dass dieser Roman zwischen Anfang September 1959 und Dezember 1966 entstanden sei. Da lebte sie im Genfer Exil, wo *Der Garten über dem Meer* 1967 auch veröffentlicht wurde.

Gabriel García Márquez bekannte sich dazu, *Auf der Plaça del Diamant* zahllose Male gelesen und extra Katalanisch gelernt zu haben, um dies im Original tun zu können. Hier führt die Protagonistin Colometa ein klassisches Frauenleben, das heißt, vielmehr wird sie vom Leben geführt. Doch sie überlebt den Zerfall der Familie, dann den Spanischen Bürgerkrieg und rettet sich und die Tochter in die Nachkriegszeit. Noch in ihrem letzten Werk, *Der Tod und der Frühling*, hat sich Rodoreda abermals mit der Gewalt des Krieges befasst. Aber wie in *Der zerbrochene Spiegel* aus dem Jahre 1974, so hat sie auch im *Garten über dem Meer* den Schauplatz ihrer Erörterung von Fragen der Liebe, der Erinnerung, des Umgangs mit dem eigenen Geheimnis in politisch ruhige Zeiten verlegt und sie hier intimer behandeln können, weil die Historie keine Definitionsmacht über die Lebensläufe behauptete.

Die 1908 in Barcelona geborene Autorin schwieg nach ihrer Erstveröffentlichung, dem psychologischen Roman *Aloma* (1938), zwanzig Jahre lang. Vor *Aloma* hatte sie bereits vier Romane geschrieben, die sie selbst zu wenig ernst nahm, um sie dem eigenen Werk zuzuordnen. Nach zwei Jahrzehnten des Schweigens kehrte sie dann zunächst zu den Anfängen ihres Schreibens zurück, veröffentlichte Kurzgeschichten und Erzählungen, ging unter Franco erst nach Frankreich, später ins Schweizer Exil. *Der Garten über dem Meer* ist der zweite Roman nach *Auf der Plaça del Diamant*. In den sieben Jahren nach seinem Erscheinen schwieg Rodoreda erneut.

Ob sie einen Garten hatte in ihrem Schweizer Exil? Gewiss, und zwar einen, in dem sie zurückgezogen und hingebungsvoll arbeitete, wie mir eine Dame sagte, die sie einmal dort besuchen durfte, und auch Gabriel García Márquez, den sie einmal in einer eher provisorischen Wohnung in Barcelona empfing, erwähnt die Aussicht auf einen Garten vor ihrem Fenster, spricht von ihrer »dominierenden Berufung« zur »Blumenzucht«, beschreibt sie als eine verrätselte, zerstreute, eine in sich selbst verschlossene Schriftstellerin mit reichem Innenleben.

Auch nennt er sie eine »unsichtbare Frau«, »die in herrlichem Katalanisch einige schöne und harte Romane schrieb«, und weiß: »Das Privatleben der Mercè Rodoreda ist eines der bestgehüteten Geheimnisse der geheimnisvollen Stadt Barcelona. Ich kenne niemanden, der sie gut gekannt hätte und der mit Gewissheit sagen könnte, wie sie war. Ihre Bücher lassen nur eine fast übermäßige Sensibilität und eine tiefe Liebe für ihre Leute und für das Leben in ihrer Umgebung erahnen.«

In der Tat, Rodoreda lebte früh geschieden und von ihrem Sohn wie von ihrer Familie getrennt, verbunden nur wenigen Freunden. Ihr Lebensgefährte Armand Obiols (Pseudonym für Joan Prat) schien ihr ein Seelenverwandter, war aber ebenso ein Ausbeuter ihrer Geduld und Arbeitskraft, der die eigene Ehefrau vertröstete, während er der Lebensgefährtin Hoffnungen machte. Vor den Scherben dieses Verhältnisses stehend, schrieb Rodoreda einmal einer Freundin: »Kannst Du Dir meine Fähigkeit zur Verstellung, die ungeheure Anstrengung, ein kleines bisschen aus diesem Schiffbruch zu retten, vorstellen? Obiols wird sich später einmal damit schmücken können, das Leben von Mercè Rodoreda zerstört zu haben.« Er starb zehn Jahre vor ihr.

1970 ist Mercè Rodoreda in ihre katalanische Heimat zurückgekehrt, vielfach geehrt und preisgekrönt. Hier schrieb sie vier weitere Bücher, bevor sie 1983 mit 74 Jahren in Girona starb. Ihren letzten Roman *Der Tod und der Frühling* konnte sie nicht mehr abschließen. Er erschien, unmittelbar vor der Vollendung stehend, nach ihrem raschen Tod an Krebs.

Noch in ihren letzten Lebenstagen sorgte sie sich um ihren Garten, den sie oben in Romanyà de la Selva pflegte, wo sie 1979 ihr Haus bezogen hatte und wo sie beerdigt wurde.

Wenn ich mich nicht irre, begann das Schreiben von Mercè Rodoreda mit einer Bearbeitung ihrer Verluste: der psychologischen Nachdeutung einer frühen, missratenen Ehe, der Bergung der Kindheit, ja, nicht zuletzt der schriftstellerischen Antwort auf das väterliche Verbot zu tanzen. Doch löst sie all dies, wie auch im *Garten über dem Meer*, in Atmosphäre auf.

Es sind die großen, dabei oft die unterschätzten Erzählerinnen und Erzähler, die etwas so Immaterielles zurücklassen wie das Schweben einer Stimmung, die Verdichtung eines Klimas, etwa die Komposition aus Meerluft, Blütenfarben und leichtherzigen Dialogen. Sie schaffen Räume voller Pastell. Man ist leicht ungerecht gegenüber solchen Büchern mit hohem Oberflächenreiz, Büchern, in denen das Meer und Sommerkleider, prunkvolle Feste, Feuerwerke, leise Romanzen und der Reigen der Bohemiens eine Rolle spielen. Aber das ist nur das Stoffliche.

Das eigentliche Element dieses Romans, das ist die Luft zwischen den Informationen, das ist seine Atmosphäre voller Schwingungen und Halbtöne, sind sie es doch, aus denen das Erfahren im Grunde besteht. Folgt man ihnen, wirft das Senkblei in den Subtext, beginnen die Details erst wirklich zu sprechen. Man eignet sich ja die Dinge des Lebens nur in der Erfahrung und in der Erinnerung an. Während eine Sache noch in der Anschauung ist, entwickelt sie sich vielleicht unscheinbar, in einer Simultanität und Gleichordnung aller Elemente, oder sie neigt sich gar ins Vergessen. Man kennt weder Ziel noch Pointe, weder die wahren Protagonisten noch ihre Opfer. Erst von ihrem Ende aus betrachtet offenbart die Geschichte ihre Ordnung und Bedeutung. Das ist kompliziert und immer eine Folge der Organisation von Informationen. Wie schlicht klingt dagegen das Selbstbekenntnis der Autorin: »Gut schreiben kostet Mühe. Unter gut schreiben verstehe ich, die wesentlichen Dinge so einfach wie möglich zu sagen.«

Nur die wahren Erzählerinnen und Erzähler vermögen es dabei, vor allem jene Geschichten zu entfalten, die sie nicht erzählen. Sie reihen einen Gesichtsausdruck, eine Geste, einen Reflex aneinander, und die Leser begreifen: Die einzige Plausibilität, die diese drei Einheiten binden kann, ist die Liebe. Es muss also eine Versessenheit im Raum sein, die vielleicht nie bei ihrem Namen genannt, nie ausdrücklich und unzweideutig gemacht wird. Sie verschiebt die Figuren auf dem Tableau, sie führt die Regie hinter den Episoden.

Im *Garten über dem Meer*, einem Garten Eden jenseits des Sündenfalls, sind alle Figuren in Liebesgeschichten verfangen, doch keine von diesen steht in voller Blüte. Sie werden erst, sie verwachsen und welken, sie sind dahin oder wollen nicht werden. Selbst der Erzähler, der alte Gärtner, lebt ja nach dem Tod seiner Frau in der Erfahrung des Witwers, des untröstlichen, und blickt nun auf die Bühne vor sich, wo der märchenhaft romantische Stoff der Frau gespielt wird, die aus den falschen Gründen den falschen Mann geheiratet hat, während der Wahre, der Mann, der die Liebe ihrer Jugend war, von ihr verstoßen wurde, jedoch nach fünf Jahren wiederzukommen schwor und es tut. Die Frau aber, die sie geworden ist, hat das Mädchen entmündigt, das sie einmal war, hat sich gegen die Liebe und für den sozialen Status entschieden. Sie wäre verdammt dazu, sich darin neuerlich zu revidieren. Zu spät.

So ist das Erzählen bei Mercè Rodoreda. Es strömt, mal

wie Drift, mal wie Gezeiten-, mal wie Rückstrom, aber immer mit einer starken Bewegung unter der Oberfläche, und die Autorin stellt uns einen Agenten zur Seite, eben jenen Gärtner, der zuschaut, zu verstehen und zu deuten sucht, ganz wie ein Leser des »Ausgangsmaterials«. Dieser Gärtner stolpert durch seine Erinnerungen, sieht nur eingeschränkt gut, irrt ab, verheddert sich im inneren Monolog. Immer wieder werden die Grenzen seines Bewusstseins abgeschritten. Beengt kann sein Blick sein, gefärbt und getrübt. Dann wieder lässt er eine ganze Welt ein, so als sei da kein Ich, keine Grenze, bloß Membran. Wir Leser aber, bisweilen reifer, distanzierter, einsichtsvoller als er, lesen zugleich ihn und lesen durch ihn hindurch, geben dem, was er sieht, eine Bedeutung, die sich über seine Sicht der Dinge mitunter hinwegsetzt. Insofern ist der Roman auch eine Kritik des Erinnerns.

Wir sind also doppelte Leser, folgen zugleich dem Fluss der Erzählung und der »eigentlichen« Geschichte unter der erzählten. Da es sich bei Rodoreda aber um eine diskrete Erzählerin handelt, lässt sie diese eigentliche Geschichte bloß durchscheinen und vertraut sie ihrem Protagonisten an, so vergesslich und desorientiert oder gar parteiisch er auch erscheinen mag. Jedenfalls ist sein Blick warm, auch lebensklug, auch duldsam, es ist ein exemplarisch wohlwollender Blick.

In der Orchestrierung der verschiedenen Stimmen der Partitur glückt dieses Erzählen auch, weil Rodoreda vom Feinsinn ihrer Leserinnen und Leser eine so hohe Meinung hat. Es gibt Bücher, die die Rezeption geradezu vorschreiben, und es gibt solche, die viel für die Freiheit der Lektüre tun. Rodoreda schreibt die letzteren. Sie ist diskret, nicht effektvoll, sie lacht nicht, sie lächelt, ist leise und komprimiert an

Stellen, die andere ausbreiten würden, sie vertraut der Kraft der Andeutung, der Stringenz von Assoziationen, der Statik der Lufträume, nicht der Träger und Stützpfeiler. Selbst die Katastrophen ihres Stoffs verlegt sie ins Beiläufige von Nebensätzen.

Ja, dieser Roman ist impressionistisch, wie es Eduard von Keyserling oder Virginia Woolf sein konnten, er ist bisweilen pointillistisch wie manche Seite bei Claude Simon, und doch hat er mitunter die grandiose Einfachheit und Strahlkraft, die Banalität und das Kolorit der Strandbilder von Raoul Dufy, aus denen ein Sonnenschirm, ein Himmel, eine Figurengruppe und eine Fahne unverschämt banal herausleuchten, alle im Kontext einer Komposition, die ihnen Zusammenhalt, Bedeutung und Stimmung verleiht.

Auch ist das Gerüst der Geschichte, die da erzählt wird, denkbar einfach: Der Ort der Handlung dürfte unweit von Barcelona, der Zeitraum in der ersten Hälfte des 20. Jahrhunderts, in den späten Zwanzigern oder in den Dreißigern, jedenfalls in den Jahren vor dem Spanischen Bürgerkrieg, liegen. Über die Sommermonate von sechs Jahren – verteilt auf die sechs Kapitel des Romans – beobachtet der alte Gärtner das Treiben der Gesellschaft, die aus der Stadt kommt, die Badesaison am Meer zubringt, Feste feiert, in Verwicklungen gerät, sich aus diesen befreit oder in ihnen untergeht. Da flirren vor den Augen des Erzählers die Bilder der Dekadenz dieser feinen Gesellschaft aus Neureichen und Bohemiens, samt ihren Spiegelungen auf der Ebene der Dienstboten und Angestellten, die dem »diskreten Charme der Bourgeoisie« erliegen, ihren Festen, ihren Kostümierungen, ihren Feuerwerken und allem, was metaphorisch daran ist.

Sechs Sommer nur braucht dieser Zyklus eines Lebens, das zuletzt in Ausverkauf, Traurigkeit, Bitterkeit, Trunksucht und Betäubung mündet. Am Ende wird nicht ein Zyklus allein, eine Epoche wird zu Ende sein, und alle Figuren werden, wie die Leser, auf das Leben schauen, das verurteilt war, unterzugehen, und das, während es doch reich, satt, in voller Blüte schien und so viele Aromen abgab, eigentlich sein Scheiden vorbereitete. Die Idylle existierte von Anbeginn allein im Blick des Betrachters, eines Betrachters, der, reich an Jahren und Erfahrung, noch das eigene Leben vor der Bühne des jungen Liebespaars nachzittern spürt.

Man denkt vielleicht an den *Großen Gatsby*, an Paveses *Teufel auf den Hügeln*, Bassanis *Gärten der Finzi-Contini*, an den neorealistischen Film Italiens aus den Fünfzigern: Frisch verheiratet, kaufen Francesc und Rosamaria ein Ferienhaus am Meer, kommen mit der Clique der Freunde, feiern, fahren Wasserski, spielen einander Streiche, malen, ergehen sich in theatralischen und intimen Reden, unterhalten Zweideutigkeiten und gehen in ihnen unter.

Doch wenn Francesc seiner jungen Frau zur Feier ihrer Schwangerschaft ein überschwängliches Fest schenkt, steht der Erzähler nicht mitten darin. Der Gärtner, ganz Auge und Ohr, beobachtet die tollkühne Gesellschaft aus der Halbdistanz, manchmal im Detail, manchmal in der Totale, und manchmal folgt er dieser Gesellschaft auf einer Fahrt durch das Gewirr des Klatsches, der Gerüchte, der Beobachtungen Dritter, hört auf die Chromatik der Zwischentöne, blickt auf das Craquelé.

Schon einen Sommer später sind aus Haarrissen Verwerfungen geworden. Rosamaria hat ihr Kind verloren, ist aber nach Auskunft der Dienstmädchen, anders als der Ehemann, keineswegs traurig darüber. Francesc stürzt sich in eine Affäre mit der brasilianischen Hausangestellten Miranda. Seine Frau lebt unterdessen in einer inneren Abwesenheit. Dort, wo sich ihr Kokon schließt, liegt ihre Vergangenheit. Diese spricht in Zeichen, Pausen, Leerstellen, denn da ist niemand, der sie zum Schwingen brächte. Die Vergangenheit ist der uneinsehbare, wahrhaft intime Raum.

Erst von außen, durch das Eintreffen des alten Ehepaars, der Eltern des Jungen Eugeni, öffnet sich dem Gärtner, und nur ihm, eine Tür zu dieser Vergangenheit. Es folgt ein altes erzählerisches Motiv: Der Protagonist auf der Dienstbotenebene wird zum Geheimnisträger erhoben. Ihm erschließt sich die alte romantische Liebesgeschichte der Nachbarskinder Rosamaria und Eugeni als Ursituation des Liebens, als nie wieder eingeholter Zustand der Hingabe und Verpflichtung. Am Ende werden Eugenis Eltern den Sohn gleich dreimal verloren haben: zuerst an die reiche Rosamaria, dann an die Verschollenheit, als er spurlos verschwindet, kaum dass sich Rosamaria für den wohlhabenden Francesc entschieden hat, und schließlich an den Tod, über dessen wahre Umstände sie durch den Gärtner im Dunkeln gelassen werden.

Er wird zuletzt nicht bloßer Chronist sein, er wird als Hüter des Wissens auktoriale Autorität über alle Informationen behaupten, seine Kenntnisse dosiert verteilen, und das bedeutet ebenso, zu verschweigen, zu schonen, zu schwindeln. Dieser alte Gärtner hat das Drama in seiner Entfaltung nicht verhindern können, aber Teile der Deutungshoheit der Geschichte bleiben in seinen Händen, und er geht behutsam mit ihnen um. Außerdem wird er auch für die handelnden Personen – so wenig plausibel ihre Verhaltensweisen ihm manchmal erscheinen – zu einem Bezugspunkt: Sie kommen zu ihm in sein Gärtnerhäuschen, bekennen, offenbaren sich, doch dabei ist er selbst, der seit dem frühen Tod seiner Frau nur noch für seine Blumen lebt, Katalysator bloß, das Medium, in dem sich die anderen zeigen und verraten. Anders gesagt, er ist der vorgeschobene Repräsentant der Autorin im Werk.

Die Geschichte, die Rodoreda erzählt, beerbt den alten Stoff der vereitelten jugendlichen Liebenden aus zwei sozialen Schichten. Ihre Leidenschaft scheint stark genug, jede andere Differenz zu überbrücken. Doch die Entscheidung Rosamarias für den wohlhabenden Francesc stellt den sozialen Status über die Passion. Eugeni wird verschwinden, er wird zum Emporkömmling werden, zum Schwiegersohn eines reichen Mannes. Spiegelbildlich lebt er das Leben der verlorenen Geliebten, ohne Verbindung, aber unerfüllt wie sie.

Die Prosa der Ökonomie hat sich gegen die Lyrik des Herzens behauptet, doch diese rächt sich. Als sich in der Wiederbegegnung die alten Entscheidungen als nicht revidierbar herausstellen, ist Rosamarias Ehe zerstört. Eugeni aber besiegelt das Scheitern der Liebe mit seiner Entscheidung gegen das Leben. »Des Meeres und der Liebe Wellen« sind es, mit dem Titel eines Dramas von Franz Grillparzer gesprochen, die ihn zuletzt in den Tod gehen lassen.

Einmal mehr hat sich die immaterielle Größe der Liebe gegen die des materiellen Reichtums nicht durchsetzen können. Zuletzt aber triumphiert die Liebe ex negativo, indem sie sich als nicht unterdrückbare Macht erweist. Sie ruiniert zwei Menschen, indem sie etwas bestimmend Widervernünftiges und Weltfremdes, gleichwohl Zwingendes in ihre Leben bringt.

Die Motivik ist die tradierte: Da ist das Paar, das entsagen muss, da ist das Geheimleben der Liebenden in sprachloser Korrespondenz, da ist ein existenzielles Drama, das sich unter dem Oberflächenglanz entwickelt, da ist das Milieu der Bohemiens, in das die Liebe als der Ernstfall dringt, da ist der Suizid des romantischen Liebhabers, mit dem das Idyll am Meer endgültig zu einem Ende gekommen ist.

Die Gesellschaft ist nun gesprengt. Ihre verbliebenen Protagonisten verabschieden sich auf die Reise oder in die Schwermut. Das Haus wird verkauft, der Gärtner erhält eine Rente, es ist für alle gesorgt, und im Ausblenden der Geschichte erfahren wir eben noch, wie der betuchte Nachbar die brasilianische Hausangestellte heiratet, der es endlich gelungen ist, einen reichen Mann zu finden – die Geschichte stellt sich wieder her.

In einem raren Selbstbekenntnis formulierte Rodoreda einmal: »Vielleicht ist die bezeichnendste meiner vielfältigen Persönlichkeiten eine Art von Unschuld, die es mir erlaubt, mich in der Welt wohlzufühlen, in der ich zu leben habe.« Man muss aus diesem Leben schon ein wenig herausgetreten sein, damit sich diese Perspektive eröffnen kann. Und tatsächlich spiegelt eben darin der Roman seine Verfasserin: Man kann nicht anders, als in dem Garten, in der Pflege des vegetabilen Lebens eine Metapher zu sehen, aber eine unaufdringliche. Hier korrespondieren nicht einfach Blühen und Welken mit Lebensaltern oder mit den Phasen einer Geschichte. Vielmehr steckt etwas Amoralisches, Unschuldiges in der natürlichen Daseinsfreude des Gartens.

Auch kann man nicht anders, als das Meer, das sich immer wieder in die Wahrnehmung schiebt, als eine symbolische Größe zu erkennen – eine schmeichlerische, drohende und nicht darstellbare –, ein Element eben wie das, in dem sich diese Geschichte materialisiert. Denn dieses Meer definiert die Atmosphäre Szene für Szene. Es ist das einzige Thema des Malers Feliu Roca, der immer wieder an ihm scheitert und als sein letztes Bild ein Großformat ohne Sand und ohne Himmel plant. Es bildet die Kulisse für schicksalhafte Begegnungen und Versäumnisse, und es nimmt im Tod den unglücklichen Liebenden auf.

Dies ist noch nicht der Symbolismus, dem die Autorin in ihren letzten Werken anhing. Es ist ein Realismus, den Mutmaßlichkeit und Unvorhersehbarkeit prägen: Es hätte so, aber auch so ausgehen können. Und mitten in dieser wahrscheinlichen Realität platziert die Verfasserin, wie von einem bizarren Humor getrieben, das Groteske: Irgendwo in diesem Paradiesgarten muss ein toter Affe liegen, der zwei Schachfiguren stahl, sodass der Gärtner nun stets fürchtet, irgendwo in den Beeten auf seine Knochen zu stoßen.

Der Realismus des Romans aber zeigt sich in der Idiomatik der sprechenden Figuren ebenso wie in den Einschränkungen, die mit der unvollständig erinnernden Perspektive des Erzählers verbunden sind. Wie in *Auf der Plaça del Diamant* ist das Medium dafür die indirekte Rede, und Rodoreda ist die Meisterin dieser selten durchgehaltenen Form, einer Art, den inneren Monolog der Figuren aus der Unmittelbarkeit zu lösen und ihn von der Erinnerung bearbeiten zu lassen. Ihr Erzähler verfügt über viele Stimmen. In der indirekten Rede aber fallen sie immer wieder mit der seinen zusammen und werden so in einer Sprache aller aufgelöst.

Am Ende hängt alles an diesem Erzähler, der sich seiner Sache nicht sicher ist, weil er sich erinnern, den Zeugen, dem Tratsch und den Gerüchten, den Zusammenhängen zwischen den einzelnen Bildern glauben muss. Eine Geschichte hat sich herausgeschält, aus einer diffusen Vergangenheit und aus den Zwischenräumen von sechs Jahren, sechs Aufenthalten, sechs Lebensstationen einer Gruppe illustrer Menschen am Meer.

Solches Erzählen ist auch ein Bergen und Bewahren

und lebt in einem dauernden Wechselspiel des Präzisen mit dem Vagen, in dem auch das Erotische, das Zweideutige menschlicher Beziehungen entsteht. Vielleicht hat Rodoreda ihren Erzähler auch deshalb männlich sein lassen, damit die Frauengestalten in seiner Wahrnehmung sinnliche Präsenz gewinnen und nicht dem interesselosen Wohlgefallen überlassen werden. Zugleich bietet dieser alte Gärtner die schöne Möglichkeit, das Rührende im Fühlen des einfachen Menschen Thema werden zu lassen. Seine letzte gute Tat wird eine Lüge sein.

Auch das gehört zum Innenleben dieses Buches: Zwar wird viel geredet, jede Figur aber hütet ihre eigene Einsamkeit. Es entspricht dem musikalischen Prinzip dieses Romans, Stimmen durchzuorchestrieren, Motive anzuspielen und zu variieren. Denn schließlich entfaltet sich die Erzählung im Bewusstsein, dass nichts wiederkehren wird. So mag es zwar der private Unglücksfall sein, der diese Gesellschaft sprengt, am Horizont jener Jahre aber deutet sich bereits eine Zeit an, die mit den großbürgerlichen Idyllen solcher Sommer kurzen Prozess machen wird. Diese Zeit wird lauter sein, und sie wird politisch drastisch in das Leben aller eingreifen, auch in das Leben der Mercè Rodoreda. Im *Garten über dem Meer* lässt sie die Wehmut der exilierten Autorin angesichts der brüchigen Idyllen aus der Heimat auf einer leisen Tonlage schwingen.

Mercè Rodoreda, geboren 1908 in Barcelona, gilt als die bedeutendste katalanische Schriftstellerin des 20. Jahrhunderts. Mit zwanzig veröffentlichte sie erste Kurzgeschichten, die Jahre des Spanischen Bürgerkriegs verbrachte sie im Exil in Frankreich und in der Schweiz, wo sie neben zahlreichen weiteren Romanen und Erzählungen ihr Hauptwerk *Auf der Plaça del Diamant* verfasste. Es wird als eine der gelungensten Darstellungen des Spanischen Bürgerkriegs betrachtet und wurde in mehr als zwanzig Sprachen übersetzt. Mercè Rodoreda starb 1983 in Girona.

Kirsten Brandt, geboren 1963 in Friedberg, Hessen, studierte nach einer Buchhändlerlehre Portugiesisch, Englisch und Deutsch in Frankfurt am Main, Hamburg, Lissabon und Braga und lebte anschließend sieben Jahre in Barcelona. Seit 2002 übersetzt sie aus dem Katalanischen (u. a. Carme Riera, Josep Pla und Jaume Cabré), Spanischen und Portugiesischen. Ihre Übersetzung des Romans *Cielos de barro (Fandango im Schnee)* wurde mit dem Übersetzerpreis der spanischen Botschaft für angehende Übersetzer ausgezeichnet.

Roger Willemsen, geboren 1955 in Bonn, studierte Germanistik, Kunstgeschichte und Philosophie in Bonn, Florenz, München und Wien. Sein erstes Buch veröffentlichte er 1984. Inzwischen wurde er mehrfach ausgezeichnet und in zahlreiche Sprachen übersetzt. Seine Bücher, darunter *Kleine Lichter, Der Knacks, Die Enden der Welt, Momentum* und zuletzt *Das Hohe Haus*, wurden ausnahmslos zu Bestsellern.